Julie Fraser

Auszeit für die Seele
Je ne regrette rien

Julie Fraser

Auszeit für die Seele

Je ne regrette rien

Rediroma-Verlag

Bibliografische Information der Deutschen Nationalbibliothek:
Die Deutsche Nationalbibliothek verzeichnet diese Publikation in der Deutschen Nationalbibliografie; detaillierte bibliografische Daten sind im Internet über http://portal.dnb.de abrufbar.

ISBN 978-3-98527-017-0

Umschlagillustration: Anna-Maria Ciciliani

www.rediroma-verlag.de
11,95 Euro (D)

Für Anna-Maria

und

die Sternenkinder

1

Die Sonne stand hoch am wolkenlosen Himmel. Die weiten Felder mit Weinreben rauschten an Helen Sommer vorbei. Sie sah im Vorbeifahren auf dem ein oder anderen Hügel eine kleine Hütte stehen und weit entfernt vielleicht ein kleines *Chateau,* in dem Wein verkauft wurde, oder das einfach leer stand und verfallen war. Um die Mittagszeit war es den Menschen zu drückend heiß, um auf den Weinbergen zu arbeiten und so sah man niemanden – französische Siesta. Selbst die Straße, auf der Helen unterwegs war, war fast unbefahren, denn die Sommersaison hatte noch nicht begonnen und so tummelten sich nur ein paar Touristen hier, die nicht an Ferienzeiten gebunden waren oder die es bevorzugten nicht in der Hochsaison nach Südfrankreich zu reisen. Der Rest, der noch übrig blieb, war nur das ein oder andere Auto mit französischem Kennzeichen - und mittendrin ein fünfzehn Jahre alter türkisfarbener Corsa, in dem Helen saß. Ihr Auto hatte keine Klimaanlage und so war ihr dementsprechend heiß, da die Mittagshitze auf das Autodach brannte. Helen hatte alle Fenster herunter gelassen und auch das Dachfenster geöffnet, so dass ihr der Fahrtwind um die Ohren peitschte. Sie trug eine Sonnenbrille und hatte ihre langen, momentan etwas mitgenommen strohig aussehenden rotblonden Haare zu einem schlichten Pferdeschwanz gebunden. Ihr Gesicht schmückten einige Sommersprossen, die sie in einem weniger südlichen Land nie gehabt hätte, und ihre Haut war nur leicht gebräunt, obwohl sie nun im sonnigen Südfrankreich war - aber sie war nicht der dunkelste Typ. Sie trug ein einfaches weißes Shirt und einen blauen Wickelrock, den sie im Ort auf einem kleinen Markt erstanden hatte. Sie hatte in letzter Zeit nur noch legere Kleidung an, denn es gab niemanden, den sie beeindrucken wollte, nicht einmal sich selbst. Im Radio lief *Je ne regrette rien*, den Namen der Sängerin hatte sie vergessen. Sie wusste nur, dass sie eine sehr berühmte Französin war. Sie hatte vergeblich versucht einen anderen Sender einzustellen, der weniger alte Musik spielte, doch scheinbar war ihre Autoantenne auch nicht mehr das, was sie mal war. Helen hoffte ihr geliebtes Auto würde nicht auch noch seinen Geist aufgeben, denn dann wäre sie in der Einöde, in der sie lebte, ziemlich gefangen. Noch immer hatte ihr Abblendlicht einen Wackelkontakt, sodass sie mit einer Hand am Schalter, einer am Lenkrad fahren musste, wenn sie nachts unterwegs war, um nicht in plötzlicher Dunkelheit zu fahren. Ihr graute vor dem Winter, wenn womöglich ihre Batterie den Löffel abgab. Aber darum würde sich Helen kümmern, wenn es so weit war. Sie lauschte dem Gesang im Radio und wünschte sich sie könnte genauso leicht sagen, dass sie nichts bedauerte.

Denn eigentlich bedauerte sie ihr ganzes Leben. Was war nur daraus geworden? Früher hatte sie einmal gedacht, dass sie mit Ende zwanzig in den letzten Zügen ihres Medizinstudiums wäre. Wenn sie dieses erfolgreich abgeschlossen hätte, würde sie sich eine nette Assistenzarztstelle suchen und endlich einmal wieder die Zeit nehmen, um sich ihrem Hobby, dem Schreiben, zu widmen, das ihr schon immer gelegen und viel gegeben hatte. Während ihres Studiums hatte sie im Rahmen ihrer Doktorarbeit zum Thema Neuroanatomie – der Anatomie des Gehirns - eigentlich durch mehrere glückliche Zufälle die Möglichkeit erhalten ein eher humoristisches Buch für Laien über das menschliche Gehirn zu schreiben. Aus ihr bis heute unerfindlichen Gründen war dieses Buch sehr erfolgreich vermarktet worden. Sie war sehr stolz darauf gewesen und hatte sich neben ihrem Studium sozusagen eine nette kleine Autorenkarriere aufgebaut. Einmal war sie sogar bei einem lokalen Fernsehsender eingeladen gewesen, um über ihr Buch zu sprechen. Ein zweites Buch war bereits in Planung gewesen, doch sie hatte die Arbeit daran etwas auf die lange Bank geschoben, weil sie zusehen wollte, dass sie in ihrem Studium auch vorankam. Durch ihre Forschungsarbeit hatte sie schon einige Semester verloren. Und sie wollte ihre Eltern nicht ewig mit der Bürde ihrer Studiengebühren und Wohnungskosten belasten. Also hatte sie sich fortan auf ihr Studium konzentriert und eifrig Zukunftspläne geschmiedet, wie es nach dem Studium mit Karriere und womöglich auch Familie weitergehen konnte. Ja, sie hatte ihr ganzes Leben bis ins kleinste Detail durchgeplant, doch dann hatte sie lernen müssen, dass es manche Dinge gab, die man einfach nicht planen konnte.

Alles war nun nicht mehr wichtig. All die Ziele, die sie in ihrem Leben gehabt hatte, waren nichts mehr wert. Seitdem sie einfach ihre Koffer gepackt hatte und mir nichts dir nichts nach Frankreich ausgewandert war, waren inzwischen sieben Monate vergangen. Mit den Gründen für ihren plötzlichen Aufbruch hatte sie diese letzten Monate kämpfen müssen. Denn eigentlich hatte Helen davor alles gehabt, was sie wollte und dann war alles über ihr zusammen gebrochen. Sie hatte einen Partner gehabt und auch ein ungeborenes Kind. Doch als sie Marco gesagt hatte sie sei schwanger, hatte er ihr mehr als deutlich gemacht, dass er das Kind nicht wollte, schon gar keine Familie und erst recht keine mit ihr. Er sei noch mitten im Studium, hatte er gesagt und sie - Helen - würde ihm alles verbauen, und keine seiner anderen Freundinnen hätte ihm je so viele Schwierigkeiten bereitet. Sie hatte sich nicht mit ihm gestritten, als er das Baby ablehnte, sondern es einfach hingenommen. Im Grunde hatte sie seinen schlechten Charakter von Anfang an gekannt und sich lange etwas vorgemacht, wie sie sich jetzt eingestand. Helen hatte sich kläglich ihrer Wut über die Fehlentscheidung mit einem solchen Mann zusammen gewesen zu sein hingegeben und war ob seiner Worte sehr verletzt gewesen, bis sie zu dem Schluss gekommen war, dass er es nicht wert war, auch nur eine ihrer kostbaren Tränen zu verdienen. Zu diesem Zeitpunkt hatte sie ihre Beziehung so klar analysieren können, wie zu keinem Moment davor. Natürlich hatte sie ihn geliebt, doch diese Liebe war einem merkwürdigen Gefühl der Sicherheit entsprungen, dass sie in seiner Nähe verspürt hatte. Und auch wenn es vieles gegeben hatte, worin sie sich uneinig waren, so hatte sie dies stets als nebensächlich abgewunken, weil sie einfach so froh war, dass er mit ihr zusammen und sie so eben nicht alleine war. Wie dumm sie sich deswegen nun fühlte dies so hingenommen zu haben. Eine Beziehung konnte, wie sich dann auch gezeigt hatte, nicht auf diesem Boden bestehen.

Und so hatte sie sich ihrem neuen Ziel gewidmet, versucht Marco abzuhaken und dem wachsenden Leben in ihrem Inneren zu lauschen. Eigentlich hatte sie sich nie als der Typ alleinerziehende Mutter gesehen, doch was das Schicksal ihr nun aufgetragen hatte, nahm sie mit einer Selbstverständlichkeit hin, als wäre es nie anders beabsichtigt gewesen. Und sie freute sich so auf dieses Kind, als würde dadurch erst ein Teil ihrer Seele vollkommen sein, wenn sie es austrug. Sehr häufig gab sie sich Tagträumen hin einen Säugling zu stillen, sein weiches Köpfchen zu streicheln. Im Geiste hatte sie schon das Kinderzimmer eingerichtet und einen Plan geschmiedet, wie sie neben dem Studium ihr Kind versorgt wusste. Sie wusste, sie würde ihr Studium trotzdem beenden können, sie konnte auf die Hilfe ihrer Familie bauen. Dann hätte sie ihre eigene kleine Familie. Als sie dann die Fehlgeburt erlitten hatte, war dieses Kartenhaus, dass sie sich in ihrer Fantasie als so robust und stabil vorgestellt hatte, wie das zusammengefallen, was es war - ein Haufen Papier, der der Flut nicht standhalten konnte. Dort, wo sie vorher ob der Trennung ihre Stärke geholt hatte, war nichts mehr. Aus irgendeinem Grund war mit dem Leben in ihrem Schoß, das gestorben war und wie es gestorben war, auch ein Teil ihrer selbst zugrunde gegangen. Sie schämte sich, dass sie keine Kraft hatte dagegen anzugehen. Alles was sie tun konnte war zu fliehen, auch wenn sie nicht wusste vor was oder wem. Helen hatte ihr Studium abgebrochen, für das sie mit Unterstützung ihrer Familie immer hart gearbeitet hatte, und war einfach gefahren, ohne jemandem auf Wiedersehen zu sagen. Noch nicht mal ihrer Freundin, mit der sie bis dahin eine Wohnung geteilt hatte, hatte sie irgendetwas gesagt. Helen hatte in einem Akt der Panik und Verzweiflung alles was sie mitnehmen wollte irgendwie in Koffer gepackt, diese ins Auto geladen und war blindlings losgefahren ohne ein Ziel zu haben. Sie war so tränengeblendet gewesen, dass sie nicht einmal die Fahrbahn vor sich gesehen hatte. Und als sie an der französischen Grenze ankam wusste sie, dass sie bestimmt nicht grundlos dort angelangt war, an einem entscheidenden Punkt in ihrem verdammten Leben. Doch sie wollte nicht nach Paris oder eine andere große Stadt. Sie hatte genug von Menschen, die ihr wehtun konnten, die ihr ihre Liebe versagten oder ihr sagten, ihr Kind sei tot. Sie wollte einfach nur alleine sein und ihre innere Ruhe wieder finden. Vielleicht würde sie dabei sogar ihre Schreibblockade überwinden, die sie seit der Trennung von Marco und der Fehlgeburt heimgesucht hatte. Sie erinnerte sich damals, dass es fünf Jahre her gewesen war, seitdem sie einen Urlaub in Südfrankreich gemacht hatte, in der Nähe von Perpignan in einem kleinen Ort namens *Argelès-sur-mer*. Bekannte ihrer Eltern hatten Verwandtschaft in der Gegend. Dort wusste sie, würde sie vielleicht die Rast finden, um wieder mit sich ins Reine zu kommen. Die ersten zwei Nächte hatte sie im Auto geschlafen und von Kaffee und Keksen gelebt, doch dann war sie durch den Ort gelaufen, hatte sich umgesehen und zu-

mindest *etwas* gefühlt. Sie war am Strand entlang gegangen, hatte sich vom Rauschen des Meeres umgeben lassen und sie war durch die Weinberge geschlendert, die ihr im Laufe der Zeit mit ihren reifenden Blüten das Gefühl gegeben hatten, dass das Leben irgendwie weiterging, auch wenn sie nicht daran teilnahm. Bei einem ebensolchen Spaziergang durch die Weinberge, versteckt hinter einem kleinen Hügel, hatte sie ein kleines verfallenes Haus aus grob gehauenem Stein entdeckt. Es mochte vielleicht einmal mit leuchtenden Farben bestrichen gewesen sein, doch nun war es trist und beschädigt. Verblichene moosgrüne Fensterläden hingen teils schief an den Angeln und Weinefeu rankte sich wild und ungezähmt seinen Weg, teilweise durch gebrochenes Fensterglas, bis ins Innere. Irgendwie gehörte sie zu dem Haus, war genauso beschädigt und marode, und als sie an einem der Fenster eine Telefonnummer vorfand, die ein potentieller Vermieter dort hinterlassen hatte, hatte sie nicht gezögert.
Es war ihr neues zu Hause geworden.

Im Inneren herrschte dieselbe Vernachlässigung eines lange nicht mehr bewohnten Heimes wie bereits an der Fassade. Die Diele war winzig und bot nicht einmal Platz für eine Garderobe. Zur Linken der Eingangstür war ein Gäste-WC, welches unbrauchbar schien. Die schmale Holztreppe in den oberen Stock knarrte verächtlich bei jedem

Schritt und hatte ihre besten Tage auch schon hinter sich. Im Untergeschoss gab es nur einen weiteren großen Raum: die Wohnküche.

Die Einrichtung war spärlich, wenige heruntergekommene Möbel waren vorhanden. Die übrigen Dinge, die sie benötigte, hatte sie in einem Antiquitätenladen in der Stadt gefunden, wie ein gusseisernes Bett, einen alten, ziemlich heruntergekommenen Bauernschrank und ein zerschlissenes rotes Sofa, aus dem teilweise die Polsterung herauslugte. Einen Wohnzimmertisch hatte sie sich aus einem am Straßenrand stehenden dreibeinigen Holztisch zurechtgemacht. Der Gasherd in der Küche hatte glücklicherweise noch funktioniert und in dem einzigen Kellerraum des Häuschens fand sie Möbel, die als Terrassenmöbel taugten, nachdem sie den Staub von ihnen abgewischt hatte. Himmel war sie froh gewesen, wenigstens die Einkünfte von ihrem ersten Buch und einige kleine finanzielle Rücklagen gehabt zu haben. Genau deswegen würde sie vielleicht in Frankreich noch ein neues Buch anfangen, wenn sie denn ihre Kreativität wiederfinden würde. An eine Fortsetzung ihres Studiums weigerte sie sich strikt zu denken, so absurd war ihr dieser Gedanke im Moment. Nichtsdestotrotz war ihre finanzielle Situation recht angespannt trotz der Rücklagen. Angesichts des Abgrundes an dem sie sich befunden hatte, waren Existenzängste allerdings eine geringere Sorge. Sie lebte extrem sparsam, hin und wieder nahm sie einen Aushilfsjob in einer der vielen Bars und Restaurants an, wenn ihr die Geldnöte über den Kopf wuchsen. Sie hatte sich aber auch angewöhnt lieber auf eine Mahlzeit zu verzichten, als sich zu lange mit Menschen zu umgeben und arbeitete nur die Stunden, die sie benötigte, um sich über Wasser zu halten. Denn die Einsamkeit war ihr zu einem neuen Freund, einem guten Begleiter geworden. Die drückende Stille und die weite Ebene der Weinberge hatten ihr Trost spenden wollen, dennoch hatte sie wochenlang nur geweint und sich verkrochen. Sie hatte fast das Gefühl gehabt, kein Mensch mehr zu sein, nur noch ein dahinvegetierendes Wesen, das alle Lust am Leben verloren hatte. Sie konnte nicht schreiben, sie konnte nichts tun, also hatte sie einfach nur auf einer Bank vor ihrem Haus gesessen und auf das weite Land vor ihren Augen gestarrt, ohne eine Empfindung in sich zu spüren. Der Tag des errechneten Entbindungstermines war ihre dunkelste Stunde gewesen. Helen war abgetaucht in eine düstere Welt und hatte sogar kurz mit dem Gedanken gespielt, ob sie zu jenen Menschen gehörte, die Erlösung in einem Suizid fanden. So schnell dieser Gedanke ihr gekommen war, so schnell hatte sie ihn auch verworfen. Dies war eine Tat derer sie nicht fähig war. Es war eine Sache die Verbindungen zu ihren Freunden und ihrer Familie zu kappen. Eine andere war es, dies endgültig zu tun und die Menschen, die sie liebten zurück zu lassen. Sie bekam endlos viele Briefe von zu Hause, nachdem sie unvorsichtigerweise für Dinge wie Bankangelegenheiten ihre Adresse nach Deutschland übermittelt hatte. Wie der Postbote sie in ihrem neuen zu Hause hatte finden können, war ihr noch immer schleierhaft. Keinen dieser Briefe hatte sie beantwortet. Sie hatte sie alle enttäuscht, ihre ganze Familie, die immer so stolz auf sie gewesen war, als sie ihren Studienplatz für ihr Traumfach bekam, und ein Jahr nach dem anderen erfolgreich bestritten hatte. Helen würde ihnen aber nun, nachdem was sie ihnen angetan hatte, nie mehr unter die Augen treten können - sie mussten sich doch für sie schämen. Und viel größer noch war ihre Scham, aufgrund der rückblickend so einschneidenden Kurzschlussreaktion, die es war nach Frankreich abzuhauen. Tränen waren ihre Wangen hinabgelaufen, als sie die Briefe tief unten in einer Kiste in der hinteren Ecke ihrer Kommode versteckte. Wie sehr sie doch alle vermisste. Doch es war an der Zeit loszulassen, hatte sie sich gesagt und versuchte ihr Leben in Frankreich seitdem zu meistern. Zumindest hatte sie sich gezwungen, alle zwei Tage hinunter ins Dorf zu gehen und etwas einzukaufen, doch für den Rest der Zeit war sie alleine daheim geblieben.

Doch gestern hatte sie einen Brief von ihrer besten Freundin Melanie erhalten, dass diese am kommenden Tag auf dem Flughafen Perpignan landete und sie besuchen wollte. Ursprünglich hatte Helen nicht einmal den Brief öffnen wollen, so wie sie es auch mit den vorausgehenden Briefen gehandhabt hatte und im Nachhinein entschied sie, dass das wohl auch die bessere Lösung gewesen wäre. Doch ein merkwürdiger Wink des Schicksals hatte ihr geraten diesen Brief nicht verschlossen zu lassen.

Sie hatte lange mit sich gekämpft, ob sie Melanie einfach am Flughafen stehen lassen sollte, doch die Einsamkeit, mit niemandem reden zu können seit über einem halben Jahr, brach fast aus ihr heraus und so beschloss sie, zumindest ihre Freundin vom Flughafen abzuholen. Warum sie Helen überhaupt sehen wollte, konnte sie ohnehin nicht verstehen, denn auch Melanie hatte sie verletzt, indem sie einfach verschwunden war und sie mit der Miete alleine gelassen hatte, noch dazu ohne Erklärung. Aber nun konnte sie nicht mehr umkehren. Melanie hatte ihr, wie so oft in der Vergangenheit, einfach die Pistole auf die Brust gesetzt. Außerdem hatte Helen nun schon drei Viertel des Weges zum Flughafen zurückgelegt. Es war nun eindeutig zu spät, um ihrer Freundin feige den Rücken zu kehren.

Helen kam am Flughafen an und parkte ihr Auto am Parkplatz vor dem Ankunftsterminal. Sie drehte alle Fensterscheiben herauf und schloss das Dachverdeck. Seit einem halben Jahr hatte sie keinen Freund, keinen Verwandten, keine annähernd bekannte Person getroffen und nun würde sie gleich ihre beste Freundin wiedersehen. Ihr seelisches Chaos wurde durch diese Tatsache erneut durcheinandergewirbelt, wo sie sich gerade wieder etwas gefangen hatte. Es war außerdem weniger Freude Melanie wiederzusehen, als Angst. Angst davor, dass Melanie sie überschütten würde mit Fragen, Vorwürfen und Unterstellungen, dass sie alle im Stich gelassen, sich einfach feige aus dem Staub gemacht hatte, ohne an alle anderen und die Konsequenzen zu denken. Noch dazu hätte sie mit all diesen Vorwürfen Recht, denen sich auch Helen die letzten Monate immer wieder gestellt hatte. Aber sie würde es nicht ertragen es von ihr vorgehalten zu bekommen.

Andererseits wollte sie nicht Melanies Mitleid, da sie ohnehin die Gründe nicht kannte, warum Helen so plötzlich verschwunden war. Aber Melanie war nicht dumm, sie hatte bestimmt die Sache mit Marco herausgefunden. Helen merkte wie ihr die Knie zitterten, als sie den Flughafen von Perpignan betrat. Ihre Hände schwitzten und ihr Herz raste im Rekordtempo. Sie kannte nicht einmal die Flugnummer, mit der Melanie ankommen würde, sie wusste nur, dass sie um 14:00 Uhr landete. Da stand sie nun in der Eingangshalle. Und was, wenn es nur ein dummer Scherz von Melanie gewesen war, wenn sie es ihr heimzahlen wollte und sich nun ins Fäustchen lachte, dass Helen dumm am Flughafen stand?

„Ich hätte ja nie gedacht, dass du wirklich kommen würdest", sagte eine lange nicht gehörte, dennoch vertraute Stimme hinter Helen.

Helen drehte sich um und hatte Sekunden später das Gefühl in einen Schraubstock gepresst zu sein. Zugegeben ein Schraubstock der nach *Jil Sander Sun* duftete und dessen rotbraune lockige Haare sie nun im Gesicht hatte. Als Melanie von ihr abließ, musterte sie Helen interessiert.

„Du hast abgenommen. Nicht das du jemals zu dick warst ... Und dein Teint ist wirklich beneidenswert."

Helen konnte nichts erwidern. Sie war von diesem Moment so überrannt worden, dass sie nun am liebsten in ihrem kleinen Häuschen sitzen würde. Ihre Freundin strahlte. Sie sah noch immer wundervoll aus. Die schönen lockigen Haare, die ihr locker um die Schultern fielen und ihre bezaubernden fraulichen Rundungen in einem frischen Sommerkleid. Dazu noch ein passender Strohhut, auf dem eine riesige Sonnenbrille thronte. Melanie betrachtete Helen mit ihren wachen Augen.

„Na sag schon was? Oder hast du die deutsche Sprache verlernt?“

Eine bessere Frage wäre wohl eher gewesen, ob sie das Sprechen verlernt hatte, da sie es in den letzten Monaten ganz bestimmt nicht übermäßig praktiziert hatte.

„Nein ich, ähm bin einfach nur ein wenig überrannt von der ganzen Situation“, sagte sie wahrheitsgemäß.

„Na komm, dann lass uns erst einmal zu deinem Auto gehen, mein Gepäck habe ich schon geholt“, sie deutete auf eine kleine Reisetasche zu ihren Füßen. „Ich habe extra noch eine zweite eingepackt, damit ich mir hier noch ein paar Sachen kaufen kann“, zwinkerte sie.

Sie hakte sich bei Helen ein und sagte: „Ich folge dir unauffällig.“

Helen fand Melanies überschwängliche Euphorie zwar etwas aufgesetzt, dennoch bemühte sie sich, so zu tun, als würde es sie nicht anstrengen. Aber was sollte man auch anderes erwarten, nachdem die einzigen Interaktionen mit menschlichen Wesen in den letzten Monaten nicht mehr beinhaltet hatten als 100 Gramm Putenbrust zu bestellen oder eine Getränkebestellung aufzunehmen.

Sie gingen durch die sich automatisch öffnende Ausgangstür und traten von dem klimatisierten Eingangsbereich des Flughafens in die drückende Mittagshitze von Perpignan hinaus.

„Du meine Güte ist das heiß hier.“ Melanie schob sich die Sonnenbrille vor die Augen und schaute sich um.

„Mein Auto steht da hinten“, sagte Helen und deutete auf den kleinen türkisen Corsa, den man zwischen all den großen Autos fast gar nicht sehen konnte. Wie oft waren Melanie und sie darin zusammen gefahren, hatten ihre Lieblingsmusik aufgedreht und lauthals mitgesungen ...

„Ah, ich sehe ihn“, sagte Melanie und beschleunigte ihre Schritte.

Helen lud Melanies Reisetasche in den Kofferraum und schloss dann die Türen auf – ihr Auto besaß keine Zentralverriegelung. Da im Inneren Backofentemperatur herrschte warteten beide einen Augenblick, bis sie Platz nahmen. Dann kurbelten sie die Fenster herunter und fuhren auf die Autobahn Richtung *Carcasonne*. Die erste Viertelstunde der Fahrt verging schweigend, da Helen keine Ahnung hatte, was sie Melanie nun erzählen sollte. Sie grübelte: „Hm, wie war dein Flug?“

„Ach, der war ganz angenehm. Ich muss schon sagen ich bin mittlerweile wirklich überzeugt von diesen Billigfluglinien. Ich meine früher da wäre ich doch nur mit Lufthansa oder sonst was geflogen und hätte mich dumm und dämlich bezahlt, aber so ... 39 Euro für den Hinflug, ich muss schon sagen.“

Und so redeten sie belangloserweise die nächsten zehn Minuten über die Vorteile der Billigfluglinien. Für Helen war es irgendwie komisch, nachdem sie so lange höchstens einen Satz pro Tag gesagt hatte, sich nun an einer richtigen Unterhaltung beteiligen zu müssen und nicht selten stockte das Gespräch.

Helen fragte sich, wie lange Melanie nun vorhatte bei ihr zu bleiben, nachdem sie schon nur einen Hinflug gebucht hatte. Zweifellos hatte sie nun Semesterferien, doch sie erwähnte die Universität oder Deutschland mit keinem Wort.

„Sag mal, kennst du ein gutes und günstiges Hotel, in das ich ziehen kann?“

„Wie meinst du das?“, fragte Helen, völlig aus ihren Gedanken gerissen.

„Na ja ich dachte nicht, dass du ähm ... so viel Platz hast für mich ich, meine ...”

Helen verstand schon. Es war wirklich rührend von Melanie zu denken, dass Helen nicht wollte, dass sie bei ihr wohnte.

„Ach Melanie, du wohnst natürlich bei mir. Ich meine wo denkst du denn hin?”

Zum ersten Mal seit einer Ewigkeit rang sich Helen ein Lächeln ab. Es hätte sie nicht gewundert, wenn ihre Gesichtsmuskeln ihr dies versagt hätten. Melanie schien sich gleich etwas mehr zu entspannen, wenngleich sich ihre Euphorie Helen wieder zu sehen, aufgrund dieser Fahrt und Helens frostiger Art nun gründlich gelegt hatte.

Helen wusste, sie konnte die Frage nach ihren Eltern und nach Deutschland nicht ewig hinausschieben, andererseits wünschte sie, einfach nur schweigend zu sich nach Hause fahren zu können. Doch es schien Melanie nervös zu machen, wenn Helen und sie nichts miteinander sprachen, also rang sie sich zu einem anderen Gesprächsthema durch:

„Wir müssen erst noch einkaufen gehen für diese Woche. Ich habe fast nichts zu Hause." Sie brauchte ja auch nicht viel für sich alleine.

„Okay."

„Hier in der Nähe ist ein Großmarkt, der *Auchan*, da gibt es alles, was man braucht."

„Gut."

„Wenn du möchtest kannst du ja schon mal überlegen, was wir die Woche über kochen wollen."

Helen steuerte auf die Einfahrt des *Auchan* zu. Dort angekommen holten sie sich einen Einkaufswagen und schlenderten durch die verschiedenen Abteilungen. Melanie war völlig hingerissen, von der bombastischen Auswahl.

„Wenn ich dabei nur an meine Taille denke", sagte sie, als sie einen Zehnerpack frisch gebackenes *Pain au chocolat* in den Einkaufswagen legte. Als sie endlich einen Speiseplan für die Woche zusammengestellt hatten und alles, was sie dafür brauchten, im Wagen lag, näherten sie sich der Kasse.

„Ich werde dir natürlich was dazugeben."

„Ach nein“, sagte Helen und winkte ab, „ich meine, du bist doch mein Gast."

„Ich habe mich dir aufgedrängt ... Das kommt also gar nicht in Frage. Ich bezahle die Hälfte." Sie ließ sich nicht abwimmeln. Helen leistete nicht lange Widerstand, denn genau genommen hatte sie kaum die finanziellen Mittel, um sich selbst ausreichend verpflegen zu können.

Als sie nach weiteren zwanzig Minuten Fahrt endlich auf den Weg Richtung Weinberg und Helens zu Hause einbogen, sagte Melanie: „Mein Gott ist das wundervoll hier. Ich meine schau dir das Mal an, die Weinberge, die Sonne strahlt am Himmel. Einfach unglaublich. Ich sag nur: Leben wie Gott in Frankreich."

Ja, dachte sich Helen bedrückt, so hatte sie hier weiß Gott nicht gelebt.

Der trockene, erdige Boden knarrte unter den Reifen, denn die asphaltierte Straße hatten sie nun verlassen. Langsam näherten sie sich dem heruntergekommenen Haus, in dem Helen nun seit einem halben Jahr wohnte. Wenn man es aus dieser Entfernung betrachtete, konnte es wirklich so aussehen, als ob niemand darin lebte. Die meisten der Fensterläden waren verschlossen. Das große

Loch in einem Fenster war notdürftig mit einer Holzplatte geflickt. Auch sonst sah man kein Anzeichen eines Bewohners, nicht einmal eine Wäscheleine, die irgendwo aufgespannt war. Dieser Gedanke schien auch Melanie gekommen sein, da sie völlig verdutzt schaute, als Helen das Auto parkte.

„So, da wären wir", sagte sie und biss sich auf die Lippe.

Melanie rang sich anscheinend ein Lächeln ab, das nur halbwegs gelang und eher in einer Art Grimasse endete. Helen öffnete den Kofferraum, um Melanies Reisegepäck und ihre Einkäufe auszuladen, und schloss die Tür auf. Auf einmal kam ihr nun der Wunsch, das Haus doch etwas hergerichtet zu haben, als sie eingezogen war. Der Eingangsbereich hätte dringend gestrichen werden müssen, denn die Farbe blätterte zum Teil schon ab, und warum nur hatte sie für die Glühlampe an der Decke keinen Schirm besorgt? Die knarrende und morsche Holztreppe hätte gewiss auch eine Renovierung nötig. Sie ging weiter bis zur Küche, wo sie ihre Einkaufstüten neben den Gasherd abstellte. Melanies Reisetasche stellte sie auf die Couch, die sie vorläufig einmal nicht bezogen hatte, da sie sich bis Melanie sie am Flughafen umarmt hatte nicht einmal sicher gewesen war, ob sie überhaupt kam und ob sie Melanie überhaupt abholen wollte. Melanie stand in der Küche hinter ihr und sah sich um. Es war bestimmt nicht das, was sie sich vorgestellt hatte.

„Ähm, du musst leider auf der Couch schlafen, ich ... ich habe zwar zwei Gästezimmer, aber keine Betten." Für wen auch, dachte sie. Sie hatte nie mit Besuch gerechnet.

„Oh das macht nichts", sagte Melanie, doch kam Helen genau in dem Moment der Gedanke, wie pingelig Melanie schon immer in Bezug auf ihre Schlafgewohnheiten gewesen war.

„Ähm, die Fensterläden kannst du aber zuziehen."

„Schon okay, ich denke ich werde heute nach dem Flug sowieso schlafen wie ein Stein. Mach dir keine Gedanke", lächelte Melanie tapfer.

Helen überlegte, ob sie nicht einfach am nächsten Tag mit Melanie ein Bett kaufen sollte. Doch sie hatte ja weder eine Ahnung, ob Melanie das wollte, noch wie lange sie überhaupt bleiben würde. Mal abgesehen davon, welches Loch diese Ausgabe in ihren Geldbeutel sprengen würde. Helen wusste sowieso nicht, was sie überhaupt mit Melanie anstellen sollte.

„Soll ich dir das Bad zeigen und die restlichen Zimmer?", fragte sie aus reiner Verzweiflung heraus und zuckte unmerklich mit den Schultern.

„Warum nicht?", antwortete Melanie genauso verzweifelt, ob des Schocks über Helens Behausung.

„Ich hätte es natürlich vorher noch etwas sauber machen sollen, weißt du, ich benutze es nicht so oft. Wenn du willst kannst du natürlich das Bad oben benutzen", meinte Helen, als sie versuchte die Tür des Gäste - WCs im Erdgeschoss wieder zu schließen, die ihr aber irgendwie widerstrebte. Melanies Blick auf das verstaubte und ohnehin wahrscheinlich funktionsuntüchtige Bad, das dadurch, dass die Fensterläden geschlossen waren und somit nur einzelne Sonnenstrahlen durch das alte Holz hindurch kamen, noch viel dreckiger aussah, bestätigte Helen, dass Melanie wohl ganz gewiss das Bad im Obergeschoss nehmen würde.

„Sie muss noch etwas geölt werden … die Tür und morgen werde ich das Bad putzen …", sagte Helen und mühte sich ab, die Tür zur Kooperation zu bewegen.

Helen stieg die knarrende Treppe hinauf und zeigte Melanie ihr Schlafzimmer. Da aber auch dort die Läden geschlossen waren, öffnete sie diese zuerst. Das Zimmer wirkte lichtdurchflutet gleich etwas freundlicher, auch wenn es nur recht spärlich mit einem uralten Bett, einer noch älteren Kommode, auf der ein kleines Nachttischlämpchen stand, und einem alten Kleiderschrank ausgestattet war. Außerdem war die Tapete an den Wänden so alt, dass man die Schicht darunter schon durchscheinen sah. Neben Helens Schlafzimmer lagen die zwei unbenutzten Gästezimmer und ein Bad. Die Einrichtung des Bades, war zwar nicht gerade die neueste, denn sie musste wohl früher einmal weiß gewesen sein, war inzwischen allerdings leicht Cremefarben, dennoch schien Melanie davon etwas weniger angeekelt zu sein.

„Nett hier", sagte sie in dem Versuch nicht ganz so erschüttert zu wirken, aufgrund der Tatsache, dass Helen in dem scheußlichsten Kabuff wohnte, das sie jemals betreten haben musste. Helen fragte sich allerdings, welches Domizil ihre Freundin erwartet hatte? Ein Strandhaus mit Meerblick, eine 5 - Sterne - Villa?

„Ich weiß es muss einiges gemacht werden, ich hatte bis jetzt nur noch nicht den Elan dazu. Ich werde es jetzt aber bald in Angriff nehmen", meinte sie verteidigend. Dein Wort in Gottes Gehörgang.

„Wollen wir nicht was kochen, ich hab seit heute Mittag nichts mehr gegessen."

„Klar", erwiderte Helen, froh über eine willkommene Ablenkung.

Gemeinsam gingen sie wieder hinunter in die Küche, wo Helen Melanie half sich etwas zurechtzufinden. Gemeinsam kochten sie Pasta mit Tomatensauce. Helen wischte die Stühle und den Tisch auf der Terrasse, damit sie draußen essen konnten. Sie wusste auch, dass sie in irgendeiner Schublade mal ein paar Teelichter hatte und suchte das gesamte Wohnzimmer danach ab, um ihnen ihr Abendessen etwas gemütlicher gestalten zu können. Dabei fiel ihr leider auf, dass sie dringend Staubwischen müsste. Nach zehn Minuten atmete sie freudig auf, als sie im letzten Eck ein halb abgebranntes Teelicht fand und es auf den Tisch stellen konnte. Dann deckte sie den Tisch und stellte eine Flasche Wasser dazu. Melanie schien mit dem Gasherd gut zurecht zu kommen, also bereitete sie ihr auf der Couch ihren Schlafplatz vor. Melanie schüttete derweil die Nudeln ab, würzte die Sauce nach und brachte dann die zwei Töpfe hinaus auf die Terrasse. Helen gesellte sich zu ihr, schöpfte ihnen beiden etwas auf den Teller und schenkte Wasser ein. Melanie hob das Glas.

„Auf dich, dass du mich aufgenommen hast."

„A votre santé!", sagte Helen.

Was sollte das nur für ein Abend werden? Melanie und sie schwiegen sich während des Essens die ganze Zeit an. Es war sinnlos so zu tun als wäre nichts gewesen und irgendwann musste sie es doch zur Sprache bringen. Aber nicht heute. Aber wann sonst? Sollten die nächsten Tage dann genau so ablaufen, dass sie sich anschwiegen, bis sich endlich eine von ihnen traute etwas zu sagen? Schweigend verspeisten sie ihr Mahl, während Helen auf die sich lichtende Sonne blickte, die Sonnenstrahlen über die Weinreben zu ihr schickte. Diese Strahlen hatten bis jetzt noch nicht ihr Herz erreicht. Die letzten Wochen hatte sie sich gerade so gefühlt, als ob sie in einem schwarzen Vakuum sitzen würde, ohne etwas zu fühlen, nachdem die langen Wochen davor durch Tränen und Schuldgefühle geprägt gewesen waren. Heute hatte sie Melanie abgeholt und diese hatte sie durcheinander gebracht. Sie hatte sich die letzten Wochen so gegen ihre Gefühle abgeschottet, nur um nicht mehr weinen zu müssen, dass sie ganz vergessen hatte, dass es nur eine Mauer gewesen war, die sie hochgezogen hatte und nicht etwa, dass sie das alles hinter sich gelassen hatte und darüber hinweg war.

„Helen ich bin ziemlich müde, würde es dir etwas ausmachen alleine zu spülen?", fragte Melanie, als sie mit Essen fertig waren.

„Nein, nicht doch, geh ruhig schlafen."

Melanie brachte ihren Teller in die Küche, holte dann aus ihrer Reisetasche ein Shirt, das sie zum Schlafen tragen wollte, und ging ins Bad ins Obergeschoss. Helen räumte die restlichen Sachen vom Tisch und kochte Wasser zum Spülen, da um diese Zeit das warme Wasser meist aufgebraucht war. Sie ließ das dreckige Geschirr ins Wasser gleiten, als dieses heiß war. Es war so heiß, dass sie sich dabei fast die Finger verbrannte. Doch wie die letzten Wochen auch ertrug sie den Schmerz, da es irgendwie der einzige war, mit dem sie zurechtkommen konnte. Als sie alles gespült und abgetrocknet hatte, schloss sie die Fensterläden und die Tür, als sie hörte wie Melanie die knarrende Treppe herunterkam.

„Nun, ich gehe dann mal schlafen."

„Schlaf gut, bis morgen."

Helen ging hinauf in ihr Zimmer und zog sich aus. Im Bad wusch sie sich ihr Gesicht und putzte sich die Zähne. Als sie nach diesem langen Tag endlich im Bett lag, brachen auf einmal die ganzen Ereignisse des Tages über ihr herein und dann wurden die Erinnerungen an Marco und ihr Kind wieder wach. Sie spürte, wie eine warme Träne ihr über die Wange lief und wischte sie gleich mit einem Zipfel der Decke weg. Doch es nützte nichts, denn es quollen ihr immer mehr Tränen aus den Augen und sie legte ihr Kopf ins Kissen, um ihre Schluchzer etwas zu ersticken. Warum nur hatte Melanie zu ihr kommen müssen? Sie hatte alles so gut unter Kontrolle gehabt, schon seit Wochen nicht mehr geweint - und nun?

Nichts hatte sie unter Kontrolle, gestand sie sich ein und weinte nur noch mehr. Wenn Kontrolle meinte, morgens aufzustehen und abends wieder ins Bett zu gehen, dann war das wohl war, denn mehr war ihr Leben im Moment wirklich nicht. Und während die Tränen immer noch auf ihr Kissen kullerten, schlief sie ein, wohl wissend, dass sie auch in dieser Nacht nicht vor ihren Träumen sicher sein würde.

Am nächsten Morgen wurde sie von einem Lichtstrahl geweckt, der sich durch den etwas undichten Fensterladen Bahn gebrochen hatte. Eigentlich hatte sie im Bett bleiben wollen. Es war ungewohnt gewesen die Nacht mit einem anderen Bewohner im Haus zu schlafen, denn jedes Geräusch hatte sie aufgeschreckt, ob es nun das Knarren auf der Treppe war, wenn Melanie ins Bad schlich, oder die Toilettenspülung. Sie wollte sich in ihr Bett einigeln, auch wenn sie wusste, dass sie nicht mehr schlafen konnte. Doch dann ermahnte sie sich, dass sie einen Gast hatte und so schälte sie sich aus ihren Laken und ging ins Bad. Sie betrachtete sich im Spiegel, wie sie so dastand in ihrem T-Shirt, das sie immer zum Schlafen trug und das ihr übergroß um die schmalen Schultern schlotterte. Ihre Augen waren verquollen, wie immer wenn sie am Abend zuvor geweint hatte. Ihre Haare standen in merkwürdige Richtungen ab und waren etwas verknotet, da sie sich oft nicht mehr die Mühe gemacht hatte sie gründlich durchzukämmen. Aus dem Untergeschoss hörte sie leise Geräusche. Also war Melanie schon wach. Es nützte nichts sich länger vor dem neuen Tag zu drücken, also ging sie hinunter, nachdem sie ihre Haare in einem einfachen Zopf halbwegs verborgen hatte. Melanie hatte schon Läden und Fenster geöffnet und ließ die wohltuende Frischluft ins Wohnzimmer. Die Sonne durchflutete das Zimmer und Helen streckte sich:

„Morgen Melanie."

Melanie drehte sich um. Auch sie hatte noch ihr Schlafhemd an.

„Ich habe dich doch nicht geweckt, oder?"

„Nein, wo denkst du hin. Wahrscheinlich habe ich ohnehin schon lange genug geschlafen. Wie spät ist es denn?"

„So gegen zehn."

Helen öffnete einen Schrank und holte Frühstücksteller heraus. Melanie hatte sich scheinbar schnell zurechtgefunden, denn sie fand auf Anhieb die Schublade mit dem Besteckt. In den anderen Schubladen hätte sie sowieso gähnende Leere vorgefunden. Helen deckte den Tisch und holte dann aus dem Kühlschrank Marmelade und Käse für das Frühstück.

„Magst du Kaffee?", fragte sie Melanie.

„Nur wenn du hast."

„Na ja, dieser komische Ersatzkaffee ..."

„Lass nur, ich trinke O-Saft, ist eh besser für meinen Magen."

Sie setzten sich gemeinsam an den Tisch.

„Und hast du gut geschlafen?"

„Wie ein Stein. So ein Flug erschöpft doch schon ziemlich."

„Ich hoffe die Couch war bequem."

„Ging schon."

Schweigsam verzehrten sie ihr Frühstück.

Helen schaute über die Weinberge. Schon seit Wochen hielt sich das Wetter so sonnig und stabil. Vielleicht könnte sie mit Melanie mal an den Strand fahren oder hinunter in den Ort, auch wenn jetzt außerhalb der Saison die meisten Geschäfte geschlossen hatten. Aber bald würde die Ferienzeit beginnen, vielleicht hatten sie Glück und konnten ein wenig bummeln.

Sie unterbreitete Melanie ihren Vorschlag und diese nahm dankbar an. Das Gespräch zwischen ihnen wollte, wie bereits gestern, nur schwer in Gang kommen und beide waren froh um diese Ablenkung, einen Stadtbummel zu planen und etwas Unverfängliches zu haben, worüber sie reden konnten.

Helen konnte Melanies Gesichtsausdruck nicht deuten, aber glücklich schien sie ob der ganzen Situation und den unausgesprochenen Dingen zwischen ihnen nicht zu sein.

Doch Helen hatte sowieso vergessen wie man andere, geschweige denn sich selbst, glücklich machen konnte.

2

Die nächsten zweieinhalb Wochen vergingen nur schleppend. Helen hatte sich wirklich Mühe gegeben es für Melanie einigermaßen erträglich zu gestalten. Einige Male waren sie am Strand und in *Argelès* gewesen, dann hatten sie sich auch einen alten Ort namens *Ville Franche* angesehen. Um dorthin zu gelangen, hatten sie sogar eine längere Fahrt auf sich genommen, die sich gelohnt hatte. Beide waren durch die mittelalterliche Stadt geschlendert, hatten ein wenig Abwechslung in ihrem Alltag genossen und die dortigen Sehenswürdigkeiten bewundert. Doch allmählich gingen auch Helen die Ideen aus. Sie war sogar so weit gegangen und hatte in einem Akt der Verzweiflung das Bad im Untergeschoss zumindest benutzerfreundlich geputzt, nur um etwas Sinnvolles zu tun zu haben und eine Ausrede zu haben, um Melanie für eine Weile aus dem Weg gehen zu können. Da sich Melanie sicherlich nicht für alte sagenumwobene Ritterburgen wie die in *Carcasonne*, die entfernt irgendetwas mit dem Heiligen Gral zu tun haben soll, interessierte, schied das aus Helens Repertoire aus. Aber eigentlich wollte Helen auch gar nicht den Touristenführer spielen. Sie war froh, wenn sie einmal fünf Minuten ihre Ruhe hatte und sich nicht irgendwie Mühe geben musste fröhlich zu sein. Deswegen war sie froh gewesen, dass Melanie ab und an abends einen

Spaziergang in den Ort unternahm, um alleine auszugehen. Was sich Melanie noch immer von ihrem Besuch erhoffte, konnte Helen nicht nachvollziehen. Hatte Melanie vielleicht gedacht, dass sie Helen nur besuchen musste, damit diese wieder zurückkam? Oder dass alles noch so sein würde wie früher? Sie hatte einst an Melanie das Frivole geschätzt. Die Leichtigkeit, mit der diese das Leben nahm, wahrscheinlich gerade weil sich Melanie so sehr von Helens introvertierter Art unterschied. Irgendwie hatte sie das an ihr bewundert. Helen nahm bisweilen alles todernst, fühlte sich wie eine alte Frau in einem jungen Körper, die irgendwie nie richtig gelebt hatte und nicht wusste was Spaß war. Melanie hatte ihr damals den Spaß am Studentenleben gezeigt, sie mit ihren lockeren Sprüchen aufgemuntert und ihr gezeigt, dass man auch einmal Fünfe gerade sein lassen konnte. Jetzt allerdings war Helen ein anderer Mensch. Auch wenn sie wenig über die alten Zeiten sprachen, es hatte sich etwas zwischen ihnen verändert. Wo früher viel Vertrauen und offener Umgang waren, hatte sich eine Verletztheit eingestellt. Helen wusste auch nicht mehr, warum sie immer so viel Wert auf Melanies Meinung gelegt hatte. Eigentlich waren sie doch zu verschieden gewesen und waren es auch jetzt noch. Auch wenn Melanie belastet schien durch Helens frostige Art, sie schien nicht zu wissen, wie sie damit umgehen sollte. Eigentlich hatte Helen gedacht, ihre beste Freundin kenne sie ganz gut und könne sie einschätzen, würde immer die richtigen Worte finden, um einen Zugang zu ihrer Freundin zu bekommen. Aber das war wohl eine Fehlannahme gewesen.

Helen lag draußen auf der Terrasse mit einem Buch in der Hand, doch mittlerweile hatte sie ein und dieselbe Seite schon zehn Mal gelesen, da sie sich einfach nicht konzentrieren konnte. Melanie kam zu ihr und setzte sich an den Tisch. Helen schaute sie fragend an.

„Würdest du heute Abend mit mir mitkommen in die Stadt? Ich kenne mich jetzt schon ganz gut aus mit den Bars und angesagten Plätzen. Außerdem ist mein Französisch nicht gerade berauschend, da wäre es ganz angenehm mal jemanden dabei zu haben, der die Sprache etwas besser beherrscht."

„Ach, weißt du", erwiderte Helen, „ich denke heute Abend nicht, vielleicht ein andermal."

„Sag mal Helen, wie lange soll das denn noch so gehen? Immer wieder vertröstest du mich ... Außerdem denke ich, dass es mal langsam an der Zeit wäre, über das zu sprechen, was wir beide seit gut zwei Wochen zu vermeiden versuchen."

Sie hatte es also getan und sich gewagt das heilige Schweigen zu brechen, um die eine Sache, über die sie eigentlich sprechen wollte, warum sie überhaupt nach Frankreich gekommen war, endlich einmal vom Tisch zu haben.

„Ich ... ich will nicht darüber reden."

„Helen, du kannst mir doch aber jetzt beim besten Willen nicht erzählen, dass es absolut an dir vorbeizieht, was sich in Deutschland, bei deiner Familie abspielt oder dass du mit deinem Leben hier zufrieden bist? Auch wenn du nicht über deine Beweggründe für deinen plötzlichen Weggang sprechen willst. Das akzeptiere ich. Falls du es nicht mitbekommen hast, das habe ich auch schon bei meiner Ankunft und die letzten zwei Wochen über getan."

„Das weiß ich auch zu schätzen", sagte Helen, bei der das Wort Familie einen komischen Kloß im Hals verursachte.

„Dann sprich doch mit mir und schweige dich nicht tot über Themen, die du ganz sicher mit jemandem besprechen musst. Himmel, ich bin doch deine beste Freundin, oder war es zumindest", fügte sie hinzu und schaute fragend und ein wenig Mitleid erregend Helen an. Doch die konnte auf Melanies Worte nichts entgegnen. Helen hasste es, sich in die Ecke gedrängt zu fühlen. Sie sprach dann, wenn sie bereit dazu war. Doch sie konnte sich nicht mal über Melanies Drängen ärgern. Am liebsten würde sie sich dieser Konfrontation nun entziehen, doch sie wusste, dass sie diesem Gespräch, egal wie, irgendwie begegnen musste.

„Gut ... Nun, wie geht es so?“, fragte sie zögerlich.

„Eigentlich läuft alles ganz normal. Deine Mutter arbeitet immer noch im Chefsekretariat von diesem Chirurgie Prof, allerdings nur noch in Teilzeit, weil sie sich ja noch um deine Oma kümmert. Sie meinte neulich zu mir, sie hätte mehr Zeit mit deinem Vater verbracht, als dieser noch nicht in Rente war und wenn er noch ein weiteres Ehrenamt annehmen würde, würden sie sich wahrscheinlich gar nicht mehr sehen. Soweit ich weiß geht es deiner Großmutter gut. Sie wird uns wahrscheinlich alle überleben“, lachte Melanie. „Also eigentlich ist ...” Alles so wie immer, dachte Helen und es tat ihr weh, dass sie dennoch nicht mehr Teil dieser irgendwie heilen Welt zu sein schien. Beim Gedanken an ihre wundervolle Großmutter hätte sie zugleich lachen und weinen mögen. Eine Frau, die früh Witwe geworden war und jahrelang jedem, der es hören wollte oder nicht, erzählt hatte, dass das Zusammenleben mit einem Mann völlig überbewertet wurde, nur um sich mit 88 Jahren einen 77-jährigen Brieffreund aus Luxemburg zuzulegen. Einmal im Jahr trafen sie sich in Deutschland und teilten sich wohlgemerkt *ein* Hotelzimmer. Helen hatte es immer vermieden ihre Oma zu fragen, was sie dort trieb. Dieses Kopfkino hätte sie, wie sie ihre Oma kannte, wahrscheinlich nie wieder vergessen können. Sie vermisste die schrullige Dame schrecklich.

„Deine Eltern haben die Miete für die WG übernommen, weil sie hoffen, dass du irgendwann zurückkommst.“

Noch ein Brocken mehr, der die Last der Schuldgefühle auf ihrem Rücken vergrößerte, dachte Helen.

„Sie würden sich über einen Brief von dir sehr freuen und sie vermissen dich sehr.”

Helen schnaubte.

„Kannst du das nicht verstehen?”, fragte Melanie flehend.

„Doch, kann ich. Vielleicht ... Ich werde ihnen vielleicht schreiben.”

„Helen, sie lieben dich ... egal ...”

„Bitte, hör auf”, sagte Helen bestimmt und versuchte Melanie nicht in die Augen zu sehen. Niemand konnte jemanden wie sie lieben, wo sie doch alle enttäuscht hatte und überhaupt nicht stark gewesen war und gekämpft hatte, um diesen doofen Schicksalsschlag, der Leben hieß, zu überwinden.

Melanie schien verstanden zu haben, denn sie drang nicht weiter in sie ein. Doch Helen musste noch eines wissen:

„Hast du mit Marco gesprochen?”, fragte sie. Der Klang seines Namens aus ihrem Mund war irgendwie fremd, dennoch sah sie das Bild von ihm in ihrem Kopf, wie er lächelte.

Melanie beäugte sie durchdringend.

„Habe ich, aber ... Nun, er hatte nicht viel zu sagen, nur dass er Schluss gemacht hat. Zu den Gründen wollte er sich nicht äußern", meinte sie und Helen hörte die unausgesprochene Frage nachklingen.

Helen konnte ihr nicht wiedergeben was passiert war, also nickte sie nur und gab Melanie so zu verstehen, dass das Thema zunächst einmal beendet war. Was hatte sie beide nur einmal verbunden? Helen wusste es im Moment nicht mehr.

„Ich gehe heute Abend in die Stadt. Wenn es dir nichts ausmacht nehme ich dein Auto."

„Denk dran, das Abblendlicht hat einen Wackelkontakt."

„Wie du es geschafft hast mit diesem Auto 1200 km zu fahren, ohne dass du liegen geblieben bist bleibt mir ein Rätsel."

Helen zuckte nur mit den Schultern und Melanie erhob sich, um sich für den Abend fertig zu machen. Helens Hände zitterten noch immer, als sie zwanzig Minuten später hörte, wie die Tür in die Angeln fiel und der Motor ihres Autos laut aufheulte. Würde Melanie doch damit einfach zum Flughafen fahren und verschwinden.

Helen hasste es. Es war heiß, ihr Auto hatte keine Klimaanlage, die Uni war gerade erst zu Ende und sie hatte etwa fünfzehn Umzugskisten in ihrem Kofferraum und auf der Rückbank, die sich bei der drückenden Hitze vielleicht entzündeten, und dieser verdammte Porsche - Fahrer hinter ihr wollte einfach nicht aufhören dicht aufzufahren. Alle Taktiken, die sie sich überlegt hatte, einschließlich der Atemübungen, die sie bei ihrem einen Yoga-Kurs gelernt hatte, um nicht wieder irgendwelchen Aggressionen zu erliegen und dann bei dem ersten und einzigen Mal geblitzt zu werden, bei dem sie zu schnell fuhr, nutzten nichts. Sie brach in Schweiß aus, was auch an den dreißig Grad Außentemperatur und somit vierzig Grad in ihrem Auto und nicht nur an diesem Porsche-Macho hinter ihr liegen konnte. Ihr Hemd klebte an ihrem Rücken fest, kleine Schweißperlen bildeten sich zwischen ihrem Busen, der Schweiß auf ihrer Stirn führte dazu, dass sich ihre widerspenstigen Haare leicht kräuselten und der Kerl hinter ihr ließ sie immer noch nicht in Ruhe. Um ihm endlich aus dem Weg zu sein, bog sie in die nächste Straße, nahm damit zwar einen Umweg in Kauf, aber was scherte sie es, sie hatte ja Zeit. Sie musste ja für die Uni nicht noch zwanzig Seiten auswendig lernen, nebenbei seit vier Wochen in eine Wohngemeinschaft mit ihrer Freundin Melanie ziehen, deren Kisten sie hier gerade beförderte, und ihr Geld für die Miete mehr schlecht als recht zusammenstottern.

Zehn Minuten später als gewollt schwang sie sich aus dem Auto und hoffte, dass ihr nasser Rücken nicht für jedermann durch einen riesigen Schweißfleck zu sehen war. Sie klingelte, doch anscheinend war Melanie nicht da und vergnügte sich wahrscheinlich mal wieder mit einem ihrer „Schnitzel", wie sie ihre neueste Bekanntschaft immer scherzhaft nannte. Also blieb Helen nichts anderes übrig als eine Kiste nach der anderen alleine in ihre Wohnung im Hochparterre zu transportieren. Dies gestaltete sich als höchst langwierig, da sie immer nur eine Kiste tragen konnte, weil sie ansonsten die Eingangs- und Wohnungstür nicht hätte aufhalten können. Zusätzlich musste sie noch jedes Mal ihr Auto abschließen, obwohl sie bezweifelte, dass ein uralter Corsa irgendeinen Reiz für Autodiebe darstellen könnte. Aber da ihr Tag ohnehin schon so unglücklich verlaufen war, wollte sie es nicht noch zusätzlich herausfordern. Als sie nach geschlagenen fünfundvierzig Minuten endlich alle Kisten in der Wohnung untergebracht hatte, atmete sie einmal kurz durch und sah sich um. Sie liebte die Altbauwohnung in der sie lebte und die sie sich nun mit Melanie teilen würde. Die schwere hölzerne Wohnungstür war mit Schnörkeln verziert und trug im Zentrum ein eingefasstes Glas mit einem Blumenmotiv. Die Decken der Wohnung waren hoch und mit Stuckleisten verziert. Die Zimmer hatten riesige Fenster und waren großzügig geschnitten. Es gab einen großen Wohn- und Essbereich mit einem Erker, einen breiten Flur, was gut für zwei Frauen mit vielen Schuhen war, zwei Schlafzimmer in ähnlicher Größe, das große Bad und eine Küche, deren Ausstattung zwar alt, aber zweckmäßig war. Ihre Möblierung war zwar wild zusammengewürfelt, als Student kaufte man die Möbel vor allem wenn sie billig und funktional waren. Das ein oder andere Schmuckstück hatte Helen sogar vom Sperrmüll gerettet, wie die wunderschöne Vintage - Hängelampe im Wohnzimmer oder ein kleines Regal für die Küche. Aber sie liebte diesen Platz, den sie ihr zu Hause nannte.

Helen beschloss, da sie ohnehin nass geschwitzt war, gleich mit dem Aufbau eines von Melanies Schränken weiterzumachen, der ihrer Ansicht nach nicht kompliziert zusammenzubauen sein würde. Sie entschied sich für ein Aufbewahrungsregal von Ikea. Doch nach zehn Minuten musste sich Helen leider geschlagen geben, da sie schon allein die Gebrauchsanweisung absolut überforderte. Wenn jetzt nur Melanie hier wäre, die hätte dieses Regal schon drei Mal zusammengebaut. Denn Helens Freundin hatte eine Begabung für solche praktischen Tätigkeiten, während Helen eher mit zwei linken Händen und einem absolut unlogisch denkenden Verstand gesegnet war. Da sie durch ihr Scheitern frustriert war, stellte sie ihre Stereoanlage auf die höchste Lautstärke ein, damit auch ja keiner ihren Gesang hören konnte, packte ihren Schrubber und wienerte die Wohnung. Als sie fertig war, setzte sie sich an einen provisorischen Esstisch und suchte in der ganzen Wohnung verzweifelt nach einem Schluck Wasser, doch Melanie hatte es scheinbar schon wieder versäumt beim letzten Einkauf einen Kasten mitzubringen, da sie sich lieber ein neues Schnitzel angelacht hatte. Wenn man vom Teufel spricht ... Ihre beste Freundin kam, wie immer freudestrahlend, die Tür herein. Helen hatte sich aufgrund dieser Tatsache schon oft gefragt, was Melanie eigentlich erschüttern konnte. Vor allem hatte sie ein Mundwerk das, wenn es einmal angefangen hat zu reden, nicht mehr schweigen konnte. Sie ging auf Helen zu mit einer Miene, die schon auf ihre nächste abenteuerliche Geschichte schließen ließ. Das letzte Mal ging es um einen toten "fliegenden Fisch" (so zumindest Melanies Angaben) auf der Straße, den sie vermeintlich getötet hatte, die Tierschützer anrief, die ihr dann erklärten, dass doch weit und breit kein Gewässer in der Nähe sei, aus dem eine solch seltene Fischart hätte entsprungen sein können.

„Also, ich sag' dir Helen ..." (ihr üblicher Spruch zu Anfang eines aufregenden Aben-

teuers...) „Da war ich eben einkaufen ... Hast du eigentlich gesehen, dass unser Mineralwasser leer war ...?"

Helen lächelte nur nachsichtig und verkniff sich einen Kommentar, da sie gespannt war, was denn nun Melanies atemberaubendes Erlebnis war. Melanie fuhr ungehindert fort, als ob sie Helens Reaktion auf ihre Aussage nicht wahrgenommen hätte.

„Na ja, jedenfalls will ich mir gerade so einen Kasten von dem Evian Wasser holen ..."

(Melanie hatte eine Schwäche für stilles Wasser) „Da kommt doch tatsächlich ein Bild von einem Mann auf mich zu und fragt „Brauchst du zufällig Hilfe?". So einen Typen habe ich noch nie gesehen - ein Traum sag ich dir. Jedenfalls hat er den Kasten für mich geholt - tolle Arme, dachte ich mir - und da schaue ich ihm so ins Gesicht, nachdem ich erst mal seine anderen Körperpartien gemustert habe und erkenne, dass er einer von der Uni ist!"

Helen kicherte nur aufgrund von Melanies ausschweifender Gestik, mit der sie die „Körperpartien" des Schnitzels beschrieb.

„Also, wenn der sich nicht einen Socken in die Hose gesteckt hat, dann lohnt es sich sicherlich da mal einen Blick hinein zu werfen ... Egal, also ... Da spreche ich ihn an, ob wir uns von der Uni kennen und er meint: „Ja klar, ich hatte bisher

nur noch keine Gelegenheit mich näher mit dir zu beschäftigen ..." Und er zwinkert mich an, verstehst du?"

An diesem Teil sollte man dazu sagen, dass Melanie mit ihrem allzu selbstständigen Mundwerk manchmal etwas übertrieb oder etwa umgekehrt?

„Auf jeden Fall wird er uns in circa einer halben Stunde abholen und uns nett zum Essen ausführen."

Helens Gesichtszüge erstarrten.

„Uns?", fragte sie mit dumpfem Ton.

„Na ja, ich habe gesagt er soll noch einen Freund mitbringen", erwiderte Melanie und wedelte ungeduldig mit der Hand. Sie konnte es einfach nicht lassen Helen zu verkuppeln. Das mochte ja mit 14 ganz witzig sein. Mit Mitte 20 war es aber etwas demütigend. Noch dazu wo sie einen Freund hatte!

„Melanie, du weißt genau, was Marco davon hält ...", entgegnete Helen daher.

„Und du weißt genau, was ich von ihm halte. Erst letztens, als ich abends mit einem Bekannten etwas trinken war, habe ich ihn ..."

„Spar dir doch deinen Atmen", sagte Helen säuerlich.

„Helen, wann begreifst du denn endlich, dass er dich an der Nase herumführt? Immer wieder dieses Gerede von wegen er kann ohne dich nicht leben ... Du bist doch viel besser als der Bimbo,

für den er dich immer abstempeln will. Aber so wie du dich dagegen sträubst, glaube ich manchmal du hast Lust dazu so verarscht zu werden."

Helen erhob sich. „Ich werde nicht schon wieder mit dir deswegen streiten. Er hat gesagt er liebt mich und dabei wird es auch bleiben!"

Schnaubend ging Helen in ihr Zimmer und knallte die Tür hinter sich zu. Sie hatte es wirklich satt immer wieder von Melanie vorgehalten zu bekommen, was Marco doch für ein böser Junge sei. In allen Dingen vertraute sie ihr, doch manchmal hatte Helen das Gefühl, dass Melanie ihr das Glück mit Marco nicht gönnte. Melanie konnte es wohl einfach nicht ertragen, dass Helen einmal den hübschen Goldjungen abbekommen hatte, deswegen war sie in dieser Hinsicht einfach nicht objektiv. Schnaubend stieß Helen mit ihrem Schuh gegen eine Kiste. Immer musste Melanie besser sein als sie. Es ging ihr wirklich auf den Geist. Sie hatte doch schon den sinnlicheren Körper, auf den alle Männer abfuhren, was wollte sie denn noch? Sie hatte langes rotes Haar, ein hübsches Gesicht, in dem der Höhepunkt ihre vollen Lippen und die strahlenden leicht mandelförmigen grauen Augen waren. Sie war etwas fülliger gebaut als Helen, was sich zum einen in einer wesentlich größeren Oberweite, als auch in breiteren Hüften zum Ausdruck brachte, was sie beides gekonnt in Szene setzen konnte. Ihre Rundungen waren betont frau-

lich und sie wusste haargenau, dass sie die Männer damit animieren konnte, wie eine Horde sexgeiler Hirnloser um sie zu werben. Noch dazu wusste sie sich geschickt zu kleiden, so dass selbst das ein oder andere Gramm zu viel gut kaschiert war. Helen dagegen war mit einer Art Inkompetenz in Bezug auf Kleidung gestraft, wie sie es immer genannt hatte. Doch Melanie hatte das immer als Helens persönlichen Stil gesehen, eben nicht jede Saison die angesagtesten Kleider neu zu kaufen. Na ja, eine Freundin war immer die Hässliche. Neben Melanie fühlte sich Helen definitiv wie eine graue Maus.

Helen hatte Melanie früher schon immer um ihr extrovertiertes Wesen beneidet, aber auch ihr gutes Aussehen gaben ihr noch heute oft einen Stich in ihr Ego und führten zu einem erhöhten Komplexbewusstsein, obwohl sie wusste, dass sie zu alt dafür war, um Komplexe zu haben. Mit ihrem offenen Wesen und ihrem selbstsicheren Auftreten fühlte Melanie sich überall wohl und war sofort im Mittelpunkt des Geschehens.

Helen brauchte immer etwas mehr Zeit, um mit neuen Leuten warm zu werden, deswegen galt sie sehr oft als schüchtern und kalt.

Eigentlich konnte man Helen mit einem einzigen Ausdruck beschreiben: Sie war ganz und gar durchschnittlich. Sie war zwar von schlanker Statur, höher gewachsen als andere Frauen viel-

leicht, aber dafür auch weniger mit üppigen fraulichen Rundungen ausgestattet als Melanie, was dazu führte, dass das männliche Geschlecht ihr weitaus weniger Beachtung zukommen ließ als ihrer besten Freundin. Doch irgendwann hatte Helen sich damit abgefunden gewissermaßen die Nummer zwei hinter Melanie zu sein. Nicht dass sie vollkommen unzufrieden mit ihrem Aussehen war. Sie hatte grazile lange dünne Beine, doch irgendwie hatte sie sich mit dieser Tatsache immer seltener trösten können und hätte gut und gerne fünf Zentimeter geopfert für eine größere Körbchengröße. Melanie wusste, wie Helen über sich dachte und hatte sie so lange sie sich kannten dafür gerüffelt, wenn Helen sich selbst als weniger hübsch darstellte als sie, deswegen hatte Helen mit ihr nicht mehr darüber gesprochen, dass sie sich durch Melanies Extrovertiertheit immer etwas zurückgestellt fühlte. Außerdem hatte sie ja einen Freund, der sie schätzte und attraktiv fand, daher waren ihre Komplexe in letzter Zeit etwas, dem sie nicht mehr so viel Aufmerksamkeit widmete.

Es klopfte an der Tür.

„Ja?“, sagte Helen säuerlich.

Melanie steckte ihren Kopf durch den Türspalt und schaute besorgt.

„Helen, ich glaube ich habe da etwas am Kehlkopf, könntest du mich einmal abtasten?“

Helen verdrehte die Augen, musste aber lächeln und schon verrauchte ihre Wut. Melanie, der alte Hypochonder.

„Na, komm schon her."

Melanie trat näher und ließ sich von Helen untersuchen.

„Da am Hals, fühl mal, da ist was Dickes", meinte Melanie und drückte sich am Hals herum.

„Da ist nichts", entgegnete Helen und ließ ihre Hände wieder sinken. „Hast du schon einmal darüber nachgedacht, ob das Medizinstudium wirklich das Richtige für dich ist? Alle zwei Wochen hast du eine neue Krankheit."

Melanie seufzte ergeben. „Du glaubst gar nicht wie oft ich schon hinschmeißen wollte, aber dann liegt mir wieder meine Mutter in den Ohren ..."

„Ich meine ja nur, dass das glaube ich auf Dauer nicht gesund ist."

„Ich werde drüber nachdenken", versprach Melanie und beide waren froh, dass die Stimmung sich wieder gebessert hatte.

„Weißt du was, wir lassen die Kerle heute Abend sausen und machen uns lieber einen Fernsehabend auf der Couch. Ich hab eh meine Tage und nicht viel Lust auf viel Tamtam."

„Ich auch", entgegnete Helen. Sie beide hatten amüsiert festgestellt, dass sie einen ähnlichen Zyklus hatten, was sie mehr als einmal erheitert und

zu gemeinsamen „Perioden-Gammel-Abenden" auf der Couch geführt hatte.

So saßen sie dann abends jeder mit einer Wärmflasche auf dem Bauch und einer Schüssel Chips zwischen sich auf der Couch und erzählten sich von ihrem Tag.

„Hatte ich dir neulich von der Urologie Vorlesung erzählt? Da wurde ein Fall vorgestellt, wie eine Ehefrau, man bemerke, selbst Krankenschwester, ihrem Mann die Hosen weiter genäht hat, weil dieser einen medizinballgroßen Hoden hatte? Zieh dir das mal rein! Und dann noch der andere Typ, der sich Elektrokabel in seinen Penis gesteckt hat ..."

„Nein, die Stories kenne ich noch nicht. Ich war in der Vorlesung, bei der sie von dem Typen erzählt haben, der sich den Vibrator so weit in den Hintern geschoben hat, dass man ihn nur über eine offene Bauch-OP hatte entfernen können und das Ding selbst dabei noch vibriert hat!"

„Oh, ein ausdauernder Akku also, haben sie zufällig erwähnt welche Marke der Vibrator hatte?", fragte Melanie grinsend und beide bekamen einen Lachanfall.

Und so saßen sie auf der Couch, stopfen sich mit Chips voll und amüsierten sich über eine Anekdote nach der anderen, wie das nur beste Freundinnen miteinander tun konnten.

Seltsam welche Erinnerungen einen manchmal wie aus dem Nichts heimsuchten, überlegte Helen, als ihr gerade dieser Abend mit Melanie in den Sinn kam, während sie durch die Weinberge spazierte. Es war keine drei Jahre her, dass sie eine so innige Freundschaft verbunden hatte und nun fühlte sich der Umgang mit ihrer ehemals besten Freundin so fremd und gezwungen an. Als wären sie völlig andere Menschen. Natürlich hatte es auch früher einmal Uneinigkeit zwischen ihnen beiden gegeben, aber sie hatten es immer durch ein kurzes Gespräch oder einen hypochondrischen Anfall von Melanie mit Humor lösen können, einfach weil sie sich so gut verstanden. Aber hatten sie sich wirklich gut verstanden? Oder hatten sich in ihrem Fall Gegensätze angezogen? Denn nun, wo Helen so darüber nachdachte waren sie beide doch grundverschiedene Charaktere. Wie konnte sie sich jemals von Melanie verstanden gefühlt haben? Und was war das für eine Freundschaft, bei der sich der eine aufgrund des Charakters und der Erscheinung des anderen so zurückgesetzt fühlte? Konnte sie erst jetzt mit etwas Abstand diese Beziehung genau wie jene zu Marco als diejenige beurteilen, die sie gewesen war? Es überforderte sie darüber nachzudenken, zumal es ihre trübsinnigen Gedanken nicht gerade fröhlicher stimmte.

Es war windstill, die Sonne brannte vom Himmel und sie gönnte sich geschwitzt eine kleine Pause von ihrem Spaziergang, als sie an einer kleinen Bank neben einem Baum ein schattiges Plätzchen fand. Sie sah einen kleinen Vogel auf dem Baum, der genauso einsam wie sie wohl etwas Schatten suchte. Genau so dunkel, wie die Sonne den Schatten warf, war es in ihrer Seele. Wie oft hatte sie hier an dieser Stelle schon gesessen und über das gegrübelt, was ihr widerfahren war? Der Vogel begann ein einsames Zwitschern und sie erinnerte sich, wie sie auch an einem bestimmten Morgen von einem Vogelzwitschern erwacht war und dann beim Aufstehen ein feuchtes Rinnsal zwischen ihren Beinen gespürt hatte. Nachdem der erste Schock sich gelichtet hatte und die Panik in ihr noch nicht drohte überhand zu nehmen, hatte sie versucht, das Ganze rational anzugehen. Eine Blutung in der Schwangerschaft war nichts Ungewöhnliches, obwohl ihre nun schon bereits so weit fortgeschritten war, dass sie bald nicht mehr darum herum käme sich Schwangerschaftskleidung zu kaufen und dann so langsam ihr Umfeld darüber zu informieren, dass sie schwanger und alleinerziehend sein würde. Aber das Rinnsal war nicht rot gewesen, es war klar. Denn es war Fruchtwasser gewesen. Alles danach verlief wie ein Film in ihrer Erinnerung. Sie versuchte es zu verdrängen, doch immer wieder krochen Fetzen davon hoch in ihr Bewusstsein oder suchten sie in ihren Träumen heim. Ein kurzes Gefühl der Hoffnung, als es hieß sie müsse zwar Liegen, es bestehe nur ein Riss in der Fruchthöhle, der könne heilen, neues Fruchtwasser gebildet werden und auch die vorliegende Nabelschnur war wohl nicht ausgetreten, sodass man nicht annehmen müsse, dass das Kind einen Schaden davongetragen hatte. Doch der Riss in der Fruchtblase hatte sich nicht verschlossen. Immer wieder rann ihr das Wasser zwischen den Beinen hinab und ihr Kind saß auf dem Trockenen. Die Gesichter der Ärzte, die sie jeden Tag visitierten wurden immer unzuversichtlicher und voller Mitleid, weil sie genau wussten worauf dies am Ende hinauslaufen würde. In diesem Moment hatte sie angefangen Ärzte zu hassen. Sie wollte keiner von diesen werden! Die immer genau wussten, was das Schicksal den Menschen antat und dann doch so rational über ihr geliebtes Baby sprachen. Als ob es eine Sache wäre, die noch nicht real war. Sie hatte dieses Kind bereits mit allem geliebt, was ein Mutterherz zu geben hatte. Und dann wurde sie mit Dingen und Sätzen konfrontiert wie: „Wir können zum jetzigen Zeitpunkt nicht mehr ausschließen, dass das Kind einen Schaden genommen hat ..." Einen Schaden, wie ein Auto gegen das man gefahren ist? Warum konnten sie es nicht aussprechen: Dass das Kind behindert sein konnte, körperlich wie geistig, weil irgendeine Laune der Natur entschieden hatte, dass die Fruchtblase schon nach der Hälfte der Schwangerschaft gerissen war. Man sagte ihr, sie hätte die Wahl. Aber eigentlich war doch mit diesen Worten alles gesagt. Für diese Ärzte war ihr Kind eigentlich schon tot, ein Fehlschlag, eine schlechte Laune der Natur. Man sagte ihr, sie könne nun aufstehen wie sie mochte. Wohl wissend, dass sie damit ihr Kind umbringen würde. Weil sie keine Hoffnung mehr sahen, dass der Riss sich wieder schließen würde und weil es bei jeder Bewegung, die sie in die halbwegs Senkrechte getan hatte, wohl dazu gekommen war, dass die Nabelschnur wieder vorgefallen war und damit das Kind mit dem so lebenswichtigen Sauerstoff unterversorgt war. Und obwohl sie sich für den Rest ihres Lebens in ihr Bett gelegt hätte, nur um ihr Kind zu halten, so zeigte dennoch die nächste Ultraschalluntersuchung, dass das kleine Herzchen nicht mehr schlug. Ihr Kind war tot. Ihr Bauch war schon leicht vorgewölbt, doch es war kein Leben mehr, das darin heranwuchs. Die viel schlimmere Tortur, wenn es überhaupt noch eine Steigerung an Grausamkeit geben konnte, war die Tatsache, dass sie es auf natürlichem Wege entbinden musste, weil es schon zu groß war, um als unscheinbarer Zellklumpen mit einer Ausschabung entfernt zu werden. Da sich nicht von selbst die Wehen einstellten, obwohl der kleine Körper ja bereits tot war und eigentlich abgestoßen werden sollte, musste man sie an einen Tropf hängen. Wie oft hatte sie über die Szene der Geburt nachgedacht, die sie sich vorgestellt hatte. Nach 40 langen Wochen, dann ein gesundes, kleines Bündel in den Armen zu halten. Aber es war anders gekommen. Keine vor Glück weinende Mutter. Sondern eine völlig verstörte apathische Frau, die mit der letzten Kraft, die ihr geblieben war, das tote Wesen aus sich pressen musste. Keiner der Ärzte oder Hebammen konnte ihr ins Gesicht sehen. Und sie wollte auch keinen sehen. Sie wollte in ein tiefes dunkles Loch klettern und nie mehr daraus hervorkommen. Und dieses Loch hielt sie noch immer umklammert, auch jetzt noch, wo sie unter der strahlenden Sonne Südfrankreichs saß. Sie sah sich selbst dort, am Boden des Abgrundes. Den Kopf nach oben gereckt, wo sie in der Ferne das Sonnenlicht und Heilung für ihre Seelenqualen fühlen konnte. Sie streckte ihre Arme aus, reckte sich der rettenden Kante entgegen und bekam sie doch nie zu fassen. Sie wusste nicht wie lange sie noch in Frankreich bleiben würde. Aber so lange ihr erstes Buch noch Profit einfuhr und sie den einen oder anderen Job annahm, konnte sie davon Leben. Sie müsste nicht auf jemanden angewiesen sein. Und sie würde Melanie auch bitten, in nächster Zeit abzureisen.

Als sie mit diesem Entschluss nach Hause zurückkehrte, hörte sie im Inneren Stimmen. Jetzt hatte Melanie doch tatsächlich jemanden mit hierher gebracht! In ihrem jetzigen Zustand konnte sie unmöglich jemandem vor die Augen treten, also schlich sie sich um das Haus herum, ohne von der Terrasse aus gesehen zu werden, um unbemerkt in ihr Zimmer zu gelangen. Vorher legte sie noch einen kleinen Abstecher in das Badezimmer ein, um sich etwas Wasser ins Gesicht zu spritzen. Ihren geröteten und geschwollenen Augen würde das kühlende Nass auch gut tun. Die dunklen Augenringe ließen sich damit leider nicht beseitigen, ebenso wenig ihr immer hagerer werdendes Gesicht, dem sie kaum einen Blick widmete. Dann ging sie in ihr Zimmer und ließ sich auf das Bett fallen, als sie plötzlich ein Knarren auf der Treppe hörte. Wurde jetzt auch noch das Haus besichtigt oder was? Das fragte sie sich mit leiser Panik, weil sie so nicht gesellschaftsfähig war. Als sich dann auch noch die Türklinke senkte, setzte sie sich abrupt auf und hörte nur Melanie vom unteren Treppenabsatz rufen: „Non, le bain est à gauche!“

Doch da stand *er* schon bei ihr im Zimmer und schaute sie erschrocken an.

3

Er hatte schwarze Haare, sie waren von Natur aus leicht gelockt, sodass er nie viel Mühe hatte sie lässig aussehen zu lassen. Noch dazu war er ein südländischer Typ. Ein Teil seiner Verwandten stammte aus Südfrankreich und er beherrschte den französischen Akzent so perfekt, dass man ihm diesen mühelos abnahm. Wenn er sie als Frau je wahrgenommen hatte, dann höchstens als eine Art kleine Schwester. Sie kannte ihn schon fast ihr ganzes Leben lang. Früher hatten sie nebeneinander gewohnt, waren beieinander ein - und ausgegangen als wäre es ihr zweites zu Hause gewesen und hatten später die gleiche Schule besucht. Lange Zeit waren beide wie Pech und Schwefel gewesen. Sie hatten zusammen Fußball gespielt, Lego gebaut, schnöde Familienfeiern über sich ergehen lassen und sogar die ersten gemeinsamen Doktorspiele aneinander praktiziert.

Helen wusste ganz genau, wann sich ihrerseits die Freundschaft in unerwiderte Liebe gewandelt hatte. Julien Uhl war in der Oberstufe für ein Jahr als Austauschschüler in Amerika gewesen. Der Abschied war ihnen beiden damals sehr schwer gefallen, aber Julien hatte ihr versprochen mindestens ein Mal in der Woche zu schreiben. Anfangs hatte er sich noch daran gehalten und sie hatte sich nach jedem seiner Worte gesehnt. Irgendwann waren seine Mails immer seltener geworden, bis sie schließlich ganz ausblieben. Helen hatte es ihm damals nur ein klein wenig übel genommen und sich damit getröstet, dass er sicherlich dort viele neue Erfahrungen machen musste und viele neue Leute kennen lernte und einfach nicht die Zeit hatte ihr regelmäßig irgendwelche Romane zu schreiben. Sobald er wieder in Deutschland war, hatte sie sich gesagt, konnte er ihr alles genauestens persönlich erzählen. Dem Tag seiner Rückkehr hatte sie freudig und aufgeregt entgegengefiebert. Ihre beiden Familien hatten ihn gemeinsam vom Flughafen abholen wollen. Helen hatte an diesem Tag ewig im Badezimmer gebraucht, um sich fertig zu machen. Sie hatte ihn einfach umhauen wollen, wenn er sie nach so langer Zeit endlich wieder sah. Sie war so stolz gewesen sich verändert zu haben, noch erwachsener geworden zu sein.

Als er aus den sich öffnenden Flügeltüren im Ankunftsterminal kam, da hatte sich in ihrem Inneren irgendetwas verschoben. Er war groß geworden. Wie er da so entlang geschlendert kam mit seinen original amerikanischen Jeans, dem lässigen T-Shirt und der Jacke, die er sich cool mit einem Finger über die Schulter geschwungen hatte, wirkte er nicht mehr, wie der Junge, der nach Amerika aufgebrochen war. Er war männlich, muskulöser und hatte ausgeprägtere Wangenknochen, als beim letzten Mal, als sie sich gesehen hatten. In ihrem Magen hatte es aufgeregt gekribbelt bei seinem Anblick. Nachdem er seine und ihre Eltern begrüßt hatte, schwenkte er zu ihr und drückte sie kurz an sich, um sie danach sofort zu ignorieren. Kein „Schön dich wiederzusehen", kein „Entschuldige, dass ich so lange nicht geschrieben habe". Es war so, als existiere sie gar nicht mehr. Sie war gelinde gesagt vor den Kopf gestoßen. Nachdem sich auch in den Tagen darauf nichts getan hatte, er nicht wie früher einfach anrief, um ein Treffen zu vereinbaren, fing sie wirklich an zu schmollen. Sollte er auf die Idee kommen, sie würde am kommenden Tag für die Busfahrt zur Schule auf ihn warten, hatte er sich geschnitten! Irgendwie musste sie es ihm ja begreiflich machen, dass man sich so nicht verhielt! Doch es schien ihm nicht im Mindesten aufzufallen! Sie hätte auch aus Luft bestehen können, so wenig beachtete er sie, auch wenn sie sich im Schulgebäude über den Weg gelaufen waren. Über andere hörte sie dann von seinen USA Abenteuern. Dass er dort den Führerschein gemacht hatte und auch, dass er eine Freundin gehabt hatte. Sie war zutiefst getroffen gewesen. In der Schule wurde dann auch noch gemunkelt, dass er seine Jungfräulichkeit beim Abschlussball an eine ältere Amerikanerin verloren hatte. Sie war so eifersüchtig, dass sie sich einredete er hätte dieses Gerücht selbst verbreitet, um sich interessanter zu machen, was er allerdings überhaupt nicht nötig hatte. Alle Mädels der gesamten Stufe lagen ihm zu Füßen, er war Mittelpunkt einer riesigen Clique, jeder wollte so cool sein wie er. Dies war dann der Moment, ab dem sie immer größeren Groll gegen ihn hegte. Natürlich fiel es auch ihren beiden Müttern auf, dass sie sich nicht mehr trafen. Gerade seine Mutter schien dies sehr zu bedauern. Einmal hatte sie Helen sogar darauf angesprochen, dass sie gar nicht mehr zu ihnen zu Besuch kam. Helen hatte nur mit einem Achselzucken und etwas lapidar von unterschiedlichen Freundeskreisen gefaselt, als würde dies die tiefe Verletzung, die sie empfand auch nur ansatzweise ausdrücken können. Das Letzte was sie wollte war aber, dass sich ihre beiden Mütter hinter ihrem Rücken über sie beide unterhielten und womöglich bemerken könnten, wie sie ihm gegenüber empfand. Also ging sie ihm fortan eben auch aus dem Weg und mied so gut es ging den Kontakt zu seiner Familie. Zumindest vorläufig ...

„*Juju?*", hauchte Helen, als er den Mund noch immer erstaunt geöffnet hatte, um ihr wohl ein "*Pardon*" zu entgegnen.

„*Helen? Bist du das etwa?*", er schaute völlig verdattert und kniff die Augen zusammen, fast, als ob er sie dann besser sehen könnte. Melanie kam die Stufen hochgestürzt.

„Julien? Du sprichst deutsch? Wer ist denn *Juju*?"

Julien schaute von einer zu anderen und gab Helen die Gelegenheit, trotz ihrer momentanen Gefühlslage, festzustellen, dass er noch viel wunderbarer aussah, als damals, als sie ihn das letzte Mal gesehen hatte. Er trug seine schwarzen Haare etwas länger als zuvor, doch sie hatten immer noch diesen lockeren Schwung, den sie schon immer so anziehend fand. Seine Kleidung mit einer weißen Leinenhose und einem kurzärmeligen Polo - Shirt, zeugten noch immer von einem sehr modischen Geschmack, wobei das Hemd mehr als erahnen ließ, dass er wohl immer noch sportlich engagiert war.

„Ich, ähm ... Helen? Was machst du hier? Oh tut mir leid Melanie, ich dachte nur ...", sagte er entschuldigend, aufgrund der Tatsache, dass er sie im Glauben gelassen hatte, er spräche kein Deutsch.

Unter all ihrem Frust und dem Schock ihn hier zu sehen, grollte es in Helen schon wieder. Er hatte sich nicht geändert. Noch immer benutzte er diese französische Masche, um seine Frauen rumzukriegen.

Melanie schien restlos verwirrt und klimperte hektisch mit ihren Wimpern.

„Woher kennt ihr euch?", fragte sie schlussendlich, als sie sich wieder gefasst hatte.

„Ähm, ja also ich ...", war in diesem Moment irgendwie alles, was Helen dazu einfiel. Er löste sich aus ihrem Blick.

„Früher haben wir nebeneinander gewohnt und waren auf der gleichen Schule. Hat sich dann aber irgendwie ausgeklinkt, nicht wahr Helen?", sagte er kumpelhaft und tat gerade so, als ob sie sich immer mal wieder zufällig in einem Haus mitten in Frankreich begegneten.

Als Helen irgendwo unter ihren Knien ihre Fassung wieder aufgetrieben hatte und sich um Himmels Willen fragte, warum sie sich anstellte als wäre sie zwölf, wurde sie allmählich immer wütender. Was bildete der sich eigentlich ein? *Sie* hatte den Streit ganz bestimmt nicht vergessen.

„Scheinbar .... ", erwiderte sie angesäuert.

Er lächelte honigsüß.

„Wohl doch immer noch die Alte ..."

Wenn es nur so wäre, dachte sie auf einmal traurig. Diese Situation fing an sie zu überfordern. Sie wollte am liebsten wieder alleine sein.

„Nun dann", schaltete sich Melanie wieder ins Gespräch ein, „möchtest du dann nicht vielleicht mit runterkommen?"

„Nein, ich bin ziemlich kaputt, war ein langer Tag heute. Nun also ich wäre euch ganz verbunden, wenn ihr einfach ... ähm ..."

Melanie ging schon wieder resigniert zur Tür heraus und Julien sagte:

„Wäre schön dich noch mal wieder zu sehen."
Wovon träumte er denn nachts?

„Was macht sie denn hier?", fragte er immer noch völlig überrascht von Helens Anblick.

„Ach, das ist eine lange Geschichte, sie würde die Zeitspanne dieses Abends restlos überziehen. Ich werde es dir irgendwann genauer erzählen."

„Aber ich verstehe nicht, warum sie hier ist?"

„Also ... sie ist abgehauen, da war so eine Geschichte mit einem Typ, alles nicht ganz einfach, aber selbst mir hat sie eigentlich nie die wahren Gründe erzählt ... Ich denke es ist besser, wenn du jetzt gehst, ich werde gleich noch mal zu ihr gehen."

Sie verwandelte ihre besorgte Miene in ein schmollendes Grinsen.

„Und für die Sache mit dem Französisch erwarte ich eine Entschädigung ..."

Wie gut, dass er so ein guter Schauspieler war, eigentlich war er im Moment überhaupt nicht zum Flirten aufgelegt.

„Aber sicher", sagte er und hauchte ihr einen Kuss auf die Wange.

Sie schloss die Tür und er stand im Dunkeln da und war immer noch völlig verwirrt. Er hatte schon viele Frauen in den unterschiedlichsten Lebenslagen gesehen. Doch noch nie hatte er jemals eine Frau gesehen, die so verwundbar und zerbrechlich aussah wie Helen. Sie vermittelte den Anschein, als würde sie jeden Moment zusammenbrechen. Ihre Augen waren gerötet und zeigten überdeutlich einen dunklen Schatten. Sie verströmte ein Gefühl ... Ihr war es noch nie besonders gut gelungen ihre Emotionen zu verbergen. Er konnte es nicht einmal beschreiben wie sie auf ihn gewirkt hatte mit ihrem mageren Körper, der dringend ein gutes Essen gebraucht hätte. Sie hatte ihm so leidgetan, dass er sie am liebsten in dem Arm genommen hätte, wäre er nicht selbst so verblüfft gewesen. Was mag nur passiert sein? Auch ihr kleiner aggressiver Ausbruch ließ nicht darüber hinwegtäuschen, dass irgendetwas in ihr zerbrochen war. Irgendwie hatte er immer gedacht, dass sie auf ewig die sein würde, die sie mal war. Die kleine Helen mit vor Scham rotem Kopf, wenn er sie etwas geneckt hatte ... Er hatte seine Kindergartenfreundin gemocht und auch die etwas biestige pubertierende und erwachsene Variante. Scheinbar war es wirklich ein Trugschluss zu glauben, es gäbe noch immer Dinge, die sich nicht ändern würden.

Dennoch, trotz ihres Auftretens war sie irgendwie hübsch gewesen. Natürlich konnte er nicht wirklich eine Frau attraktiv finden, die geschwollene Augen hatte und aussah, als wolle sie sich jeden Moment die Pulsadern durchtrennen, doch er hatte sie einfach mustern müssen. Ihr rotblondes Haar, das sie zu einem Pferdeschwanz gebunden hatte, sah allerdings nicht mehr so frisch und gesund aus wie früher, aber sie hatte noch immer eine schlanke Figur, die ihm gefiel. Ein merkwürdiger Instinkt in ihm hatte das unerklärliche Bedürfnis, Helen aus ihrer Gefangenheit und ihrer seelischen Verzweiflung zu helfen. Sicherlich war das ein absurder Gedanke, doch irgendwie wollte er seine alte Helen wieder haben. Wenn er sich um die Probleme anderer kümmerte, würde er vielleicht von seinen eigenen abgelenkt, denn er ertrug es einfach nicht mehr in seinen Gedankenkreisen gefangen zu sein. Sein Examen stand kurz bevor, nachdem er nun fast sein Praktisches Jahr beendet hatte. Er hatte den schriftlichen Teil der Prüfung schon hinter sich gebracht, was ein immenser geistiger Kraftakt gewesen war. Und er schien alle Reserven dafür aufgebraucht zu haben, als hätte er sich nur so gerade eben über diese Ziellinie schleppen können und war nun mental völlig erschöpft. Er musste eigentlich die verbliebene Zeit der Semesterferien dazu nutzen wieder zu lernen und doch konnte er sich zu nichts aufraffen, wo er sich doch vorgenommen hatte, seine Mutter stolz zu machen. Dieser Gedanke hätte ihn stärken sollen, doch er hatte ihm alle Energie entzogen, die er zum Lernen gebrauchen könnte. Seine Mutter war tot. Wenn er sein Examen bestand, würde sie das auch nicht mehr lebendig machen.

Aber er schuldete es ihr. Lange Zeit hatte er sein Studium nicht ernst genommen. Hatte es als eine Pflicht gesehen, die ihm in die Wiege gelegt worden war. Sein Vater war Arzt. Als Kind hatte er ihn schon mit in die eigene Praxis genommen. Da war klar, dass von ihm erwartet wurde, dass er in dessen Fußstapfen trat. Auch wenn das nie so offen kommuniziert wurde, für Julien lag es auf der Hand. Er hatte sein recht beherztes Studentenleben genossen. Viel gefeiert, viele Frauen kennen gelernt und sich damit davon abgelenkt, dass die Medizin für ihn im Gegensatz zu seinem Vater keine Berufung, sondern eine Bürde war. Er hatte die Semester vertrödelt, wohl wissend, dass er dennoch irgendwann sein Examen machen und praktizieren würde. Die Wochen, die alles geändert hatten, waren kurz vor Ende seines letzten klinischen Semesters über ihn hereingebrochen. Seine Mutter war an Bauchspeicheldrüsenkrebs erkrankt. Es war wie so oft erst im fortgeschrittenen Stadium diagnostiziert worden und eigentlich kam jede Chemotherapie zu spät. Man hatte ihr Leben durch die Chemo verlängert, um den Preis einiger Komplikationen. Er hatte seine Mutter in den letzten Wochen ihres Lebens begleitet, ihre Hand gehalten, als sie ihren letzten Atemzug tat. Er war froh gewesen, in den Wochen voller Leid, Schmerz und Kummer eine gute palliativmedizinische Betreuung für seine Mutter organisiert zu haben. Julien war der festen Überzeugung, dass dies auch der Grund war, warum ihr Tod so friedlich verlaufen war. Tage zuvor hatte sie bereits in einem Dämmerzustand verbracht und nicht mehr kommuniziert. Bis zu dem Moment, an dem sie die Augen aufgeschlagen und an die Decke gesehen hatte. Eine einsame Träne war ihre Wange hinab geronnen, als sie ihren letzten Atemzug tat, während er und sein Vater ihre Hände hielten. Natürlich war es ihm nicht leicht gefallen, sie gehen zu sehen. Und der Anblick dieser von der Krankheit gezeichneten und letztendlich vom Krebs geschlagenen Frau hatte sich auf ewig in sein Gedächtnis eingebrannt. Aber dass ihre letzten Stunden nicht leidvoll gewesen waren, erfüllte ihn mit tiefer Dankbarkeit und auch Demut. Und dennoch … Es waren Erinnerungen, die ihm so schwer auf der Seele lasteten, dass er seine Unbeschwertheit verloren hatte. Seitdem war er auf der Flucht. Vor seinem trauernden Vater, seiner eigenen Trauer und seinen Verpflichtungen. Er wusste nur, dass sich sein Leben geändert hatte. Wo er vorher das Studium zwar auch als Verpflichtung, aber als notwendiges Übel gesehen hatte, so war er nun tief entschlossen, seine Mutter nicht zu enttäuschen. Sie hatte immer gesagt, wie stolz sie war, dass er in die Fußstapfen seines Vaters treten würde und ja, er würde sie weiter stolz machen. Wenn er doch nur vergessen könnte, wie sie die letzten Wochen gekämpft hatte. Ihr ausgemergeltes Gesicht, aus dem das Leben so langsam wich. Es verfolgte ihn bis in seine Träume und ließ seine Entschlossenheit wanken, was ihn noch umso wütender machte. Vorbei war es mit den etlichen Frauengeschichten, vorbei war es mit dem zünftigen Studentenleben. Im Angesicht des Todes seiner Mutter kam ihm dieses Leben so weit weg und vor allem so unsinnig vor. Er hätte schon viel früher sein Studium beendet haben können. Hätte er nicht so viel Zeit verplempert, dann hätte seine Mutter dabei sein können, wenn ihm sein Examenszeugnis überreicht würde. Aber die Zeit konnte er nicht zurückdrehen. So sehr er sich auch wünschte seine Mutter säße in der Bankreihe, wenn er sein Abschlusszeugnis entgegennahm.

Hier in Südfrankreich arbeitete er im Praktischen Jahr bei einem Kinderarzt und lenkte sich mit den kleinen Patienten von sich selbst ab. Dann hatte er eine weinende und leicht angetrunkene Melanie in einer Bar aufgelesen. Da sie so aussah, wie er sich fühlte und er es per se nicht ertragen konnte Frauen weinen zu sehen, hatte er eben den französischen Charmeur heraushängen lassen und sie nach Hause gefahren. Seine eigene Erschütterung erhielt nun noch einmal neuen Nährboden bei Helens desaströsem Anblick. Was war mit ihr geschehen? War er nicht einmal ihr bester Freund gewesen? Was war in all den Jahren passiert, dass er es nicht mehr mitbekommen hatte, dass sie etwas so mitnahm, dass sie nach Frankreich verschwand und mehr tot als lebendig wirkte? Wieder einmal wurde ihm vor Augen geführt, wie viel Zeit er verschleudert hatte, auch damit oberflächliche Beziehungen zu führen und damit jene Beziehungen, die etwas zählten hinten an gestellt zu haben. Aber zu welchem Preis? Er hatte die beste Freundin, die er jemals hatte zurück gelassen und ihr deswegen in einer schweren Zeit nicht beistehen können. Was sagte das wohl über ihn aus? All seiner eigenen Trauer zum Trotz, er wollte ihr helfen ihr Leid zu überwinden. Und wenn es nur darum ging, nicht mehr über sein eigenes Leid nachzudenken und seine Fehler wieder gutzumachen.

„Du kannst es mir wirklich glauben, es ist so frustrierend mit ihr zusammen zu sein, wenn du ihr helfen willst, sie aber niemanden an sich ranlässt...", seufzte Melanie.

Sie saß mit Julien in einem Café in *Argelès* und hielt eine Limonade hoch, um etwas zu trinken.

„Aber es kann doch nicht sein, dass sie einfach abgehauen ist, nur weil ein Typ sie hat sitzen lassen? Sicher ist sie ein emotionaler Mensch, aber diese Kurzschlussreaktion passt so gar nicht zu ihr, wo sie doch so ein Planungsfanatiker ist."

„Du kennst sie scheinbar besser als ich dachte", sagte Melanie anerkennend und lächelte.

„Warum? Helen ist doch ein sehr offener und direkter Mensch, wer da nicht weiß, was abgeht ... Ich meine sie reibt zwar nicht jedem unter die Nase, dass sie Disney zitieren kann und praktisch in jeden Superhelden von Spider-Man über Captain America verliebt war, aber ..."

„Woher weißt du das nur alles?"

„Na ja, wir waren eben lange befreundet und beinahe wie Geschwister."

„Was soll denn dieses *Juju* überhaupt heißen?", fragte sie.

„Früher als Kinder haben wir uns immer verrückte Spitznahmen gegeben. Meiner war eben *Juju*. Helen hat es, obwohl ich diesen Namen verabscheue, leider nie übers Herz bringen können mich anders zu nennen ... Sie genoss es wohl eher, dass ich mich tierisch darüber aufgeregt habe", schilderte er mit einem Lächeln.

In diesem Moment betrat sein Cousin das Café und gesellte sich zu ihnen.

„Salut Pascal!"

„Bonjour. Qu ´ est ce que tu fais ici? Ah, je comprends, " sagte er mit Blick auf Melanie.

„Ich glaube wir sollten deutsch sprechen, damit wir die Dame nicht zu sehr in Verlegenheit bringen", sagte Julien.

„Enchanté Madame, isch bin Pascal Bérard", sagte er im Gegensatz zu Julien mit einem wohl echten französischen Akzent, und küsste ihre Hand.

„Bitte setz dich doch", sagte Julien und an Melanie gewandt fügte er hinzu, „Er muss dringend sein Deutsch verbessern."

„Pf", schnaubte er nur, „isch finde es gut so wie es iste."

„Es ist wirklich nicht schlecht, zumindest besser als mein Französisch", gab Melanie zu.

Pascal bestellte sich einen *Café au lait* und blickte betrübt seinen Cousin an.

„Isch ´abe alles versucht, aber isch kann einfach keine Wohnung für disch finden, die in deinem Budget liegt."

„Du suchst eine Wohnung?", fragte Melanie.

„Na ja", meinte Julien, „ich wohne zur Zeit bei Pascal, aber er hat nur eine winzige Wohnung und die ist eindeutig zu klein für uns beide, oder für sonstige Gesellschaft, die die Tür herein kommt", meinte er und zwinkerte Pascal zu.

„Wie wäre es, wenn ich Helen frage, ob sie nicht für dich ein Zimmer hat? Sie hat mehr als genug Platz, wir müssten nur alles ein wenig herrichten, vielleicht etwas tapezieren und abdichten, von den Mäusen und Kakerlaken befreien?"

Er lächelte nachsichtig aufgrund dieses Vorschlags. „Melanie, sie reißt mir und dir den Kopf ab, wenn du ihr das vorschlägst. Ich habe dir noch gar nicht von unserem letzten Zusammenleben in einer WG berichtet. Vielleicht sollte ich das, bevor du weitere Pläne schmiedest."

„Papperlapapp. Das Haus ist doch ohnehin zu groß für sie. Und wie lange suchst du jetzt schon nach einer Unterkunft? Ich fände es schön, wenn du bei uns einziehen würdest."

„Gut drei ein halb Wochen sucht er schon", sagte Pascal.

„Siehst du, Fragen kostet doch nichts. Ich werde sie gleich, wenn ich nach Hause komme, darauf ansprechen."

„Na gut, aber ich denke, du machst dir nur unnötig Hoffnung."

„Das werden wir ja sehen. Aber komm doch einfach heute Abend vorbei, dann können wir gleich den Mietvertrag feiern und denk dran, mit Mitbewohnern läuft nichts, das werde ich gleich mal an die Tür nageln", sagte sie voller Tatendrang und zwinkerte ihm zu.

So wie er das sah, hatte Melanie ganz eindeutig vor, in nächster Zeit jemanden zu nageln, aber was wusste er schon von Frauen ...

Als sie aufgebrochen war, nippte Pascal gerade an seinem Kaffee und schaute ihn durchdringend an.

„Wie geht es dir?", fragte er auf Französisch.

„Ich lasse den Kopf nicht hängen, das weißt du doch."

„Du hältst uns alle mit irgendwelchen Floskeln auf Abstand, aber ich glaube dir nicht. Warum hast du meine Mutter noch nicht besucht?"

Weil er es nicht ertragen konnte, der Schwester seiner Mutter ins Gesicht zu sehen, die ihr so ähnlich sah. Was auch der Grund war, warum er sich nicht einfach bei seiner Tante einquartierte für die kurze Zeit, die er hier war. Weil er mit seinen Eltern in seiner Kindheit so schöne gemeinsame Stunden dort verbracht hatte und ihm das nun alles verloren vorkam. Weil er im Moment vor jedem davon rannte, der ihn auf seine Mutter ansprechen konnte.

„Ich muss lernen, das weißt du doch. Ich bin einfach noch nicht dazu gekommen", sagte er ausweichend.

Pascal klopfte ihm mitfühlend auf die Schulter.

„Du weißt, dass wir für dich da sind."

Julien schluckte. „Das weiß ich, aber ich kann im Moment einfach nicht ..." Da versagte ihm die Stimme. Sein Cousin verstand und wechselte das Thema.

„Was war denn jetzt eigentlich mit der Kleinen?" Er nickte in Richtung Tür, aus der Melanie eben verschwunden war.

„Ja weißt du, ich habe sie neulich tief traurig in einer Bar sitzen sehen und mich ihr irgendwie seelenverwandt gefühlt. Da habe ich sie angesprochen“.

„Darf ich es als gutes Zeichen sehen, dass du die Damenwelt nun wieder mit deinem Charme bereicherst?“

„Nicht so eilig, Cousin. Ich hatte es einfach satt nur immer zu grübeln und stumm in ein halbvolles Glas zu schauen, und sie anscheinend auch.“

Er erzählte ihm noch vom Zusammentreffen mit Helen und ihrer gemeinsamen Vorgeschichte.

„Na das kann ja kein Zufall sein!“, entgegnete Pascal. Drei gestrandete Seelen auf einem Haufen, die irgendwie klar kommen wollen. Gott muss sich da wohl einen großen Scherz erlauben.“

Julien lachte. „Jedenfalls möchte ich Helen irgendwie helfen, auch wenn ich noch nicht weiß, was sie umtreibt. Aber wir kennen uns schon so lange. Ich wünschte ich hätte sie nicht so aus den Augen verloren und wüsste, was in ihrem Leben in letzter Zeit vorgefallen ist.“

„Und du meinst, sie wird dich bei sich einziehen lassen?“

„Das bleibt abzuwarten.“

„Nein, auf gar keinen Fall”, sagte Helen tonlos. Melanie kochte gerade Abendessen und nach der Menge zu schließen, die im Topf vor sich hin brodelte, war wieder ein Gast, mutmaßlich mit Namen Julien eingeladen, ohne ihre Zustimmung. Da war es mit der Ruhe mal wieder vorbei. Sie würde jedenfalls nicht den ganzen Abend mit den zwei Turteltäubchen zusammensitzen. Schon den ganzen Nachmittag bearbeitete Melanie sie, dass Julien dringend eine Wohnung suche, weil sein Cousin nicht genug Platz hatte. Warum nahm er sich nicht einfach ein Hotelzimmer, wie jeder normale Mensch, wenn er in einem anderen Land Urlaub machte? Sie ging auf die Terrasse, um Melanie nicht noch eine Möglichkeit zu geben, sie mit ihren Bitten zu belästigen. Doch da klingelte es auch schon an der Tür. Leider erkannte sie zu spät, dass sie nicht schnell genug geflüchtet sein würde, und so blieb ihr nichts anderes übrig, als auf der Terrasse zu bleiben. Julien, mal wieder chic gekleidet, mit einer stylischen Sonnenbrille auf der Nase kam zu ihr heraus und begrüßte sie:

„Bon soir, *Chérie*."

Warum nur war sie nicht nach Timbuktu ausgewandert?

„Hallo", erwiderte sie spröde.

Scheinbar warf er Melanie einen Blick zu, um sich zu vergewissern, dass diese das Umzugsthema schon angesprochen hatte. Er entnahm wohl ihrer Miene, dass es nicht glücklich gelaufen war.

„Wie ich sehe, wurde es schon an dich getragen, dass ich verzweifelt auf der Suche nach einer Bleibe bin", sagte er, während er sich die Sonnenbrille abnahm, sich auf dem Stuhl gegenüber von

Helen bequem niederließ und seine langen Beine vor sich ausstreckte.

„Meine Antwort lautet nein, also kannst du dir dieses hochtrabende Geschwätz auch sparen. Nimm dir ein Zimmer im Ritz", sagte sie und kratzte irgendwo die letzte Kraft zusammen, um dies mit unmissverständlichem Ton klar zu machen.

„Lass mich dir doch erst einmal erklären", sagte er charmant.

NEIN, er würde sie NICHT einwickeln.

„Also, mein Cousin hat eine Wohnung, in der gerade mal ein Mensch Platz hat, um irgendwie leben zu können und sich dabei noch um die eigene Achse zu drehen, und ich falle ihm entschieden auf die Nerven."

Nicht nur seinem Cousin.

„Seit drei Wochen schon suche ich in ganz *Argelès* nach einer Wohnung, zwischenzeitlich habe ich auch schon im Hotel gewohnt, aber du musst verstehen, dass das für einen armen Medizinstudenten wie mich, nicht einfach zu tragen ist."

Wo er doch schon früher alles von seinen Eltern in den Arsch geschoben bekam. Und er hatte das Studium wohl tatsächlich weiter durchgezogen. Sie hätte erwartet, dass er spätestens nach dem Physikum auf etwas anderes umsattelte. Wahrscheinlich wollte er Gynäkologe werden, um sich mit seinem Lieblingsthema - den Muschis anderer

Frauen - den ganzen Tag über beschäftigen zu können und zog es deshalb durch. Doch irgendwie hatte sie nicht die Kraft länger darüber nachzudenken. Es erinnerte sie einfach zu sehr daran, dass sie auch einmal den Weg des Medizinstudiums eingeschlagen hatte. Doch das war nun auch egal.

Er redete immer weiter auf sie ein, doch sie hörte ihm gar nicht mehr zu, so sehr hatte sie der Gedanke an ihr altes Leben wieder eingeholt und geschmerzt. Er schaute sich um.

„Wenn du möchtest, könnte ich dein Haus ein wenig auf Vordermann bringen. Ich könnte es tapezieren, die Türen ölen, die Leitungen überprüfen ..."

Nebenbei noch Melanie verführen ....

Er fuhr sich lässig durchs Haar. Wie konnte sie ihn nur loswerden?

„Und noch dazu hättest du einen Arzt in der Wohnung ..."

„Julien, wenn du dich erinnern magst, wir haben schon einmal zusammen gewohnt. Es war nicht gerade die traumhafteste WG, die ich mir vorstellen kann", resümierte Helen.

„Also ich fand das Zusammenleben ganz erquicklich", entgegnete er ernsthaft.

„Ja, bei den zahlreichen Quickis, die du im Flur, auf der Waschmaschine, in der Küche und auf

MEINEM Sofa erlebt hast, kann ich das durchaus nachvollziehen."

Er hatte auch noch die Frechheit schelmisch zu grinsen.

„Du musst mich mit jemandem verwechseln, Chérie."

Sie schnaubte.

„Und einen Arzt habe ich auch nicht nötig. Du wirst dich erinnern, dass ich auch Medizin studiert habe."

„Deinem optischen Eindruck nach zu urteilen hast du allerdings ganz dringend einen Arzt nötig, Chérie. Wann hast du das letzte Mal etwas Vernünftiges gegessen?"

Was maßte er sich an, dieser ungehobelte, rücksichtslose ...

„Mein optischer Eindruck steht hier überhaupt nicht zur Debatte. Was geht dich das an?"

„Helen, auch wenn es schon eine Weile her ist, wir kennen uns schon ewig und es macht mich traurig dich so niedergeschlagen zu sehen."

Diese verständnisvollen Worte nahmen ihr irgendwie den Wind aus den Segeln. Sie wollte nicht, dass er sie auf dieser Ebene anpackte. Viel besser kam sie klar, wenn sie mit ihm streiten konnte. Also überging sie seine Fürsorge und entgegnete: „Ich habe dich die letzten zehn Jahre auch nicht interessiert. Keine Ahnung wo dein plötzlicher Stimmungswandel herkommt, aber ich habe keine große Lust das traumatische Erlebnis unseres Zusammenwohnens zu wiederholen."

„Also als traumatisch hätte ich es jetzt nicht bezeichnet", antwortete er. „Und schau mal, seit Wochen bin ich bereits auf der Suche, selbst mein Cousin Pascal, der wirklich einige Leute hier kennt, hat nichts für mich gefunden. Du kannst doch einen alten Bekannten wie mich nicht auf der Straße sitzen lassen", versuchte er nun die Mitleidstour.

„Das hättest du dir überlegen sollen, bevor du hierhergekommen bist. Was treibst du überhaupt hier?"

„Ich habe das letzte Tertial von meinem Praktischen Jahr und bin in einer Kinderarztpraxis vor Ort, wenn ich nicht für die Prüfung lerne. Du siehst also, du würdest mich tagsüber ohnehin kaum zu Gesicht bekommen."

Sie schnaubte. Julien und lernen, das Thema kannte sie auch zur Genüge.

Helen hörte wie Melanie im Wohnzimmer herumscharwenzelte und anscheinend ihr Gespräch belauschte. Julien schien ihr durch die Terrassentür zuzusehen und antwortete anscheinend einer stumm geäußerten Frage Melanies mit einem Achselzucken.

„Und wie hast du vor hier noch mein Haus zu renovieren, wenn dein Tag mit deinen Tätigkeiten eigentlich ausgelastet ist?", fragte Helen genervt.

„Ich habe ja noch die Wochenenden und manchmal braucht man auch eine Pause vom Lernen. Das solltest du ja noch wissen."

Sie erinnerte sich an wahre Lernmarathons, die sie in ihrem Studium abgehalten hatte. Manchmal hatte sie nur eine Pause zum Essen, Schlafen und für die Toilettengänge gemacht. Helen war nie der Typ gewesen, der auf den letzten Drücker lernen konnte, da sie bisweilen leichte Prüfungsangst gehabt hatte und konnte nie die Leute verstehen, die noch vor dem Klausurraum irgendwie versucht hatten, sich etwas ins Hirn zu drücken.

„Du könntest mich auch abfragen. Das wäre für die mündliche Prüfung ganz gut, vor allem wo du auch Ahnung hast."

Das wäre das letzte, was sie tun wollte, wo sie doch jeden Gedanken an das Studium vermeiden wollte!

„Ich würde mich natürlich auch an den Lebensmittelausgaben beteiligen … Und, wenn du möchtest könnte ich dir etwas zur Miete beisteuern."

Dies ließ sie das erste Mal innehalten. Wenn Julien etwas zur Miete und den Einkäufen dazu gab, wäre ihre prekäre finanzielle Lage nicht mehr ganz so angespannt.

Natürlich entging ihm ihr Zögern nicht.

„Das meine ich ernst Helen. Nun komm schon, gib dir einen Ruck." Er schaute sie mit seinen ozeanblauen Augen abwartend an. Innerlich mit den Augen rollend ergab sie sich dem Unvermeidlichen.

„Zieh von mir aus hier ein und mach was du willst, Hauptsache du lässt mich in Ruhe. Aber dein Bett und Möbel kaufst du dir verdammt noch mal selbst", sagte sie aufgebracht und lief in ihr Zimmer.

Das würde sie bestimmt noch bereuen ...

Helen beendete das Telefonat mit ihrer Mutter. Mit deren letztem Satz: „Nun überlege es dir doch, schließlich ist er ein alter Kumpel von dir", hatte sie ihr nun doch ein schlechtes Gewissen gemacht. Julien brauchte dringend, zumindest vorübergehend, eine neue Wohnung, nachdem in seiner alten WG ein Schimmelschaden bestand und alles renoviert und neu gedämmt werden musste. Natürlich hatten sich ihre beiden Mütter schleunigst darüber ausgetauscht und so war es nicht verwunderlich, dass schnell verbreitet wurde, dass - ach welch ein Glück - Helen noch einen Mitbewohner suchte. Dass sie dabei nicht unbedingt an Julien gedacht hatte, wollte sie ihrer Mutter zwar durch die Blume zu verstehen geben, doch für diese schien es nur noch Formsache zu sein, dass sich das Wohnungsproblem von Julien nun gelöst hatte.

Es war Jahre her, dass sie Julien gesehen hatte. In der Schule hatten sie lediglich Belanglosigkei-

ten ausgetauscht, wenn sie überhaupt miteinander gesprochen hatten. Auf Festen ihrer Eltern waren sie sich zwangsläufig über den Weg gelaufen, wenn Helen sich zuvor nicht eine Ausrede hatte einfallen lassen können, warum sie nicht teilnehmen konnte. Sie redete sich ein, dem ganzen erwachsen begegnen zu können. Ihre Schwärmerei aus ihrer Teeniezeit war verflogen, warum sollte sie ihm nicht eine Chance geben? Einen Mitbewohner brauchte sie dringend, die Miete war sonst eindeutig zu teuer. Warum dann also nicht jemanden, den sie bereits kannte?

Also zog Julien bei ihr ein. Anfangs lief auch wirklich alles gut. Auch wenn die ersten Gespräche etwas steif verlaufen waren, hatte sich ihre anfängliche Scheu rasch gelegt, was nicht nur daran lag, dass er natürlich der Charmebolzen in Person war. Er beteiligte sich am Haushalt, ging einkaufen und machte sich auch sonst nicht unangenehm breit.

Zumindest die ersten zwei Wochen, bis er den ersten Damenbesuch mitbrachte.

Auch am heutigen Tag war sie mit ihrem Buch, an dem sie gerade schrieb, gut vorangekommen. Doch diese Schaffenskraft hielt nur bis zehn Uhr an, als Julien von seiner abendlichen „Damenschau“ zurückkam und sich sofort mit seiner Angebeteten im Nachbarzimmer niederließ. Völlig entnervt registrierte Helen, dass es mal wieder eine dieser kreischenden Frauen war, die scheinbar bei jeder von Juliens Berührungen einen Orgasmus bekam. Helen konnte sich bei diesem Geräuschpegel einfach nicht mehr konzentrieren, stand auf und ging in die Küche, um sich etwas zu essen zu kochen. Dann setzte sie sich auf die Couch und wartete ab, bis das reizende Liebesspiel endlich vorüber war. Als sie vierzig Minuten später einen Minirock durch die Tür verschwinden sah, beschloss sie, mal wieder genervt bis aufs Letzte, da sie nun viel Zeit verloren hatte, Julien das Wort „Ruhestörung" zu erläutern. Um nicht gleich als wild gewordene Hyäne zu gelten, klopfte sie zumindest an die Tür, bevor sie jene öffnete. Er, nur mit einem Bettlaken bekleidet, lag auf seinem Bett, war aber offensichtlich nicht in ein sexuelles Koma gefallen, da er ihr Eintreten bemerkt hatte und dies mit einer fragend hochgezogenen Augenbraue quittierte. Ein intensiver Vanillegeruch machte sich von seinem Bett aus auf dem Weg zu ihrer Nase. Ihr würde übel. Vanilleparfum! Wenn man riechen wollte wie ein Kuchen, warum backte man nicht einfach einen?

„Ja, eure Majestät?", fragte er und erhob sich, nachdem er sich seinen Bademantel vom Ende des Bettes geklaubt und ihn übergeworfen hatte. Zwar schien ihm seine Nacktheit nichts auszumachen,

dennoch hatte sich Helen in der Zeit kurz abgewendet.

„Ich wollte dich nur einmal daran erinnern, dass du nicht der Einzige in dieser Wohnung bist. Ich muss zufällig etwas Wichtiges arbeiten. Auch wenn dir das Wort Konzentration kein Begriff sein wird, will ich dir doch erklären, dass ich nicht arbeiten kann, wenn aus dem Nebenraum irgendwelche Urwaldschreie ertönen. Noch dazu kann ich es nicht leiden, wenn sich in meiner ganzen Wohnung künstliches Ekel erregendes Vanillearoma breit macht. Hast du das soweit verstanden?“

„Ich denke schon“, sagte er lächelnd und kratzte sich dabei, ob nun bewusst oder unbewusst, wie ein zu blöd geratener Affe am Kopf. Wenn er doch nur wirklich so dumm wäre ...

„Was arbeitest du denn so Wichtiges?“, fragte er provokant und kam ihr immer näher entgegen.

„Lernen“, entgegnete sie schlicht. Sie würde ihm nicht auf die Nase binden, dass sie gerade an einem Buch arbeitete, wo sie im Moment noch nicht einmal wusste, ob es wirklich herausgegeben werden würde. „Das ist etwas, womit man Prüfungen besteht. Aber davon hast du natürlich keine Ahnung oder wie lange hast du nochmal gebraucht, um endlich Biochemie zu bestehen? 30 oder 50 Semester?“

„Autsch, das war ein Schlag unter die Gürtellinie“, entgegnete er und verzog sein Gesicht.

„Das ist auch der einzige Ort, an dem man dein Gehirn vermuten könnte.“

„Hey Helen, komm schon“, erwiderte er, ob dieser Beleidigung, „was ist denn dein Problem? Ich habe es kapiert, dass es dich nervt, jetzt brauchst du nicht die nächsten Wochen wieder beleidigte Leberwurst zu spielen, wie das letzte Mal, als ich zufällig deine Putensalami gegessen habe.“

„Ich spiele überhaupt nicht beleidigte Leberwurst“, sagte sie und legte wie so oft die Stirn in Falten.

„Weißt du Helen, der Anblick deines genervten Gesichts hat sich in mein Gehirn eingebrannt, so oft habe ich ihn schon gesehen. Glaub mir, der Experte weiß, wann du sauer bist und wann nicht, Chérie“, sagte er und berührte dabei die Falte, die sich zwischen ihren Augenbrauen gebildet hatte. „Aber nebenbei, du hast Recht, was das Vanilleparfum angeht.“ Er beugte sich etwas vor und schnupperte kurz hinter ihrem Ohr, sodass ihr widerwillig eine Gänsehaut über den Körper rann. „Riechen tust du besser.“ Er vollführte sein schönstes Lächeln und entblößte dabei zwei Reihen gerader weißer Zähne, die die Natur besser hinbekommen hatte, als jeder Kieferorthopäde. Sie ließ sich ganz bestimmt nicht von seinem Charme bezirzen, das hatte sie nicht nötig! Und

warum er sich jetzt lässig mit seinem Arm an den Türrahmen lehnte und seinen bescheuerten Hundeblick aufsetzte, konnte sie auch nicht begreifen, auch wenn ihr Herzschlag sich dabei beschleunigte. Manchmal konnte er den hirnlosen Verehrer wirklich nahe der Perfektion nachahmen, doch sie war nicht dumm. Sie hatte jetzt lange genug mit ihm unter einem Dach gelebt, um zumindest nicht völlig übersehen zu haben, dass er geistig nicht so unterbelichtet war, wie sie es gerne hätte. Denn neben seinen abendlichen Verführungen sah sie ihn entgegen ihres vorhin geäußerten Vorwurfes sehr wohl auch mal mit einem dicken medizinischen Wälzer in der Hand im Wohnzimmer sitzen und lernen. Doch wenn er dann wieder lässig mit seiner Hand durch sein Haar fuhr, drängte sich einem abermals ein etwas anderes Bild auf. Fakt war, dass er ihr entschieden auf die Nerven ging.

„Ich möchte zu gerne wissen, warum du so bescheuert grinst. Und nenn mich nicht Chérie.“

„Ich versuche nur nett zu sein, Majestät, ist das falsch? Ich meine, wenigstens gibt sich einer Mühe diese Wohngemeinschaft einigermaßen freundlich zu gestalten. Alles, was du dazu beizutragen hast, ist nun ja leider etwas negativ.“

„Ich habe einfach nur keine Lust, ständig mit deinen Hausgigolo Bekanntschaften konfrontiert zu werden. Wie neulich, als ich sogar einen Scheiß Schlüpfer einer deiner ...“

„Freundinnen?“, schlug er neunmalklug vor.

„... Betthasen in MEINER Wäsche vorfand. Oder das andere Mal, wo ich nachts nichtsahnend aufs Klo will und du mit einer Dame inklusive Arschgeweih feuchte Liebesspiele unter der Dusche treibst.“

„Na ja, feucht war sie ganz sicher“, grinste er teuflisch.

Helen raufte sich die Haare und stöhnte. „Was ist so schwer daran einfach den Schlüssel rumzudrehen, wenn man das Badezimmer benutzt?“

„Entschuldige, wenn ich das im Eifer des Gefechts einfach vergessen habe.“

„Dann führe diese Scheiß Gefechte doch das nächste Mal in deinem Zimmer aus! Und zwar in einer Lautstärke, bei der die Nachbarn nicht nachts wegen Ruhestörung die Polizei rufen müssen“, keifte sie.

„Helen, nur weil du chronisch untervögelt bist, soll der Rest der Nation jetzt den Beischlaf einstellen oder wie stelle ich mir das vor?“

„Ich bin nicht untervögelt! Ich renne nur nicht mit einem Fick-mich-Schild um den Hals durch die Gegend!“

„Vielleicht ist das das Problem“, entgegnete er zwinkernd.

„Was soll das denn nun wieder heißen? Nein, lass es, dieses sinnlose Gelaber provoziert nur wieder meinen nächsten „negativen“ Wutanfall.“

„Wenn ich dich so nerve, warum stehst du dann schon geschlagene zehn Minuten mit mir an der Tür und führst Zitat: „Sinnlose Gespräche“?“

Warum nur hatte Helen den Eindruck in Streitgesprächen mit ihm immer den Kürzeren zu ziehen?

„Ich glaube es einfach nicht! Den ganzen Tag habe ich sie angebettelt und du redest gerade mal zehn Minuten mit ihr und hast alles in der Tasche.“

Julien war nicht ganz so positiv gestimmt. Ja, er hatte eine Wohnung. Helen hatte sich mit ihm sogar einen kleinen Disput geliefert, was zeigte, dass sie zumindest ihr Feuer nicht ganz verloren hatte, das er von ihr kannte. Doch hinter all dieser Fassade vernahm er ihre unendliche Traurigkeit, die er noch immer nicht ergründet hatte. Die angespannte Stimmung zwischen den beiden Frauen war ebenfalls deutlich spürbar und Helen feuerte nun absichtlich oder unabsichtlich häufig verbale Spitzen gegen Melanie ab, die er doch ziemlich verletzend fand. Melanie ertrug dies, wie er fand mit recht stoischer Ruhe, auch wenn ihr kleiner Zusammenbruch in der Bar ihm deutlich gezeigt hatte, wie sehr sie es doch in Wirklichkeit belasten musste, dass ihre beste Freundin so eiskalt zu ihr war.

„Seit Wochen bin ich hier und alles was sie für mich übrig hat ist zynisch und voll stummer Traurigkeit. Seitdem du da bist, habe ich mir noch den ein oder anderen Seitenhieb anhören dürfen, ganz als ob sie es darauf anlegen würde mich endlich loszuwerden."

„Dass ich ihre Stimmung also in eine aggressive umgewandelt habe soll ich dennoch als Fortschritt sehen?"

Er konnte dem nicht ganz so viel abgewinnen wie Melanie.

„Zumindest zeigt es mir, dass sie emotional nicht so unbeteiligt ist, wie sie manchmal tut."

Als Julien am nächsten Tag seine Kisten in die Wohnung verfrachtete, hatte er Helen einmal zu Gesicht bekommen, als sie in der Küche ein Glas Wasser getrunken hatte. Sie hatte ihn keines Blickes gewürdigt und war dann wortlos an ihm vorbeigerauscht, hinauf in ihr Zimmer. Ihm war auch klar, dass sie ihm absichtlich verschwiegen hatte, dass das heiße Wasser nur den Vormittag über ausreichte sodass er sich beinahe beim Duschen am Abend seine Kronjuwelen abgefroren hätte. Da er im Moment etwas knapp bei Kasse war, wollten er und Melanie in kleinen Etappen zum Baumarkt und ins Möbelgeschäft fahren, um die Besorgungen für die notdürftigen Ausbesserungen und die Ausstattung, die er für die kurze Zeit in diesem Haus an Mobiliar brauchte, zu kaufen. Ein altes Gästebett und ein paar Farbeimer hatten sie von einem Bekannten von Pascal geschenkt bekommen, sodass er zumindest ein paar Zimmern einen neuen Anstrich verpassen konnte und nicht mehr länger auf dem behelfsmäßigen Lager, das sie mit Kissen neben Melanies Bett gebaut hatten, schlafen musste. Und für das zweite Gästezimmer, in dem Melanie nächtigen würde, hatten sie eine günstige Matratze gefunden. Von Helen war bestimmt keine Kooperation in Bezug auf Geld zu erwarten, aber zum Glück erhielt er in der Arztpraxis eine kleine Aufwandsentschädigung. Als er seine letzten Habseligkeiten ins Haus verfrachtet hatte, saß Melanie auf dem Sofa und las.

„Na, hast du alles unter?“, fragte sie lächelnd.

„Ja, das war alles, ich habe nicht so viel mit nach Frankreich gebracht, da ich ja sowieso erst mal eine Wohnung für die Zeit finden musste, in der ich hier bin.”

Er betrachtete ihre kleine Reisetasche und fragte sich, warum sie eigentlich noch hier war, wenn Helen nun ihre Freundschaft so gehörig auf die Probe stellte. So viel hatte er aus der Beobachtung der beiden zumindest schließen können. Er ließ sich neben Melanie auf der Couch nieder. Irgendwie wirkte sie erleichtert, dass er nun hier war. Vielleicht, weil sie dann nicht mehr so allein sein würde.

„Melanie, darf ich dich etwas fragen?”

Sie nickte.

„Warum bist du noch hier?"

Sie lächelte milde, als ob sie diese Frage nicht überraschte.

„Das habe ich mich die letzten Wochen auch gefragt."

„Und zu welchem Schluss bist du gekommen?"

„Sie war mal meine beste Freundin. Auch wenn ich nicht nachvollziehen kann, was auf einmal mit ihr los ist, will ich sie doch nicht aufgeben, denn ich glaube, dann würde sie immer in ihrer Traurigkeit versunken bleiben."

Sie beide hatten es sich also zur gemeinsamen Mission gemacht, Helen aus ihrer Misere zu befreien. Er legte seinen Arm um Melanies Schulter und versuchte sie etwas zu trösten. Er erfuhr, dass ihre Freundschaft noch nicht so lange bestand. Beide Frauen hatten sich von der Uni flüchtig gekannt. Bis Melanie dann seinen Platz in der WG eingenommen hatte. Die beiden schienen sich auf Anhieb gut verstanden zu haben und es hatte sich wohl doch recht schnell eine tiefe Freundschaft entwickelt. Melanies offene und wenig zurückhaltende Art hatten dabei der schüchternen Helen bestimmt ganz gut getan, überlegte er, da sie sich doch manchmal in ihr Schneckenhaus zurückzog. Bei Menschen, bei denen sie sich wohlfühlte, kam sie auch mal aus sich heraus und man merkte schnell, dass sie wirklich an ihren Freunden, von denen es wenige ausgesuchte gab, Interesse hatte. Melanie schien eine davon gewesen zu sein. Julien erfuhr auch, dass es noch immer Marco gewesen war, mit dem Helen zuletzt eine Beziehung geführt hatte. Eben jener Marco, vor dem bereits er sie gewarnt hatte und, wie Melanie beteuerte, sie auch nie begeistert gewesen sei.

„Aber sie ist eine erwachsene Frau. Ich weiß nicht, was sie in ihm gesehen hat, aber sie konnte sich einfach nicht von ihm lösen."

„Trotzdem muss irgendetwas passiert sein, das letztendlich den Ausschlag für ihre Trennung und ihren Aufbruch hierher veranlasst hat."

„Ja, da stimme ich dir zu. Aber wenn sie nicht darüber redet, kann ich ihr auch nicht helfen, was auch immer das gewesen ist zu verwinden."

Zuerst galt es aber irgendwie die Freundschaft dieser beiden Frauen zu kitten, dachte er sich, bevor sie irgendwie Helens Seelenfrieden wiederherstellen konnten.

Sie hätte es wissen müssen. Das alles hatten die beiden geschickt eingefädelt, damit sie sich hier in ihrem Heim ein nettes Nest bauen konnten. Warum nur hatte Helen es nicht gleich durchschaut und einen Riegel vorgeschoben. Und dass sie in IHREM Haus so hinterrücks über ihre Gefühlswelt redeten machte sie erst recht wütend. Eigentlich war ihr in letzter Zeit vieles egal gewesen.

Dies aber nicht. Was hatte sie sich nur dabei gedacht Julien einziehen zu lassen? Nichts! Und jetzt saßen die beiden gemeinsam auf der Couch, Julien mit einem Arm um Melanies Schulter geschlungen und beratschlagten über ihren emotionalen Zustand! Himmel! Und morgens hatte er Melanie auch noch auf seine Joggingrunde mitgenommen, wie bei einem alten Ehepaar, das zusammen loszog, um Tennis zu spielen. Sie war so wütend, dass sie völlig wie von Sinnen auf ihre Kissen einschlug. Schon seit Wochen hatte sie ihr Bett nicht gemacht, weil ihr einfach der Elan dazu gefehlt hatte, doch nun war sie außer sich vor Wut. Sie war nach Frankreich gekommen, um ihre Ruhe zu haben und was hatte sie nun? Zwei Hobbypsychologen, die es wahrscheinlich über kurz oder lang auch noch miteinander in die Kiste trieb. Sie beschlich dabei ein so fremdes Gefühl, dass sie kurz in sich hineinhorchen musste, um es näher zu definieren, aber sie war schlicht und ergreifend eifersüchtig. Auf die Nähe, die ihre beiden Freunde so schnell miteinander verband. Das regte sie nun noch mehr auf! Nein, sie würde es diesen beiden nicht gestatten einfach so mir nichts dir nichts ihr Leben umzukrempeln. Schon gar nicht Julien! Er hatte sie schon früher so oft enttäuscht, verletzt und ihre Gedanken aus ihren Bahnen geworfen, dies würde sie heute nicht mehr zulassen! Wütend riss sie die Tür auf und stand an der

Treppe, doch dann verließ sie auf einmal der Mut. Sie hatte sich überhaupt nicht mehr im Griff und ging sich irgendwie selbst auf die Nerven! Wochenlang hatte sie nichts anderes gemacht als geheult. Und nun stürzte sie ins nächste Extrem und gab sich ihrer Wut hin? Nun, vielleicht konnte man das mit gutem Willen als eine Art Besserung ansehen, dachte sie im nächsten Moment und stapfte polternd die Treppe hinunter.

Helen kam gerade von ihrem inzwischen obligatorischen Spaziergang durch die Weinberge zurück, den sie sich jeden Tag gönnte, weil sie diesem Irrenhaus entfliehen musste. Ständig geriet sie in Streitgespräche mit Julien oder mit Melanie, die sie dazu drängen wollten mit ihnen Farbe zu kaufen oder irgendwelche Möbel auszusuchen, als ob sie in einer verdammten Dreierbeziehung lebten und ihr Feriendomizil auf Korsika einrichteten. Es war zum Verrückt werden. Andererseits hatte es Julien tatsächlich geschafft sie von ihrer Verzweiflung abzulenken, indem er sie so nervte. Vielleicht konnte sie auch ihre Traurigkeit vergessen, indem sie einfach etwas weiter mit ihm stritt. Bis jetzt funktionierte es ganz gut. Was machte sie sich eigentlich vor, dachte sie im nächsten Moment. Sie wusste gar nicht mehr, was mit ihr los war. Seitdem Julien bei ihr wohnte, war sie eindeutig übergeschnappt. Sie hatte das Haus nicht geputzt, sondern gewienert wie eine Verrückte. Helen hatte zwar schon immer einen ausgeprägten Putzfimmel gehabt, aber der hatte sich irgendwann mit all ihren anderen positiven Eigenschaften in Deutschland verabschiedet. Doch nun war sie nicht mehr zu halten. Sie fühlte sich als wäre sie in den Wechseljahren und hätte pausenlos irgendwelche Stimmungsschwankungen. Sie war völlig durcheinander von diesen Gefühlsschwankungen und wusste nicht mehr was sie tun sollte. War sie zu Hause und stritt sich mit ihm, wollte sie alleine sein und ihre Ruhe haben. War sie alleine, hätte sie am liebsten einen Streit mit ihm angezettelt und ihm die Augen ausgekratzt.

Im Haus roch es penetrant nach Farbe, also waren er und Melanie letztendlich doch alleine losgefahren um die betreffenden Farbeimer zu besorgen. Helen holte sich ein Glas Wasser und stapfte die Treppe zu ihrem Zimmer nach oben, wo sich der Farbgeruch noch intensivierte. Ihr schwante nichts Gutes, als sie die Tür ihres Zimmers angelehnt sah, denn normalerweise war sie immer geschlossen. Niemand hatte etwas in ihrem Zimmer zu suchen! Das war ein eklatanter Verstoß gegen ihre Privatsphäre! Sie schwenkte die Tür mit einem lauten unheilvollen Knarren auf und blickte hinein. Da stand Julien oben auf einer Leiter, mit einer verschwitzten, von Farbe bekleckerten und leider auch nackten Brust und strich die Wand!

Sie ließ ihr Glas Wasser auf den ohnehin schon ziemlich morschen Holzboden fallen. Da er sie schon auf den Stufen gehört haben musste, erschrak Julien leider nicht so sehr, dass er von der Leiter fiel und sich den hübschen Hals brach. Zumindest aber sah er sie erstaunt an.

„Hi Helen, ich dachte nicht, dass du schon wieder da bist."

Sie blieb stumm. Warum musste er aussehen, als spielte er gerade bei einer billigen Cola-Werbung mit?

„Ja, ich weiß ... Es ist noch nicht fertig, eigentlich wollte ich dich überraschen ... wenn dann alles angepinselt ist."

Dann sah er sich stolz im Zimmer um.

„Was sagst du?"

Mal abgesehen von den wenigen Möbeln, die nicht mehr an ihrem Platz standen, hatte Helen keine Lust ihr nun verunstaltetes Zimmer zu betrachten, denn sie bebte vor Zorn. Er hatte einfach ihr Zimmer gestrichen?

„Was denkst du dir dabei?“, brüllte sie. „Mir hat mein Zimmer gefallen wie es war!"

Julien versuchte nicht allzu perplex dreinzuschauen und sagte: „Niemandem gefällt ein Zimmer, in dem man die Tapete von vor zwanzig Jahren durchscheinen sieht!"

„Das war mir scheiß egal!", schrie sie weiter.

„Du könntest es dir doch zumindest erst mal anschauen, bevor du mich wie ein Idiot anbrüllst", sagte er entrüstet, deutete dabei mit der Farbenrolle auf die Wände und hielt sich nach Balance suchend mit der anderen Hand an der Leiter fest. Leider betrachtete Helen allzu lange das ihr gebotene Muskelspiel, wodurch sie ihm keine freche Antwort entgegenschleudern konnte, nach der sie ihr Gehirn verzweifelt durchforstete. Es blieb ihr also nichts anderes übrig, als ihr derangiertes Zimmer zu begutachten.

Ihre Wände waren in einem sonnigen gelb erleuchtet, das durch die späten Sonnenstrahlen in ein wohliges goldgelb verwandelt wurde. Das Zimmer strahlte auf einmal so viel Wärme aus, dass es sie wie eine Wucht im Bauch traf. Wenn sie nicht vor ihm vehement so viel Stärke hätte zeigen wollen, hätte sie sich auf ihr Bett gesetzt, um einmal kurz durchzuatmen, den Anblick einfach in sich aufzunehmen und damit fertig zu werden, dass es einfach wundervoll war. Das hatte wohl auch *Mister nackte schweißige Brust* bemerkt, denn er setzte ein triumphierendes Lächeln auf. „Na, beeindruckt?"

Sie räusperte sich, wusste aber immer noch nicht was sie sagen konnte, da ihr beim besten Willen kein anderes Wort außer *Danke* einfiel.

Er kletterte langsam die Leiter hinunter, legte die Farbrolle in den Eimer und wischte sich mit einem Handtuch den Schweiß von der Stirn.

Jemand mit nacktem Oberkörper sollte eigentlich nicht so bedrohlich aussehen, wenn er mit erhobenem Zeigefinger auf einen zukam, dachte sie anschließend und spürte wie sich sein Finger in ihr Brustbein bohrte.

„Hinsetzten", sagte er bissig und sie ließ sich sogleich gehorsam aufs Bett fallen, jedoch nicht ohne sich die Stelle zu reiben, die er eben so unsanft berührt hatte.

„Das hat weh getan ...", beschwerte sie sich.

„Ich habe jetzt wirklich genug von deinen Launen“, schimpfte er darauf los. „Ich möchte, dass diese verdammte Sache zwischen Melanie und dir aus der Welt geschafft wird! Mit mir kannst du ja umgehen wie du willst, aber sie hat das wirklich nicht verdient!“

„Klar, dass du dich auf ihre Seite stellst“, beschwerte sich Helen.

„Du hast mir bisher keinen Grund gegeben, mich auf deine zu stellen liebe Helen! Und ich habe wirklich keinen Bock mehr, auf das, was zwischen euch abgeht.“

„Du weißt ja wo die Tür ist“, konterte Helen nur.

„Jetzt hör mir mal zu, du bist die furchtbarste Freundin, die man sich nur wünschen kann. Soll ich dir das mal erklären, damit das auch in deinen dickköpfigen Schädel geht! Melanie reißt sich den Arsch auf, um dir zu helfen, kommt wochenlang hier her, renoviert mit mir zusammen diesen Kasten ohne einen Pfennig oder Dankeswort von dir und was machst du?“

„Ich habe sie nicht gebeten bei mir einzuziehen! Wenn sie denkt, einfach hier her kommen zu müssen und dann ist wieder alles so wie früher, hat sie sich geschnitten!”

„Ich habe zwar keine Ahnung was überhaupt vorgefallen ist, aber keiner verdient es mit solch einer Ignoranz gestraft zu werden! Schon gar nicht, wenn derjenige nur helfen will! Sie hat ihre beste Freundin verloren, weißt du.“

„Damit kenne ich mich aus! Vor Jahren ist es mir mit meinem besten Freund genauso gegangen. Damals hat ihn keiner deswegen zur Rede gestellt, wie die Moralpolizei. Und weißt du was, ich habe es auch so überlebt!“

Sie sah, dass sie ihn damit getroffen hatte. Dennoch schien er zu wütend zu sein, als sich deswegen ins Bockshorn jagen zu lassen.

„Ja, ich war ein Arsch! Ich habe mit zu vielen Frauen rumgemacht, mein Studium vernachlässigt und es zugelassen, dass eine Freundin von mir, die erfolgreich alles gemeistert hat, bei dem ich versagt habe, ihre Berufung, ihre Freunde und Familie mit den Füßen tritt. Aber dass du nun jene, die dir wirklich helfen wollen, weil du ihnen etwas bedeutest, immer weiter von dir fort schiebst, das kannst du nur dir selbst vorwerfen. Bald hast du wirklich nichts und niemanden mehr!“

Das saß.

Melanies Tür war geschlossen. Doch da Helen sie kurz zuvor noch im Badezimmer gehört hatte, ging sie davon aus, dass Melanie noch nicht schlafen würde. Sie öffnete leise die Tür, die dank Juliens Arbeit nicht mehr knarrte. Trotzdem würde sie sich nicht bei diesem Idioten bedanken, nach dem, was er sich heute geleistet hatte. Selbst wenn er es gut meinte, waren seine Aktionen einfach über das Ziel hinaus. Wenn er mit ihr ein ernstes Wörtchen reden wollte, hätte er das auch anders anpacken können. Ein Lichtstrahl erhellte das dunkle Zimmer und Helen bewegte sich langsam auf das Bett ihrer Freundin zu. Diese lag mit dem Rücken zur Tür und tat so, als ob sie den ungebetenen Gast nicht bemerkt hätte. Helen setzte sich aufs Bett, das leicht nachgab und hoffte, dass ihre Freundin nicht genau so ein Idiot war wie sie, und sie einfach abweisen würde. Sie hob langsam ihre Hand und überwand sich, sie auf die Schulter ihrer Freundin zu legen. Wie konnte sie Melanie nur so lange so ungerecht behandelt haben? Was war nur für ein Dämon aus ihr geworden, seitdem sie in Frankreich war? Sie räusperte sich.

„Melanie?”, flüsterte sie sanft.

Ihre Freundin blieb stumm.

Helens Herz raste und sie wusste nicht wo sie anfangen sollte über all das zu reden, was ihr seit Wochen auf der Seele brannte. Von Marco, der sie so bitter verletzt hatte mit all seinen Affären und mit seinen Worten über ihr Kind. Ihr Kind. Sie würde es immer noch nicht über sich bringen können darüber zu sprechen, ganz gleich was sie Melanie an Erklärungen schuldete. Sie konnte nicht so viel Kraft zusammenraffen, um darüber zu reden. Aber die Verletzung von Marco würde ein Anfang sein. Ihre Schultern zuckten, als sie ihr Schluchzen zu unterdrücken versuchte.

„Es tut mir leid", brachte sie hervor und schlug sich die Hände vors Gesicht, um ihr Gesicht darin zu vergraben. Melanie drehte sich schlagartig um und legte ihre Arme um die Schulter von Helen.

„Es ist schon gut", flüsterte sie.

„Ach Melanie, ich war so dumm. Ich hätte von Anfang an in Bezug auf Marco auf dich hören sollen. Weißt du, aber ich wollte einfach auch einmal diejenige sein, die den Kerl abbekommt."

„Was erzählst du denn da für einen Unsinn?"

„Ich habe mich so oft neben dir nur wie die Nummer zwei gefühlt. Ich weiß wie idiotisch das klingt. Du bist so schön, so locker und hast einfach Spaß und ich bin immer so verklemmt, grüblerisch, denke viel zu viel über alles nach. Dann habe ich mir immer eingeredet, dass du einmal auf mich, meine Beziehung aufschauen sollst. Ich bin so eine furchtbare Freundin. Irgendwie habe ich dich dafür gehasst, dass du mit deiner Einschätzung über Marco so Recht hattest, wobei ich eigentlich mich selbst für mein schlechtes Urteilsvermögen und mein Unvermögen ihn einfach gehen zu lassen, wo er mir doch offensichtlich nicht gut tat, gehasst habe. Alles so ein pubertärer Mist, für den ich viel zu alt bin."

„Gefühle lassen einen eben manchmal nicht mehr klar denken, egal ob es Liebe, Eifersucht oder ein Mangel an Selbstwert sind. Aber ich verzeihe dir, denn das alles macht uns doch zu Menschen, hm? Außerdem, was bin ich denn für eine Freundin, die diese Gefühle in dir hervorruft und nicht mal etwas davon mitbekommt, wie weh es dir getan hat? Ich habe es schon immer irgendwie gespürt, dass du dich, unsinnigerweise, neben mir in der Öffentlichkeit zurückgesetzt gefühlt hast. Aber habe ich etwas unternommen?"

„Wie oft hast du zu mir gesagt, ich solle mein Licht nicht unter den Scheffel stellen?"

„Trotzdem hätte ich dem mehr Beachtung schenken müssen und auch mal auf deine Bedürfnisse schauen müssen, als dich von einer Party zur anderen zu schleifen, obwohl ich wusste, dass du lieber zu Hause abhängst."

So versicherten sie sich beide gegenseitig ihrer Fehler und Versäumnisse, schimpften über Kerle im Allgemeinen und Besonderen und sprachen endlich die Worte aus, die so lange ungesagt geblieben waren. Dabei hielten sie sich in den Armen und langsam, sehr langsam, legte sich ein heilendes Band über ihre so strapazierte Freundschaft.

Ihre gelöste Stimmung riss nicht ab und so plapperten die beiden Frauen noch am nächsten Tag über dieses und jenes, als sie Julien von der Kinderarztpraxis abholten. Zwar vermied es Melanie, Helen bezüglich des Studiums und ihrer Familie unter Druck zu setzen, worüber Helen sehr dankbar war, aber das erste Mal hatte Helen wirklich das Gefühl nicht mehr mit allem allein zu sein und doch ihre Traurigkeit überwinden zu können. So oft sie über die Unterschiede zwischen Melanie und sich in letzter Zeit nachgedacht hatte, so hatte sie doch vergessen, welche Gemeinsamkeiten sie verbanden. Melanie war ein Fels in der Brandung. Alleine ihr Auftauchen in Südfrankreich bewies das. Sie hatte für Helen immer ein offenes Ohr gehabt. Sie teilten den gleichen Humor, sorgten sich um ihre Mitmenschen, arbeiteten hart, um das zu erreichen was sie wollten. Sie beide konnten über persönliche Dinge sprechen und wussten, der andere würde jedes Geheimnis für sie bewahren. Und waren dies nicht die Dinge, auf die es in einer Freundschaft ankam? Helen würde Melanie auch von ihrem Baby erzählen. Irgendwann. Wenn sie bereit dazu war. Aber ein erster Schritt war getan, denn für Helen war er Meilen von dem Schritt davor entfernt.

„Julien hat uns übrigens für heute Abend ein Dinner versprochen", warf Melanie gerade ein und brachte Helen damit ins Hier und Jetzt zurück.

Auch wenn sie nicht zu viel über Julien und seinen Anteil an der Versöhnung mit Melanie nachdenken wollte, konnte sie ihm gegenüber einen winzigen Funken Dankbarkeit nicht absprechen. Zwar nervte er sie immer noch mit seiner besserwisserischen und machohaften Art. Aber mittlerweile hatte sie, vor allem durch das gute Zureden von Melanie, auch eingesehen, dass sein Eingreifen auch Teil seiner Sorge um sie gewesen war und eben seine Art das auszudrücken, wie wenig einverstanden sie mit der Art und Weise auch sein mochte. Außerdem hatte sie das Gefühl, dass auch die Worte, die sie an ihn bezüglich Freundschaft gerichtet hatte, getroffen hatten und er sich vielleicht ebenso das erste Mal darüber klar geworden war, wie sehr er sie damals verletzt hatte.

In der Praxis angekommen beobachtete sie ihn, wie er, genau wie sein Chef ohne Kittel, um den Kindern die Scheu zu nehmen, seine kleinen Patienten betreute. Ihn so professionell zu sehen brachte Helen ziemlich durcheinander, weil es wieder eine neue Facette war, die sie an ihm nicht kannte. Es war eine Sache zu wissen, dass jemand Medizin studierte. Eine völlig andere war es, denjenigen in Aktion zu sehen. Noch dazu wo sie ihm lange die Ernsthaftigkeit und das Interesse an diesem Metier abgesprochen hatte. Aber er war fürsorglich, die kleinen Patienten liebten ihn und auch im Team der Praxis schien er geschätzt zu werden. Das haute Helen wirklich um!

Dem gemeinsamen Abend sah sie nicht nur wegen dieser neuen Erkenntnisse mit gemischten Gefühlen entgegen. Sie wusste, dass Julien gut kochen konnte, wenn er wollte. Was dies anbelangte machte sie sich keine Sorgen. Dennoch war sie ihm gegenüber befangener als zuvor.

Als sie am Abend vor dem Badezimmerspiegel stand und sich einen Pferdeschwanz machte, verfluchte sie ihre widerspenstigen Haare. Sie blickte an sich herunter und kam sich bisweilen verwahrlost vor, weil sie sich in letzter Zeit so hatte gehen lassen. Schon vor geraumer Zeit hatte sie aufgehört ihr Haar regelmäßig zu bürsten, inzwischen war es an manchen Stellen so verknotet, dass es einfacher war, es jeden Tag zu einem Zopf zu binden. Make up hatte ihr mageres Gesicht schon seit einer Weile nicht gesehen, auch wenn dadurch ihre Augenringe jedermann sichtbar wurden. Auf einen BH verzichtete sie mittlerweile auch. Nicht dass es ihre Oberweite wert war, einen BH zu tragen, aber es hatte ihr vorher zumindest eine gewisse Fraulichkeit zugestanden. Neben Melanie, die gerade wie aus dem Ei gepellt aus ihrem Zimmer kam, kam sich Helen noch ungepflegter vor und es war ihr peinlich, sich so wenig Mühe um ihr Aussehen gegeben zu haben. Eigentlich hatte sie auf diesen gemeinsamen Abend inzwischen keine große Lust mehr, da ihre Stimmung leider heute wieder so wankelmütig war. Aber Melanie zuliebe klebte sie ein Lächeln auf ihre Lippen und marschierte die Treppe herunter. Je näher sie der Küche kamen, umso intensiver wurde der Geruch nach Fisch und Kräutern. Helen lief das Wasser im Mund zusammen. Formvollendet öffnete ein in Schürze, schwarze Hose und Hemd gekleideter Julien ihnen die Terrassentür. Ihrer derangierten Erscheinung widmete er, wie auch die letzten Wochen, keine besondere Aufmerksamkeit, sondern musterte sie besorgt. In Wohnzimmer und Küche hatte er das Licht gelöscht. Sanftes Leuchten kam nur vom Mond, der sein Licht durch die Fenster warf und den Kerzen, die Julien überall im Wohnzimmer verteilt hatte. Sie folgten ihm hinaus auf die Terrasse, wo er den Tisch wundervoll mit Kerzen und ein paar Blumen gedeckt hatte. Die polierten Gläser spiegelten den Schein wieder und glänzten in warmem Licht. Sie blickte auf die schön angerichteten Teller, auf denen Feldsalat und Krabben arrangiert waren.

„Voilà“, sagte Julien und deutete auf die Teller, „Krabben in Chilisahne mit Feldsalat und Baguette.”

Melanie und Helen nahmen Platz, wobei Julien ihre Stühle an den Tisch rückte. Erst dann setzte er sich ans Kopfende.

„Schlagt zu”, ermunterte er sie.

Helens Magen, der schon seit Stunden röhrte, wurde mit der besten Vorspeise seit Wochen verköstigt. Es schmeckte wirklich herrlich, zumal die Krabben fangfrisch waren. Der nächste Gang waren Spaghetti mit Miesmuscheln, die er ebenfalls heute frisch auf dem Markt gekauft haben musste, und zum Dessert eine herrliche *Mousse au chocolat*. Dazu reichte Julien immer einen passenden Wein und bewies wahre Kennerkünste. Helens Bund platzte bald. Das musste schon etwas heißen, nachdem sie, seitdem sie in Frankreich war, ziemlich abgenommen hatte. So gut hatte sie schon seit langem nicht mehr gegessen. Auch Melanie stöhnte auf, nachdem sie ihr *Mousse au chocolat* verzehrt hatte.

„Julien, das war einfach göttlich.”

Julien lächelte geschmeichelt aufgrund des Lobes. „Für die Ladies nur das Beste.“

Helen merkte, dass das Dinner sie etwas entspannt hatte. Sie führten unverfängliche Gespräche, Julien gab hier und da ein paar Anekdoten aus Studium und Praxis wieder und Helen erinnerte sich an einen ähnlichen Abend, den sie ebenso vergnügt mit Melanie verbracht hatte. Das alles schien Lichtjahre her zu sein und doch saß sie hier, mit ihrem Kindergartenfreund und ihrer besten Freundin und hatte zum ersten Mal seit langem irgendwie einen schönen Abend. Sie nahm sich vor, von nun an nicht mehr so ein Griesgram zu sein und auch sich wieder etwas mehr um sich zu kümmern. Sie lauschte dem Geplapper der anderen beiden und verweilte doch weiter bei ihren Gedanken. Die beiden waren so unbefangen zusammen. Würde sie auch je wieder mit einem Mann so unbefangen sein können? Sie konnte es nicht verhehlen, dass sich doch eine gewisse Sehnsucht nach einer Umarmung oder auch einem Kuss in ihr breit machte. Sie wollte diese Gedanken verscheuchen und doch ... Und wenn sie an ihr kleines Mädchen dachte, da schnürte sich ihr beinahe die Kehle zu. Sie wollte schon immer Kinder haben. Eine Familie, das war für sie neben ihrem Wunsch Arzt zu sein ein weiteres Ziel ihres Lebens gewesen. Aber eine Familie konnte man nur haben, wenn man sich der Liebe öffnete. Es war doch ihre eigene Entscheidung gewesen nie wieder eine Beziehung führen zu wollen, warum hegte sie nun auf einmal Zweifel? Das war doch hirnrissig sich wieder in die Gefahr zu begeben von einem Kerl verletzt zu werden. Aber sie hatte es so satt ein solch emotionales Wrack zu sein und nicht mehr glücklich leben zu können. Jeden Tag musste sie sich von neuem die Frage stellen, ob sie ihre Vergangenheit endlich hinter sich gelassen hatte. Und jeden Tag lautete die Antwort nein. Das musste endlich ein Ende nehmen.

„Dieser Abend war ein gelungener Abschluss", sagte Melanie und riss Helen aus ihren Gedanken. *Ein Abschluss wofür?* Helen und Julien verstanden erst nicht und schauten Melanie ratlos an.

„Ich wollte es euch eigentlich schon früher sagen, aber dann kam Julien mit diesem wundervollen Dinner und da konnte ich es vorher nicht über mich bringen. Aber morgen früh reise ich ab."

„Wie?", fragte Helen und war völlig schockiert.

Julien blieb stumm.

„Aber wieso?", fragte Helen.

Melanie legte ihre Hand auf die von Helen.

„Hör mal, wir haben uns wieder versöhnt und ich habe dich wieder gesehen, das war der Grund warum ich hier war. Ich habe verstanden was passiert ist, aber ich denke jetzt ist es an der Zeit, dass ich nach Hause fahre. Mein Studium wartet auf mich."

Helen nickte.

Auch wenn sie sich in Melanies Gegenwart immer Mühe geben musste, so wollte sie ihre Freundin, wo ihre Freundschaft doch gerade erst so kurz wieder aufgebaut war, nicht gleich wieder missen. Noch dazu, wo sie immer noch mit sich und ihren

Problemen zu kämpfen hatte und dabei Melanies Hilfe gebrauchen könnte. Melanie schaute ihre Freundin lächelnd an, doch sie konnte wohl nicht Helens Kummer darüber verstehen, was es für sie bedeutete, dass ihre beste Freundin nun wieder verschwand.

„Wir werden oft telefonieren, das verspreche ich dir. Wenn es Probleme gibt, bin ich für dich da.“

Helen schluckte nur und versuchte ihr zuzustimmen.

„Hört mal, ich wollte den Abend nicht kaputt machen.”

Sie blickte unsicher in die Runde. Helen wusste einfach nicht was sie sagen sollte, doch ihr kam der Gedanke, dass sie auch ohne Melanie über ihre Vergangenheit hinwegkommen musste. Es konnte nicht immer jemand da sein, der einem alles Leid abnahm. Sie wollte nicht, dass Melanie ihre Tränen sah und so räumte sie ihren Teller in die Küche, um dort kurz ruhig durchzuatmen. Dann sagte sie sich, dass sie es die letzten Tage geschafft hatte, ein fröhliches Gesicht aufzusetzen, da würde sie doch einen Abend mehr oder weniger nun auch noch durchstehen. Also setzte sie ihr geübtes Lächeln wieder auf und kam nach draußen.

„Ihr beiden müsst mir aber eins versprechen“, forderte Melanie auf. Sie grinste in die Runde. „Bitte reißt euch nicht die Köpfe ab.”

Und da kam Helen sowohl plötzlich als auch unerklärlich der betrübliche Gedanke, dass vielleicht auch Julien sie nun verlassen würde.

4

Das Flugzeug stieg in die Lüfte und Helen wurde das Herz auf einmal ganz schwer, so als ob sie ihre Freundin nie mehr wiedersehen würde. Julien stand etwas weiter entfernt von ihr und sie spürte, dass er sie beobachtete. Also atmete sie einmal tief durch und zwang sich, den Kopf nicht so hängen zu lassen.

„Wollen wir gehen?“, fragte er sanft. Helen nickte nur und vermied es ihm in die Augen zu sehen.

Schweigend saßen sie im Auto, ganz als ob sie sich ohne Melanie nichts zu erzählen hätten. Noch auf der Hinfahrt hatte Melanies Geplapper Helen von ihrem Schwermut ablenken wollen und nun … Helen hatte ganz bestimmt nicht vor ihr Herz vor Julien auszuschütten. Der Abschied von Melanie war ihr so schwer gefallen und noch nie hatte sie es so stark vermeiden wollen weinen zu müssen und es Melanie somit nicht noch schwerer als ohnehin schon zu machen. Aber nun darüber zu reden würde es ihr unmöglich machen ihre Gefühle weiter zu verbergen. Und was war nun mit Julien? Würde er nun noch einen Grund haben bei ihr wohnen zu bleiben? Natürlich hatte er sie in letzter Zeit das ein oder andere Mal genervt. Doch der Gedanke an das leere Haus, in dem sie schon so viele dunkle Stunden alleine verbracht hatte, deprimierten sie und verursachten ihr eine leichte Panik. Ihre täglichen Kabbeleien lenkten sie sehr effektiv von ihrem Trübsal ab und sie genoss es auch irgendwie ihn um sich zu haben.

„Und was machen wir jetzt, so auf uns alleine gestellt?“, fragte Julien unbedarft und schien gar nicht zu bemerken wie sie erleichtert ausatmete. Er würde also bleiben. Vorerst. „Ich meine, klar, ich muss zwischendrin auch etwas lernen, aber vielleicht können wir auch mal etwas zusammen unternehmen?“

Es war lange her, dass sie mit Julien ungezwungen etwas unternommen hatte, aber der Gedanke munterte sie etwas auf.

„Und woran hast du gedacht?“

„Na ja, wir könnten zum Beispiel anfangen an deinem Teint zu arbeiten und an den Strand gehen?“

Sich vor Julien im Bikini zu präsentieren hatte auf ihrer Unternehmungsliste ehrlicherweise nicht ganz oben gestanden.

„Äh, lieber nicht“, entgegnete sie daraufhin.

„Warum nicht?“, fragte er gelassen.

Sie biss sich auf die Lippe. „Hab meine Tage.“

„Du warst schon immer eine schlechte Lügnerin. Außerdem: Ich habe von einer Erfindung namens Tampons gehört“, erwiderte er neunmalklug.

„Ach weißt du, ich bin so ein Naturfreak, ich nehme das nicht gerne“, log sie.

Er grinste. „Deshalb hast du auch einen Jahresvorrat Tampons im Schrank. Ich nehme an du nimmst es, um einem Vogelbaby, das aus seinem Nest gefallen ist, ein kleines weiches Heim zu bauen.“

„Nein, ich mache lustige Windspielchen damit. Was hast du überhaupt an meinem Schrank zu suchen?“

„Helen, wir haben in einer WG zusammengelebt und einen Badezimmerschrank geteilt. Die Dinger kann man wirklich nicht übersehen.“

Dennoch, sie musste mit ihm mal ein ernstes Wörtchen über den Begriff Privatsphäre führen. Es ging ihr wirklich tierisch gegen den Strich, dass er ständig ihre Grenzen überschritt, ob er es nun gut meinte oder nicht.

„Musst du heute nicht in die Praxis?“

„Mein Chef ist auf einem Kongress, also nein“, entgegnete er.

„Na gut“, stimmte sie dann zu und nahm sich vor, diese Gelegenheit zu nutzen, um mal ein paar Dinge klar zu stellen. Egal wie dankbar sie war, dass er nicht fortging. Dass er glaubte, er könnte in ihrem Leben herumpfuschen wie es ihm passte, musste ein Ende haben.

Helen war angepisst. Ob es daran lag, dass er sie zu diesem Strandausflug überredet hatte, oder ob es seine reine Existenz war, die sie verärgerte, wusste er im Moment nicht zu sagen. Sie waren vom Flughafen aus kurz nach Hause gefahren, um ihre Badesachen zu holen und nun auf dem Weg zum Strand.

„Julien, wir müssen uns mal unterhalten.“

Also endlich rückte sie mit der Sprache heraus.

„Es hat mit meiner Privatsphäre und dem Respektieren meiner Grenzen zu tun.“

„Geht es jetzt um die Tampons? Ich schwöre Helen, ich wühle nicht in deinen Badezimmerutensilien herum!“

„Vergiss mal die blöden Tampons. Die fliegen ja wirklich überall rum. Nein, es geht darum zum Beispiel einfach mein Zimmer zu streichen ohne zu fragen, oder dich in meine Angelegenheiten mit Melanie einzumischen. Im Grundsatz sind deine Absichten sicherlich gut gemeint, aber in der Umsetzung ... Es kann einfach nicht angehen, dass du wie ein Bulldozer alles überfährst, weil du der Meinung bist im Recht zu sein und für Ordnung sorgen zu müssen. Ich bin froh, dass ich mich mit Melanie ausgesprochen habe und auch, dass mein Zimmer hübscher aussieht. Aber ich akzeptiere das nicht um jeden Preis und schon gar nicht, wenn du meinst mich irgendwie überrumpeln zu müssen. Ich gebe zu, es ist mit mir nicht immer einfach und manchmal stehe ich mir selbst im Weg. Trotzdem muss es andere Wege geben, mich vielleicht darauf aufmerksam zu machen ohne sich dabei wie ein machomäßiger Trampel zu benehmen."

Er dachte über ihre Worte nach und auch, was er ihr an den Kopf geworfen hatte. Natürlich hatte sie Recht. In seiner Vorstellung waren seine Absichten vielleicht gut gewesen, aber er hätte sich in mancher Situation anders verhalten müssen.

„Es ist mir wirklich wichtig, dass du das kapierst, Julien", fügte sie noch hinzu.

„Das tue ich Helen und es tut mir wirklich leid. Ich … kann dir nur sagen, dass ich versuche es nicht wieder vorkommen zu lassen. Was du zu mir gesagt hast, über unsere Freundschaft und dass ich derjenige war, der diese torpediert hat ... das war die reine Wahrheit und das weiß ich auch. Ich wünschte ich könnte es wieder rückgängig machen, aber es ist passiert."

Sie waren am Strand angekommen und er schaltete den Motor ab. Schweigend saßen sie nebeneinander.

„Entschuldigung akzeptiert", sagte sie dann und stieg aus.

Er öffnete den Kofferraum. „Wenn ich dir anbiete deine Badetasche zu tragen, ist das ein Verstoß gegen deine emanzipierte Weiblichkeit oder liegt das noch im grünen Bereich?", fragte er lächelnd.

„Du musst mich jetzt echt wieder herausfordern, so kurz nach unserem klärenden Gespräch?", entgegnete sie gespielt entrüstet.

„Ich bin ein Kerl, meistens bleiben Frauen für mich ein Mysterium, auch nach einem klärenden Gespräch.“

Helen schulterte ihre Tasche und marschierte los zum Strand.

„Alles vergebene Liebesmüh“, murmelte sie dabei, was ihm wiederum ein Lachen entlockte.

Sie suchten sich ein ruhiges Plätzchen und machten es sich im Sand bequem. Der Strand war zum Glück ein Geheimtipp der Einheimischen und daher nicht überfüllt. Die Temperaturen waren perfekt, um den Tag am Meer zu verbringen. Er hatte es am Wasser schon immer geliebt. Die leichte Brise, der salzige Duft, das Rauschen des Wassers. All dies hatte etwas Beruhigendes und erinnerte ihn an so manchen Sommer seiner Kindheit.

„Wirklich ein nettes Fleckchen hier“, meinte Helen gerade und entledigte sich ihres Kleides. Darunter kam ein knallroter Bikini zum Vorschein, der für einen kurzen Moment sämtliche Gedanken aus seinem Geist fegte. Eigentlich verdiente dieses Fähnchen den Namen Bikini nicht. Vielmehr war es eine Aneinanderreihung von roten Dreiecken, die gerade so alles verhüllten, was eben verhüllt werden musste, wenn man kein FKK betrieb. Als Helen ihn dann darum bat, ihren Rücken einzucremen, war das irgendwie zu viel für ihn. Warum es ein Schock für ihn war, dass Helen ein weibliches Wesen war, konnte er sich im Moment selbst nicht erklären. Aber es war verdammt nochmal keine gute Idee solchen Gedanken nachzuhängen und sich damit zu dem notgeilen Bock zu machen, den sie ihm immer vorgeworfen hatte. Auch wenn viel Zeit vergangen war und sie sich nicht immer gut vertragen hatten, so hatte er einst ihre Freundschaft sehr geschätzt und tat es auch jetzt, wo er sie wiedergesehen hatte. Wie er es ihr bereits gesagt hatte, war ihm vollkommen klar, dass er nicht ganz unschuldig am traurigen Ausgang ihrer Freundschaft war. Er bedauerte dies heute sehr, vermisste die Verbundenheit, die sie einst miteinander geteilt hatten. Sie sollte erkennen, dass er nicht irgendein hirnloser Sexbesessener war, sondern jemand, der sich um seine Freunde kümmerte. Er wollte ihr noch immer ihre Lebensfreude zurückgeben. Dafür war es ganz entscheidend, dass er seine verdammten Hosen an und seine seit Monaten nun wieder neu erwachte Libido im Zaum hielt. Das nahm er sich fest vor und vermied es daher sie anzusehen. Er war froh, als sie ins Meer eilte, um sich abzukühlen. Dann hatte er genug Zeit, seine Gedanken ebenfalls in ungefährliche Bahnen zu lenken.

Als sie wieder neben ihm lag, plapperte sie munter vor sich hin über das schöne Wetter, den sauberen Strand, so fröhlich, wie er sie die letzten Tage nie gesehen hatte. Es freute ihn daher sie zu diesem Ausflug überredet zu haben. Und ihr Gespräch hatte offenbar auch klärende Wirkung gehabt. Als sie allerdings vor ihrem Aufbruch ein Handtuch um sich schlang, um sich ihres nassen Bikinis zu entledigen, hatte er äußerste Mühe nicht an den nackten Körper zu denken, der sich darunter verbarg. Er lenkte sich damit ab, seine eigene Strandtasche zu packen, konnte aber nicht umhin jedes Kleidungsstück auf ihrer eigenen Tasche, das sie fein säuberlich gefaltet hatte, zu mustern. Das Höschen war wieder zu viel für ihn, ein Hauch aus schwarzer Spitze. Und es gab keinen BH. Er fluchte im Geiste und schimpfte sich einen Vollidioten. Er brauchte ein unverfängliches Thema. Sofort!

„Weißt du eigentlich, dass ich dein Buch gelesen habe?“ Er stellte die Frage ohne sie anzusehen und war froh, dass sie endlich voll bekleidet war, als er den Blick wieder auf sie richtete.

Als hätte sich eine Wolke vor die Sonne geschoben, schien dieser Themenwechsel auch ihre gute Laune zu umwölken. Er hatte schon öfter bemerkt, dass sie alle Themen ihrer Vergangenheit und ihres Studiums mied. Aber als schien sie es plötzlich als das Kompliment zu nehmen, als das er es auch hatte ausdrücken wollen fragte sie: „Und, hat es dir gefallen?“

„Ich fand es unglaublich lustig und eine willkommene Alternative zu den vielen medizinischen

Ratgebern oder Wälzern, die es auf dem Markt so gibt."

Das brachte sie zum Lächeln. „Sicherlich gewinne ich damit keinen Nobelpreis, aber es soll ja auch Unterhaltung sein. Danke für das Kompliment."

Auch wenn er wusste, dass er damit vielleicht die nächste Wolke provozierte, fügte er hinzu: „Ich habe dich immer für deinen Fleiß bewundert, weißt du? Du warst sehr zielstrebig, hast die Sachen einfach durchgezogen. Das hat mich sehr beeindruckt. Was meinst du, wie oft ich mir von meiner Mutter den Satz anhören durfte: „Nimm dir an Helen ein Beispiel." Ich konnte es nicht mehr hören!"

„Aber nun schau wo du jetzt stehst, kurz vor dem Examen. Du hast die Kurve ja noch gekriegt."

„Du weißt doch selbst am besten, dass ich das Studium lange nur als Zeitvertreib gesehen habe."

„Ich muss gestehen, dass ich damals nie erwartet hätte, dass du in die Fußstapfen deines Vaters treten willst. Du hast nie den Eindruck erweckt, als wärest du besonders scharf darauf."

„Ich habe es nicht vergessen, dass du in fast jeden Sommerferien in der Praxis meines Vaters herumgelungert hast, um ihm über die Schulter zu schauen. Wie stolz du warst, als er dir das Blut abnehmen beigebracht hat!"

„Oh ja, das weiß ich auch noch“, entgegnete sie lächelnd. „Ich habe mich gefühlt, als könnte ich am nächsten Tag eine OP am offenen Herzen durchführen, so breit war meine Brust.“

Ja, er hatte die Fußstapfen seines Vaters immer als mindestens zwei Nummern zu groß für sich erachtet und es als große Last empfunden, diese Erwartung sich selbst aufzubürden. Vieles war ihm oft in den Schoß gefallen. Er war nicht dumm und hatte sich in der Schule immer gut geschlagen. Sie hatten niemals Geldsorgen, er hatte viele Freunde und war beliebt. Seine Eltern hatten es für ihn nie an etwas mangeln lassen, sei es Liebe, Geld oder anderweitige Unterstützung. Das war der Grund, warum er sich immer so gefühlt hatte, als sei er es ihnen schuldig diesen Wunsch, den sie beide nie offen geäußert, der aber über ihm geschwelt hatte, zu erfüllen. Natürlich auch in Ermangelung einer Alternative. Er hatte gar keine Idee gehabt, welches Berufsfeld ihm ansonsten zugesagt hätte. Nach der Erkrankung seiner Mutter hatte es für ihn natürlich keinen Zweifel mehr gegeben das Studium durchzuziehen, wo er ohnehin schon so weit gekommen war.

„Wenn ich richtig sauer war“, gestand Helen und riss ihn damit aus seinen Gedanken, „weil du nicht noch nebenbei jobben musstest für deinen Unterhalt und dein frivoles Studentenleben, habe ich mir immer vorgestellt, dein Vater würde irgendwann rein aus Protest *mir* seine Praxis anbieten und dir den Kredit kündigen. Ich weiß das war gemein, nur manchmal hast du mich so auf die Palme gebracht, dass mir diese Vorstellung eine gewisse Genugtuung verschafft hat, auch wenn dein Vater mir nie etwas Entsprechendes angeboten hat."

„Hättest du dich denn für Allgemeinmedizin interessiert?", fragte Julien neugierig.

„Ich finde Hausärzte machen einen tollen Job. Sie begleiten manchmal ganze Generationen und sie müssen ein sehr umfassendes medizinisches Wissen haben. Ich weiß nicht, ob ich mir das zugetraut hätte."

„Da hast du wohl Recht. Aber ich könnte mir dich gut in einer Hausarztpraxis vorstellen", überlegte er laut, als er so darüber nachdachte.

„Weißt du denn schon, welche Fachrichtung du machen möchtest?", versuchte sie das Thema wieder auf ihn zu bringen.

„Du gehst schon davon aus, dass ich nicht meines Vaters Praxis übernehme?"

„Willst du das denn?", fragte sie ohne Wertung in ihrer Stimme.

„Ehrlich? Nein."

Es war das erste Mal, dass er dies aussprach. Mit diesem Geständnis schien auf einmal eine große Last von ihm abzufallen. Einfach so. Und Helen schien ihn dafür nicht zu verurteilen.

„Eigentlich möchte ich gerne Kinderarzt werden.“ Auch diesen Wunsch sprach er nun zum ersten Mal aus und wusste zeitgleich wie wahrhaftig diese Aussage war.

„Ich habe dich mit den Kindern im Ort gesehen. Du warst sehr empathisch und sie haben dich alle wohl gerne gemocht. Dann tu es doch einfach. Ich glaube dein Vater hätte Verständnis.“

„Wenn du das sagst, klingt es so einfach.“

„Na ja, manchmal sind die schwersten Hürden, die wir nehmen müssen diejenigen, die wir uns selbst errichtet haben.“

Sie schwieg kurz und schien den Wert dieser Worte vielleicht auch auf ihre eigene Situation zu beziehen.

„Und nutzt du diesen weisen Rat nun auch für die Entscheidung, wann du mit deinem Studium weiter machst? Es muss dir doch fehlen?“

Sie schluckte.

„Das ist eben sowas mit guten Ratschlägen. Man selbst kann sie oft nicht so leicht umsetzen.“ Der Gedanke schien sie traurig zu machen. Julien konnte nicht verstehen, wieso sie das Studium abgebrochen hatte, wo es doch schon immer ihr sehnlicher Wunsch war Ärztin zu werden. Was war vorgefallen, dass sie eine Wiederaufnahme so kategorisch ablehnte? Er wollte sie nicht drängen, über ein Thema zu sprechen, das ihr so viel Kummer zu bereiten schien. Und doch hoffte er sie würde sich irgendwem, vielleicht sogar ihm einmal anvertrauen, um ein wenig von ihren Sorgen loszuwerden.

„Hat dir denn das Schreiben Spaß gemacht?“, wechselte er daher das Thema. Sie wirkte dankbar darüber und antwortete: „Ja, sehr. Es war irgendwie eine nette Abwechslung zum stumpfsinnigen Auswendiglernen für irgendwelche Klausuren, einfach mal seinen Grips zu gebrauchen. Ich weiß aber nicht, ob ich nochmal ein Buch schreiben würde. Der ganze Korrekturprozess ist doch recht langwierig. Und man muss ja auch ein interessantes Thema finden.“

Sie waren wieder zu Hause angekommen und luden die Schwimmsachen aus.

„Die nächsten Tage werde ich nicht viel dazu kommen, etwas am Haus zu machen, Helen. Ich habe meine Prüfungsvorbereitung etwas schleifen lassen und ich bin ja auch unter der Woche immer in der Praxis. Aber am Wochenende können wir vielleicht zusammen was anpacken.“

„Sicher, gerne“, entgegnete Helen.

Ihr gemeinsames Gespräch hatte sie ziemlich aufgewühlt zurückgelassen. Plötzlich kam es ihr so vor, als wäre dieser riesige Berg ihr Studium geschmissen zu haben und sich einzureden sie könne kein Arzt mehr werden, nach dem was sie erlebt hatte, nur noch eine kleine Erhebung. Außerdem fühlte sie sich neben Julien nutzlos so ohne Aufgabe, wo er mit seinen Verpflichtungen und Vorbereitungen so beschäftigt war. Auch wenn sie es sich nicht eingestehen wollte, so hatte sie bisweilen doch Schwierigkeiten, die massiven Gründe, die gegen die Wiederaufnahme des Studiums sprachen, so vorbehaltlos weiter hinzunehmen. Julien hatte sie daran erinnert, wie sie schon in Jugendjahren an jedem Wort seines Vaters gehangen hatte, wenn dieser von seiner Arbeit und den Patienten in der Praxis erzählte. Die Zeit in den Ferien, wenn sie dort, sehr zu Juliens Leidwesen, hatten aushelfen „sollen/müssen/dürfen", waren ihr immer in guter Erinnerung geblieben. Die Sprechstundenhilfen hatten sich immer über ihren Arbeitseifer amüsiert und sich gefreut, wenn sie ihnen an der Anmeldung etwas zur Hand gegangen war. Seit diesen Tagen hatte es für sie festgestanden, dass sie Medizin studieren wollte. Auch wenn es für ihre Eltern eine ziemliche finanzielle Belastung bedeutet hatte, ihr Studium und ihre Wohnung zumindest teilzufinanzieren, so hatten sie ihren Traum immer unterstützt. Trat sie diese Unterstützung nun mit Füßen durch ihre Flucht, überlegte sie beschämt. Würde sie es schaffen ihr Studium wieder fortzuführen? Ihr fehlten noch drei Semester bis zum Examen. Eineinhalb Jahre, was war das schon, wo sie nun schon ein halbes Jahr hier nutzlos herumsaß? Doch die Vorstellung ihren Eltern unter die Augen zu treten erfüllte sie mit tiefer Scham und dämpfte ihre Überlegungen. Und was wäre, wenn sie scheiterte? Wenn sie ihr Examen gar nicht bestehen würde? Dann hätte sie gar nichts.

Helen hatte die ganze Nacht fürchterlich geschlafen, weil ihr das Gespräch mit Julien durch den Kopf gegeistert war. Sie war früh aufgestanden, war in den Ort gefahren, um Wäsche zu waschen und hängte diese gerade auf der Terrasse auf, als sie hörte wie Julien im Badezimmer über ihr die Dusche anschmiss und ein Lied pfiff. Unwillkürlich musste sie lächeln, bis der Gedanke an einen nackten Julien nur eine Etage über ihr dazu führte, dass ihr ein Höschen aus der Hand fiel. Sie wollte ihn als Freund sehen und nicht wieder in diese alte Schwärmerei verfallen, die sie Jahre ihres Lebens heimgesucht und ihr einiges an Kummer verursacht hatte. Sie versuchte ihn nicht mehr in die gleiche Schublade zu stecken wie Marco. Wenn ihr die letzten Tage eines gezeigt hatten, dann, dass er erwachsener geworden war. Es war schwierig für sie, das Bild, dss sie so viele Jahre von ihm gehegt hatte, noch aufrecht zu erhalten, wo er sich doch Sorgen um sie zu machen schien. Natürlich durfte sie auch nicht außer Acht lassen, dass er ihr niemals auch nur annähernd romantische Gefühle entgegengebracht hatte. Ihr Gedankengang wurde jäh unterbrochen, als er noch immer pfeifend und nur mit einem Handtuch um die Hüften die Treppe herunter geschlendert kam.

„Guten Morgen Helen.“

Sie klappte schnell den Mund wieder zu, wandte den Blick ab und nuschelte einen Guten Morgen Gruß, während er sich Kaffee einschenkte.

„Danke fürs Wäschewaschen“, sagte er mit Blick auf den Wäscheständer, den auch einige seiner Socken zierten und lehnte sich gegen die Terrassentür, während er an seinem Kaffee nippte.

„Klar“, erwiderte sie nur kurz angebunden und hoffte, er würde sich in den nächsten zwei Minuten dazu entscheiden endlich etwas anderes anzuziehen, da ihr unbehaglich zu Mute war, ihn halb nackt neben sich zu wissen.

Aber er stellte nur seine Kaffeetasse auf den Tisch und meinte: „Komm, ich helfe dir schnell.“

„Äh“, stotterte Helen, „das musst du nicht, es ist immerhin ... meine Unterwäsche ...“

„Helen, auch wenn du es mir nicht glauben magst, aber ich wohne hier und wasche gelegentlich auch mal. Ich habe deine Unterwäsche auch schon hier hängen sehen.“

Er grinste schelmisch, stellte sich an den Wäschekorb und reichte ihr fein säuberlich ihre Unterhosen, während ihr Herz in Rekordtempo raste und Helen versuchte ihre zitternden Hände zu verbergen. Als sie ihn von der Seite her musterte glitzerten Wassertropfen in seinem Haar und auf seinem Oberkörper und ließen sie schlucken. Bei einem besonders delikaten Kleidungsstück, hielt er kurz inne. Was er genau bei dem schwarzen Spitzenhöschen dachte, vermochte sie nicht zu sagen. Jedenfalls wollte sie es ihm aus der Hand reißen, was ihn wohl wieder zur Besinnung brachte. Er hob einen Mundwinkel an und hielt sich das Höschen vor den Schritt: „Würde mir nicht so gut stehen, eindeutig zu sexy für mich."

Dabei lächelte er so charmant, dass sie zerfließen wollte.

„Du Knallkopf", brachte sie ihm aber entgegen, haute ihm auf den Arm und entriss ihm endlich das betreffende Höschen.

Sie musste das Thema auf etwas anderes als ihre Unterwäsche bringen, sonst würde sie noch wahnsinnig werden. Vorbei war es mit ihren guten Vorsätzen vom Vormittag ihn nicht wieder anzuschmachten! Sie räusperte sich.

„Julien, wir müssen endlich einmal besprechen, wie du dir das mit der Bezahlung für die ganzen Renovierungsarbeiten vorgestellt hast", sagte sie und versuchte dabei so nüchtern wie möglich zu klingen. „Ich werde es nicht akzeptieren, dass das alles auf dein Konto geht."

Schweigend hing er weiter die Wäsche auf und als er nach einer Minute noch immer nichts erwidert hatte, schaute sie in sein Gesicht und merkte, wie er sie musterte. Einen Pfennig für seine Gedanken, überlegte sie nur.

„An welche Bezahlung hattest du denn gedacht?“, fragte er, seine Stimme nur ein heiseres Murmeln, bei der ihr unwillkürlich zwei nackte Körper zwischen den Laken in den Sinn kamen, sodass sie kurz ihren Kopf schütteln musste, um wieder klar denken zu können. Leider schlich sich vollkommen unwillkommen nur der Gedanke, *Möge doch dieses verdammte Handtuch von seinen Hüften fallen,* in den Vordergrund.

Als hätte es diesen Moment gar nicht gegeben, zuckte er nur mit der Schulter, was sie an ihrem eigenen Geisteszustand zweifeln ließ, und erwiderte wieder nüchtern und sachlich: „Du überschätzt unsere bisherigen Ausgaben. Wir haben einiges an Farbe von Bekannten meiner Verwandten bekommen, ebenso das Gästebett von mir. Auch das ganze Handwerkszeug ist nur geliehen. Sieh die wenigen Ausgaben einfach als Anzahlung für all die Urlaube, die ich zukünftig hier aufdringlicherweise verbringen werde.“

Als sie sich endlich wieder gefasst hatte und sich fragte, ob sie nicht doch schon wieder so tief drin steckte, dass er ihr wehtun könnte, antwortete sie ernst: „Julien, das ist mir wirklich wichtig. Mach nicht deine Späße mit mir.“

Welche Späße sie damit genau meinte, konnte sie im Moment nicht sagen, aber es war ihr ernst.

„Wie wäre es, wenn du einfach die nächsten Ausgaben übernimmst, die wir tätigen müssen. Dann sind wir quitt?“

Helen warf einen Blick in den Wäschekorb und entdeckte noch ein paar mehr schlüpfrige Dessous, die sie ihm am heutigen Tag nicht würde präsentieren wollen.

„Den Rest schaffe ich schon alleine“, sagte sie daher schnell und versuchte ihm die Sicht auf den Inhalt des Korbes zu verstellen. Er war wohl schneller gewesen, zuckte aber beim Blick in den Korb kurz zurück und schien plötzlich keine Einwände mehr zu haben es ihr zu überlassen. Denn er drehte sich auf dem Absatz um und präsentierte ihr seine äußerst ansehnliche Kehrseite.

Das war gar nicht gut.

Das Semester war vorüber, alle Prüfungen überstanden, sodass Julien sich für den Abend mit seinen besten Uni - Kumpels verabredet hatte. So saßen sie gemeinsam in einer Bar, zischten gelöst ein paar Bierchen und genossen endlich einmal wieder das Studentendasein nach der wochenlangen Plackerei. Sie plauderten über belangloses Zeug, als einer seiner beiden Kumpels aufschaute, ihn in die Seite boxte und murmelte: „Schau mal der Feger, der da gerade die Tür reinkommt.“

Die ersten Gedanken, die er bei der Musterung des Zielobjektes seines Freundes hatte, waren ebenso wohlwollend. Bis ihm klar wurde, wen er da vor sich sah und ihm die Kinnlade herunterklappte.

Es war Helen.

Aber was hatte sie mit sich angestellt?

Dezentes Make up brachte ihr Gesicht sehr vorteilhaft zur Geltung und sie hatte etwas mit ihren Haaren gemacht, dass diese ihr in leichten Locken um die Schulter fielen. So weit so gut. Aber sie trug den kürzesten Rock, den je ein Designer entworfen haben musste. Ihre langen Beine sahen darin endlos aus, was die Stilettos an deren Ende natürlich noch hervorhoben. Der Hauch eines Oberteils, der nicht erwähnenswerte Träger und einen sexy Spitzenausschnitt hatte, machte ihn dann doch ein wenig wütend. Was sollte das für ein Aufzug sein? Ohne ihn zu bemerken, schlenderte sie an den letzten freien Tisch und bestellte sich einen Cocktail! Seelenruhig! Während mindestens 90% aller Männeraugen in diesem Raum den Blick auf sie hefteten und ihren Arsch, ihre Beine oder ihren Ausschnitt musterten. Spätestens als sie diese Scheiß-Olive ihres Martinis in den Mund nahm, mussten die Gedanken in Richtung Schlafzimmer wandern, in der Überlegung, was sie wohl dort noch mit ihrem Mund so anrichten konnte. Ab diesem Moment riss ihm die Hutschnur. Ohne auf das Gespräch seiner Kumpels zu achten, an dem er ohnehin seit Helens Erscheinen nicht mehr teilgenommen hatte, ging er rasend vor Wut auf ihren Tisch zu. Sie schaute erstaunt auf, als sie ihn erkannte, lächelte dann und wollte ihn begrüßen, als ihr Blick über seine finstere Miene glitt und sie daher abbrach.

„Was machst du hier?“, fragte Julien erzürnt, die bescheuertste Frage, die man einer Frau an einem Freitagabend in einer Bar stellen konnte. Aber ihr Auftritt hatte ihn kalt erwischt. Helen sollte nicht so rumlaufen!

„Nicht, dass es dich etwas anginge, aber ich habe ein Date!“, erwiderte sie trotzig.

„Was?“, brüllte er schon fast und musterte sie erneut. „Bezahlt dich dein Date dafür, dass du mit ihm ausgehst? Bei deinem Outfit könnte man glatt davon ausgehen.“

In Sekundenbruchteilen sah er wie ihre Stimmung von unsicher, zu getroffen und dann zu wütend umschwenkte.

„Behauptest du gerade ich sähe aus wie eine Nutte?“

„Na, schau dich doch an wie du rumläufst!“

„Das ist ein Minirock und ein Spaghetti Top“, entgegnete sie und zupfte dabei geistesabwesend am Spitzenabsatz ihres Ausschnittes herum. Er starrte ihre Brüste darunter mit so großen Augen an, als ob sie ihr gerade vor seiner Nase gewachsen wären, wovon sie glücklicherweise nichts mitbekam. Sein Blick wanderte ihren Hals hinauf in

ihr vor Zorn gerötetes Gesicht und blieb dann aber an ihren Lippen hängen, an denen sie gerade unsicher kaute. Sie hatte sehr schöne Lippen. Gerade richtig für ihr zartes Gesicht, nicht zu voll und nicht zu schmal und schön rosig. Was dachte er da nur? Immer noch in Rage versuchte er ihr Gespräch wieder aufzunehmen: „Das sind ... unerhörte Klamotten. Wenn deine Eltern dich so sähen! Der Rock geht gerade mal über deinen .... Und dieses Top ist ja wohl ...“

„Das ist doch lächerlich Julien. Was ist los mit dir? Du bist komisch heute!“

„Ich bin so wie immer. Aber frag dich mal, was in dich gefahren ist.“

Da holte sie wieder aus: „Ich mag mich daran erinnern, dass du derjenige warst, der sagte ich solle auch mal ausgehen und ... Spaß haben.“

Untervögelt hatte er sie genannt. Er erinnerte sich exakt an den Wortlaut. Aber Helen sollte nicht vögeln!

„Und jetzt auf einmal sehe ich aus wie eine Nutte, du kannst dich wohl auch nicht entscheiden!“

„Bitte, wenn du dich so herschenken willst ...“

Das hatte gesessen. Er sah es an ihrem getroffenen und unsicheren Gesichtsausdruck und ihren großen Augen. Dennoch versuchte sie ihm weiter Kontra zu geben.

„Du scheinst der einzige Mann im Raum zu sein, dem mein Outfit so unangenehm aufstößt. Es

kommt mir nicht so vor, als würde ich mit Blicken verzehrt und mich hat auch noch keiner nach meinem Stundenlohn gefragt.“

„Du musst nicht gleich so sarkastisch sein.“

„Ich bin nicht sarkastisch, nur Realist.“

„Sie haben dich mit Blicken verzehrt.“

Sie winkte ab. „Ja, das kommt davon, wenn man sich im Playboy ablichten lässt.“

Er war sprachlos nach dieser Retoure. In diesem Moment schweifte ihr Blick zur Tür und ihr Lächeln erhellte sich. „Und wenn du mich jetzt entschuldigen würdest“, sagte sie ohne ihn eines weiteren Blickes zu würdigen, „mein Date ist gerade gekommen.“

Sie erhob ihren nicht mehr jugendfreien Hintern von ihrem Platz und schlenderte auf den Typen zu. Natürlich kannte er ihn! Der ganz Campus tat das! Der größte Schürzenjäger der Uni, somit der zweite Schock an diesem Abend, an dem er zu knabbern hatte. Weil er nicht wie ein Vollidiot neben ihrem Tisch stehen wollte, während sie gerade ihre Zunge in den Hals des Typen steckte und dabei scheinbar Vergnügen empfand, ging er missmutig zu seinen beiden Kumpels zurück.

„Ich wusste gar nicht, dass du die Kleine kennst. Aber wie es scheint, ist mir eh einer zuvorgekommen“, sagte sein Kumpel und nickte zu dem inzwischen am Tisch angekommenen nun Händchen haltenden Paar.

„Das ist meine Mitbewohnerin“, presste Julien zwischen zusammengebissenen Zähnen heraus.

„Echt?“

„Jap.“

„Sieht nett aus.“

„Sieht schlampig aus“, erwiderte er sauer.

Seine Kumpels guckten sich vielsagend an. „Julien, du bist schon mit Frauen ausgegangen, die ein Drittel davon am Leibe trugen.“

„Macht euch doch nicht lächerlich.“

In diesem Moment steckte der Typ ihr eine zweite Olive in den Mund und Julien vergaß wieder dem Gespräch zu folgen. Voller Zorn wartete er darauf, bis ihr Angebeteter endlich die Güte besaß aufs Klo zu gehen, um Helen nochmals deutlich die Leviten zu lesen.

„Ach, du schon wieder“, sagte sie beiläufig, nippte an ihrem Getränk und überschlug wütend die Beine. Der Alkohol hatte ihren Wangen eine leichte Röte beschert und überhaupt wirkte sie in diesem Aufzug, noch dazu leicht angeduselt, nicht mehr wie die Helen, die er zu kennen geglaubt hatte.

„Ich glaube es nicht, dass du meinen Rat so ausgelegt hast dir den größten Schürzenjäger der Uni anzulachen“, meinte er zornig.

„Ach, ich dachte, dass der schon bei mir in der Wohnung wohnt. Muss ich wohl was verwechselt

haben", entgegnete sie lapidar und winkte mit einer Hand ab.

„Hör mal Helen, allen MEINEN Frauen sind die Regeln klar! Aber du, in deiner kleinen rosafarbenen Helen - Welt, wo der Frosch sich am Ende in den Prinzen verwandelt, erkennst nicht, was der Typ eigentlich von dir will."

„Was will er denn?", fragte sie höhnisch nach.

Alleine daran zu denken, ließ ihn seine Hände zu Fäusten ballen.

„Den nächsten Schuss zu landen. Und dann bist du abgeschrieben."

„Woher willst du eigentlich wissen, was ich will?", fragte sie sauer. „Was maßt du dir eigentlich an?"

Inzwischen schien die ganze Bar ihrem Gespräch zu lauschen, der Geräuschpegel um sie herum war deutlich gesunken.

„Hör sich das einer mal an – überhaupt ... alle DEINE Frauen! Weißt du was, ich habe die Schnauze voll! Du verlässt noch heute Abend meine Wohnung, klar? Dann kannst du vögeln, wen immer und wann immer du willst uns lässt mich einfach dasselbe tun! Ich schlafe heute bei Marco. Schönen Abend noch!"

Und damit rauschte sie zornentbrannt in Richtung Herrentoilette, um ihren Freund abzufangen.

Warum ihm gerade dieser große Streit in diesem Moment in den Sinn gekommen war, konnte er sich nicht so recht erklären. Oder vielleicht doch? Denn eigentlich war ihm spätestens zu diesem Zeitpunkt schon einmal der Gedanke gekommen, dass Helen eine Frau war. Warum ihn dies nun also zum zweiten Mal, so absurd es überhaupt war, überraschte, konnte er nicht recht begreifen. Noch an besagtem Abend war er aus der WG ausgezogen und hatte seitdem nicht mehr weiter über Helen nachgedacht, weil er sich so über sie und ihr Verhalten geärgert hatte. Sie hatte auch bei Familienfesten ihrer Eltern ebenfalls den Kontakt gemieden und damit hatte sich die Sache von selbst erledigt.

Die letzten eineinhalb Wochen hatte sich in ihrem Tagesablauf eine gewisse Routine eingestellt. Er ging in die Praxis bis zum Nachmittag, besorgte anschließend ein paar petit fours oder Kuchen für das Dessert, dann kochten sie etwas zusammen (er hielt sich zu Gute, dass Helen seitdem etwas zugenommen hatte), er lernte ein bis zwei Stunden und anschließend arbeiteten sie gemeinsam am Haus. Danach waren sie beide oft so k.o., dass sie früh zu Bett gingen, gelegentlich aber tranken sie ein Glas Wein auf der Terrasse oder Helen fragte ihn etwas ab. Manchmal fuhren sie auch in die Stadt oder an den Strand und genossen ein paar unbeschwerte Stunden gemeinsam. Er lernte zwar nicht so viel wie er sollte, aber er genoss dafür einfach zu sehr die gemeinsame Zeit mit ihr. Sei es nun die körperliche Betätigung an ihrer bemitleidenswerten Bruchbude oder ihre gemeinsamen Gespräche. Er merkte, wie sie nun oft auf das Thema Studium zu sprechen kam, ihn über die letzten Semester, die Themen und die Prüfungen ausfragte. Er freute sich darüber, denn es zeigte ihm, dass sie sich anscheinend nun doch damit beschäftigte ihr Studium womöglich wieder aufzunehmen, auch wenn sie nie offen darüber sprach. Das, was ihm aber zusehends viel mehr Sorgen bereitete, war seine nun wieder erwachte Libido. Monatelang hatte er wohlweislich des Grundes seinen sexuellen Appetit verloren gehabt, sich aber nicht groß darum gekümmert. Die Trauer um seine Mutter war eine große Wunde, die in sein Herz geschlagen worden war und damit hatte er jegliches Interesse an irgendwelchen sexuellen Zerstreuungen verloren. In seinen letzten Studienjahren, hatte er die ein oder andere kürzere oder auch etwas längere Beziehung geführt, aber nicht wirklich mit einer Frau, an der er langfristiges Interesse gehegt hätte.

Einerseits war er erleichtert, dass sein kleines Problemchen nun keines mehr war, andererseits schrillten bei ihm sämtliche Alarmglocken, wenn es ausgerechnet Helen sein musste, die ihn aus seinem sexuellen Tal holte, ohne etwas davon zu bemerken. Er schätzte ihre wiedergekehrte Freundschaft, wollte ihr helfen, wieder zu sich selbst zurück zu finden, da war es die bescheuertste aller Ideen seines Körpers, plötzlich jedes ihrer weiblichen Merkmale zu registrieren. Er wäre damit klargekommen, wenn sich sein Interesse vielleicht auch auf andere weibliche Personen bezogen hätte, aber es war nur die eine, die ihn morgens allein beim Gedanken an sie mit einer nicht unerheblichen Morgenlatte weckte. Hatte Helen schon immer keinen BH getragen oder war ihm das vor dieser Entdeckung am Strand nur nie aufgefallen? Jetzt jedenfalls ergoss er sich in Tagträumen, wie er einfach ihr Oberteil hochschieben und sie dann bar jedes Hindernisses vor sich haben würde. Seit seiner Pubertät hatte er nicht mehr solchen Tagträumen nachgehangen. Und das Schlimmste war, sie war plötzlich überall. In der Dusche ließ sie ihren Rasierer stehen und lief mit nichts als einem Handtuch bekleidet sowie nassen tropfenden Haaren durch die Wohnung. Allein wenn er unter der Dusche stand und sich vorstellte, wie der Rasierer über ihre langen Beine strich, konnte er das Wasser auf kalt stellen, um wieder runterzukommen. Beim Einkaufen hatte sie den Nerv in einer Hand Kiwi und in der anderen Hand Bananen gegeneinander abzuwiegen. Als sie die Banane zu Hause verzehrt hatte, war er schleunigst aus dem Raum geflüchtet. Dann war er neulich damit konfrontiert worden, dass sie, für jemanden, der sich in Südfrankreich einigelte, viel zu sexy Unterwäsche besaß. Bei der Frage nach ihrer finanziellen Beteiligung an den Renovierungsarbeiten hatte er schleunigst an einen furunkulösen Hintern eines 80 - Jährigen denken müssen, um sich nicht vor ihr zu blamieren, als ihm nur ein körperlicher Ausgleich dieser Kosten in den Sinn gekommen war. Er musste weg von ihr! Er spürte wie sie langsam wieder Vertrauen zu ihm fasste und ihn nicht mehr als den Gigolo einschätzte, als den sie ihn zurecht immer bezeichnet hatte. Ohne Zögern hatte sie sich erst neulich von ihm eine Rückenmassage verpassen lassen, vermutlich als sie ihre Periode hatte. Am Ende hatte ihm der Schweiß auf der Stirn gestanden, seine Hände hatten gezittert, bei jedem wohligen Seufzen, das sie von sich gegeben hatte und er hatte sich ein Kissen auf den Schoß legen müssen, um sich vor ihr nicht irgendwelche Blöße zu geben. Sie schien ihm gegenüber rein freundschaftliche Gefühle zu hegen, was auch gut war! Daher wollte er sie weder verschrecken noch eine lockere Nummer mit ihr schieben. Das alles setzte ihm die letzten Tage erheblich zu, weil er einfach nicht mehr wusste, wie er sich verhalten sollte. Wenn er weiter so vertraut mit ihr umging, würde sie über kurz oder lang bemerken, dass seine Gedanken bisweilen in ganz andere Sphären ihr gegenüber abdrifteten. Anderseits genoss er ihre Gesellschaft sehr, auch wenn sie ihm einen Dauerständer bescherte.

Am heutigen Nachmittag hatte Helen ihn von der Praxis abgeholt, weil Pascal sich mit ihnen beiden zum Essen verabredet hatte. Da Helens Französisch sehr gut war, konnten sie sich mit Pascal in seiner Muttersprache unterhalten, um es für ihn etwas einfacher zu machen.

„Meine Mutter liegt mir ständig in den Ohren, dass du uns noch nicht besucht hast, seitdem du hier bist", sagte Pascal und nippte an seiner Cola.

„Ich hatte bisher einfach keine Zeit Pascal", wiegelte Julien ab und wollte das Thema in Helens Anwesenheit nicht vertiefen. Natürlich konnte er ihr nicht ewig den Tod seiner Mutter verschweigen, aber sie war im Moment so guter Laune und er wollte einfach mit ihr weiter in dieser Blase leben, in der es seine Mutter noch gab.

„Aber Julien", meinte Helen, „du musst nicht immer bei mir rumhängen, natürlich solltest du die Zeit nutzen, wo du hier bei deiner Familie bist und diese auch besuchen", meinte sie leichthin, wobei es ihm einen Kloß im Hals bescherte auch nur in der Nähe der Familie zu sein, bei der er die Sommer über mit seinen Eltern so viele schöne Stunden verbracht hatte. Noch dazu war seine Tante seiner Mutter wie aus dem Gesicht geschnitten. Er wusste nicht, ob er es ertrug ihr einen ganzen Abend gegenüber zu sitzen. „Früher wart ihr doch jeden Sommer hier unten, richtig?", fragte Helen.

„Ja, richtig", entgegnete Julien einsilbig.

„Kommt doch übernächste Woche einfach beide zu uns. Meine Eltern würden sich bestimmt auch freuen dich kennen zu lernen, Helen."

Helen warf Julien von der Seite einen Blick zu, wie um sicherzugehen, dass es ihm auch recht war, wenn sie die Einladung annahm. „Es wäre schön, wenn du mitkommst", sagte er daher wahrheitsgemäß.

Sie freute sich darüber und entschuldigte sich kurz darauf, um auf der Toilette zu verschwinden.

„Ich habe ihr noch nichts von meiner Mutter erzählt, Pascal", nutzte er schnell die Gelegenheit seinen Cousin zu unterrichten.

„Wieso?", fragte dieser erstaunt.

„Sie macht gerade eine schwere Zeit durch. Ich wollte es ihr mit dieser Nachricht nicht noch schwerer machen, weil sie meine Mutter auch gut gekannt hat. Ich weiß, lange werde ich dem Thema nicht mehr aus dem Weg gehen können, aber bitte, sorge dafür, dass die Sprache bei unserem Besuch nicht auf meine Mutter fällt. Ich möchte bei ihr einfach den passenden Moment abwarten, es ihr zu sagen."

„Es macht es für sie nicht einfacher, wenn du ihr etwas vorlügst, Julien."

„Bisher habe ich das Thema einfach klug umschifft. Ich habe sie nicht angelogen." Natürlich hatte Helen sich auch unverfänglich nach seinen Eltern erkundigt, aber er hatte ohne groß darauf zu antworten einfach das Thema gewechselt. Da sie es auch immer vermied von ihrer Familie zu sprechen, war es ihm erstaunlich leicht gefallen, auch seine nicht zu erwähnen.

Als sie ihr gemeinsames Essen beendet und sich mit der Aussicht ihn bald wiederzusehen von Pascal verabschiedet hatten, schlenderten sie auf dem Weg zum Parkplatz durch die kleinen Gässchen der Altstadt.

„Wieso hast du deine Verwandten bisher nicht besucht?", erkundigte sie sich bei ihm. „Ich hatte den Eindruck, dass mehr dahintersteckt."

Bingo.

„Die Stimmung ist gerade etwas ... schwierig", erwiderte Julien vorsichtig. Er hatte eigentlich nicht vorgehabt, ihr so schnell ein Geständnis zu machen.

„Willst du darüber reden, warum?", fragte sie zaghaft, als ob sie ahnte, dass es eine unangenehme Geschichte werden würde. Natürlich wäre das nun die Gelegenheit, es ihr zu berichten, aber noch immer hatte er Hemmungen und wusste nicht, ob es nur daran lag, dass er es ihr nicht zumuten wollte. Er würde für die Begegnung mit seinen Verwandten noch alle Kräfte beisammen halten müssen und hatte sich die letzten Wochen mit Helen so gekonnt von seiner Trauer abgelenkt, dass ihm das Leben leichter vorgekommen war. Zumindest eine Weile wollte er es dabei belassen.

„Eigentlich nicht“, meinte er daraufhin abweisend, auch wenn er spürte, dass es sie traf, dass er ihre Frage nun zurückwies. Aber auch sie hatte genug Geister aus ihrer Vergangenheit in ihrem Kopf schwirren, die sie nicht mit ihm teilte, daher versuchte er ein nicht allzu schlechtes Gewissen zu haben, ob er getroffenen Miene, die sie nun aufsetzte.

„Soll ich besser doch nicht mitkommen?“, fragte sie nach einer kurzen Pause zaghaft nach.

„Nein, nein“, meinte er versöhnlich, weil er auch nicht wollte, dass sie die Abweisung auf sich bezog. „Es wird bestimmt ein schöner Abend.“

„Ok“, antwortete sie schlicht.

Gerne hätte er nun aufmunternd ihre Hand genommen und gedrückt, aber weil er wusste, was dies wieder mit ihm anrichten würde, beließ er es bei seinen Worten. Allmählich schien sich Helen auch wieder zu fangen. Vor einer Boutique hielt sie an. Er war schon ein paar Meter weitergelaufen, so in Gedanken war er, bis er merkte, dass sie nicht mehr an seiner Seite war.

„Wenn ich mitkomme, brauche ich auf jeden Fall etwas Gescheites zum Anziehen“, erklärte sie, blickte an sich herunter, um ihre einfache

Kleidung zu mustern und ging anschließend entschlossen in die Boutique hinein.

„Helen, meine Verwandten sind ganz bodenständige Leute. Du musst nicht im Cocktailkleid aufwarten“, meinte er amüsiert.

„Ich möchte aber etwas Schönes tragen“, entgegnete sie bestimmt und hatte wieder so einen grüblerischen Ausdruck in den Augen. Sie wusste wahrscheinlich selbst, dass sie sich lange Zeit etwas hatte gehen lassen mit ihrem Äußeren. Aber ihr Haar hatte sie inzwischen entwirrt, sie war nicht mehr ganz so mager und auch die dunklen Schatten unter ihren Augen waren weniger geworden. Auch wenn eine Shopping Tour mit einer Frau nicht zu seinen Lieblingsbeschäftigungen gehörte, so konnte er ihren Wunsch doch etwas nachvollziehen und begab sich wieder zu ihr. Was er in dem Moment bedauerte, da ihm auffiel, dass es in der Boutique auch Unterwäsche gab. Nicht zu knapp und leider auch aus der Kategorie der „feuchte Träume“ - Klasse. Sich seinem Schicksal ergebend betrat er mit ihr dennoch den Laden, machte aber einen großen Bogen um die Negligés, um sich nicht bei jedem Helen darin vorstellen zu müssen. Zum Glück schien sie eine jener Frauen zu sein, die wusste was ihr stand und die noch dazu entscheidungsfreudig war. Nachdem sie ein paar Kleider herausgesucht hatte und ihm zur Zustimmung vor die Nase hielt, verschwand sie schon recht schnell in der Umkleidekabine. Mit jedem Kleidungsstück, das sie ablegte und über den Vorhang warf, wurde ihm wärmer. Dass noch dazu die eifrige Verkäuferin immer wieder den Vorhang kurz lupfte, um sie zu fragen, ob sie Hilfe beim Schließen des Kleides bräuchte, machte es nicht leichter, da er dabei mehr nackte Haut zu sehen bekam, als ihm lieb war. Als die Verkäuferin ihn bemerkte, sagte sie: „Ach, ihre Begleitung kann ja sicherlich auch den Reißverschluss schließen, ich suche Ihnen mal passende Wäsche für das nächste Kleid heraus."

Er schluckte, als Helen den Kopf aus der Umkleide streckte und ihn fragte: „Würdest du?"

Er klebte sich ein Lächeln auf sein angespanntes Gesicht, dachte an eine hundertjährige Oma mit Faltenhaut am Strand und betrat die enge Kabine, in der Helen gerade das Kleid im Spiegel musterte. Es war hellblau und fiel in luftig lockeren Bahnen um ihre Hüften. Wenn er es fertig bringen würde es zu schließen, würde es sich wie eine zweite Haut an ihren Oberkörper schmiegen. Erneut wurde ihm bewusst, dass sie keinen BH trug, als er den Verschluss zwischen ihren zarten Schulterblättern nach oben zog. Bildete er es sich ein oder lief ihr dabei eine Gänsehaut über den Rücken, als er am oberen Ende des Kleides angelangt war und kurz ihre Haut berührte? Sie kaute auf ihrer Unterlippe herum und vermied es ihn im

Spiegel anzusehen. Gerne hätte er jetzt mit seiner Hand über die sanfte Haut ihrer Schulter gestreichelt und bekam Herzklopfen, allein bei dem Gedanken daran. Der Moment wurde unterbrochen, als mit einem heftigen Ruck der Vorhang zurückgezogen wurde und die emsige Verkäuferin sie nach draußen kommandierte.

„Das steht Ihnen ganz fabelhaft meine Liebe!“, sagte sie wahrheitsgemäß und schlackerte mit einem passenden Unterwäscheset um ihren Finger vor seiner Nase herum. „Finden Sie nicht auch?“, fragte sie ihn daraufhin herrisch, damit er bloß nicht auf die Idee kam, ihr zu widersprechen.

„Ja“, krächzte er nur nickend hervor und konnte seine Augen nicht von Helen abwenden, die es immer noch vermied ihn anzusehen und sich stattdessen ausgiebig im Spiegel musterte. Die Verkäuferin zerrte an ihrem Haarband, sodass sich ihre rotblonden Locken nun über ihre Schultern ergossen. Ihre leicht gebräunte Haut unter dem hellblauen Stoff sah unglaublich zart aus. Eine leichte Röte überzog ihr Gesicht, aber sie lächelte leicht, als ob auch sie sich gefiel. „Ich nehme es.“

„Schauen Sie, ich habe hier noch die passende Unterwäsche ausgesucht. Vielleicht wollen Sie die auch noch anprobieren?“

„Klar“, meinte sie nur leichthin und brachte Julien damit wieder in Schwierigkeiten. Der zarte Unterwäschestoff schien nur aus Spitze zu bestehen und ließe dem Betrachter sicher wenig der Fantasie über. Verdammt, das war wirklich zu viel für ihn!

Es konnte einfach nicht so weiter gehen. Wenn die einzige Möglichkeit sich von seinem aktuellen Wahnsinn zu heilen darin bestand Helen zu meiden, musste er vielleicht in den sauren Apfel beißen und dies tun. Sein Praktisches Jahr war bald vorüber, dann hatte er allen Grund auch wieder abzureisen ohne sie vor den Kopf zu stoßen. Mit dem räumlichen Abstand zwischen ihnen konnte er während seiner Prüfungsvorbereitung in Deutschland bestimmt wieder zur Vernunft kommen, wenn er sie nicht ständig um sich hatte. Sollte sie selbst sich zu der Entscheidung durchringen wieder zurückzukehren, könnten sie weiter an ihrer Freundschaft arbeiten. Vielleicht war es so der bessere Weg, überlegte er, nicht ohne einiges Bedauern.

An diesen Abstand hielt er sich nun schon mehrere Tage, mit Ausreden er müsse mehr lernen, was streng genommen nicht einmal eine Ausrede war. Er zog sich immer öfter in sein Zimmer zurück, was sie traurig zu machen schien, da sie weniger Zeit miteinander verbrachten, was sie aber verständnisvoll hinnahm. Oft blieb er nun auch länger in der Praxis, um dem gemeinsamen Essen zu entgehen und wärmte sich am Abend alleine ihre

Reste auf. Heute luden ihn allerdings sein Chef und dessen Frau an seinem letzten PJ – Tag zu einem Essen ein. Ihm fiel ein, dass er Helen gar nicht Bescheid gesagt hatte, dass sie an diesem Abend nicht auf ihn warten sollte. Aber da er die letzten Tage auch schon häufiger später gekommen war, würde sie es sich denken können. Er wartete vor der Praxis auf seinen Chef. Dessen Frau wollte sie abholen, damit sie gemeinsam zum Restaurant fahren konnten. Sein Chef beendete eben noch ein Telefonat und schloss die Praxisräume ab, da erkannte er Helens türkisfarbenen Corsa auf sich zu fahren. Sie stieg aus. „Hey, du bist nicht gekommen, ich dachte, vielleicht gab´s ein Problem mit deinem Auto, weil du es sonst immer angekündigt hast, wenn du später bist."

„Ah, sorry Helen, ich hatte vergessen dir zu sagen, dass ich heute eine Verabredung zum Essen habe."

Wie auf Bestellung bog da die Ehefrau seines Chefs um die Ecke, begrüßte ihn wie in Frankreich üblich mit zwei Küsschen auf die Wange und hakte sich bei ihm ein.

Helen stand da wie vom Donner gerührt. Julien brauchte nicht lange zwei und zwei zusammen zu zählen, um auf die Schlüsse zu kommen die sie gerade zog. Auch wenn sie versuchte es zu verbergen, er sah dennoch wie es ihr zusetzte, als sie schnell „Na dann lasst euch von mir nicht stören", murmelte, auf dem Absatz kehrt machte und floh, bevor er irgendetwas richtig stellen konnte.

Scheiße.

Sie war eine Idiotin! Warum war sie überhaupt auf die Idee gekommen, sich einzubilden, dass er sich irgendwie geändert hatte? Diese ganzen langen Nachmittage in der Praxis ... Natürlich hatte er sich da mit dieser Frau getroffen! Sie versuchte nicht erneut verletzt und beschämt zu sein, weil sie wieder und wieder und wieder auf ihn hereingefallen war. Erst schlich er sich in ihren Kopf und ihr Herz, um sie dann wie einen begossenen Pudel wieder vor ihm lächerlich zu machen! Dabei wollte sie doch eigentlich gar nichts von ihm, oder doch? Mit ihren Gesprächen, der Arbeit am Haus und einfach der Tatsache, dass er da war, hatte er etwas mit ihr gemacht und dieses Etwas linderte ihre Seelenqualen. Noch dazu waren ihre Gedanken spätestens seit der Episode in der Boutique auch immer mal wieder in andere Richtungen abgeschweift. Sie konnte einfach nicht anders als sich zu ihm hingezogen zu fühlen, sie Vollidiotin! Er hatte sie wieder vergessen lassen, was für ein Mensch er eigentlich war! Doch war er das? Wieso scherte es sie überhaupt, wenn er sich hier irgendeine Französin anlachte? Was war nur mit ihr los? Sie war nur noch durcheinander. Und das Schlimmste daran war eindeutig, dass es etwas mit Julien zu tun hatte. Sie war schleunigst in ihr Auto gestiegen, nur um von ihm wegzukommen. Als sie geparkt hatte, hörte sie aber schon, wie er hinter ihr vor dem Haus vorfuhr.

„Helen warte doch. Lass es mich erklären!“, rief er ihr zu. Sie tat als hätte sie ihn nicht gehört und machte sich auf in die Weinberge. Es dämmerte zwar und es waren auch einige Wolken am Himmel, aber sie war diesen Weg schon so oft gelaufen, dass sie sich auch im Dunkeln zurechtfand. Sie sog die laue Abendluft ein und dachte daran, wie befreiend ein solcher Spaziergang manchmal sein konnte. Helen versuchte ihre wirren Gedanken zu ordnen, entschied sich dann aber, dass es vielleicht besser war, einmal überhaupt nichts zu denken. Schon gar nicht wollte sie an Julien denken. So stapfte sie weiter, der aufkommende Wind peitschte ihr durch die Haare, doch es machte ihr nichts aus. Sie versuchte zu ignorieren, dass er ihr wahrscheinlich folgen würde, um eine Erklärung abzugeben, die sie nicht hören wollte und beschleunigte ihre Schritte. Die Wolken über ihr wurden dichter, aber sie dachte gar nicht daran umzukehren.

Aber er war schneller.

„Ich will nichts hören“, warf sie ihm nur entgegen und lief schnurstracks weiter, ohne ihn eines Blickes zu würdigen.

„Wieso nicht?“

„Weil darum.“

„Helen, heute war mein letzter Tag in der Praxis. Es war die Frau meines Chefs, die da mit mir vor der Praxis gewartet hat. Mein Chef war noch oben.“

„Wie kommst du auf die Idee, dass mich das irgendwie interessieren könnte?“, fragte sie und wusste nicht, ob sie seinen Worten glauben wollte.

„Weil ich dich bereits nach zwei Sekunden die falschen Schlüsse habe ziehen sehen.“

„Blödsinn. Du kannst doch tun und lassen, was und mit wem du willst und bist mir ganz sicher keine Erklärung schuldig!“

„Diesen Satz habe ich schon einmal von dir gehört. Und danach hast du mich aus deinem Leben verbannt.“

„Ich habe dich nicht verbannt.“

„Wir haben uns seit diesem doofen Streit nicht mehr gesehen.“

„Ich weiß gar nicht, welchen Streit du meinst“, tat sie unwissend.

„Der Streit, bei dem ich gesagt hatte du sähest aus wie eine ...“

„Ach der Streit“, ließ sie sich nun doch darauf ein. „Glaub mir, ich habe es als Kompliment aufgefasst“, sagte sie sarkastisch und stapfte unbekümmert immer weiter, als ob sie nicht merkte, dass rundherum die ersten Donner grollten. „Immerhin passiert das einem durchschnittlichen

Mädchen wie mir nicht oft“, fügte sie noch bitter hinzu.

„Helen, was kann ich denn sagen, damit du dich nicht immer so fertig machst?“

Wie waren sie eigentlich nun bei diesem Thema angelangt?

„Nichts, denn mein Komplex beginnt am Haaransatz und endet an den Fußsohlen.“

„Ich habe damals völligen Mist gemacht, Blödsinn geredet, nur um dich irgendwie zu verletzen. Es war eine unreife und überflüssige Reaktion eines notgeilen Idioten. Weil ich nicht damit klar kam, dass du eine Frau bist. Ok? Und irgendwie musste ich das an dir auslassen.“

Sie schnaubte. „Julien, wir haben Doktorspielchen zusammen gemacht. Du wusstest seit deinem fünften Lebensjahr, dass ich unten rum anders aussehe als du.“

„Offensichtlich habe ich zwanzig Jahre und Anatomieunterricht im Studium benötigt, um es wirklich zu kapieren. Was soll ich sagen, ich bin ein Blödmann. Aber ich habe nicht mit der Frau meines Chefs geschlafen ... und auch nicht mit Melanie.“

Sie wollte sich einreden, dass es sie nicht interessierte was er sagte. Sie wollte weiter wütend auf ihn sein, denn die Alternative war, sich damit auseinanderzusetzen, dass er sie so überhaupt nicht kalt ließ!

„Helen, es fängt an zu regnen."

Zielstrebig setzte sie ihre Schritte den Weinberg hinauf fort. Er folgte ihr unerbittlich, obwohl feiner Niesel auf sie herabregnete.

„Du glaubst mir nicht", sagte er schlicht.

Die Tropfen, die auf sie niederregneten wurden immer größer und trafen sie härter, angefacht durch den brausenden Wind.

„Julien, es ist doch völlig egal, was ich denke. Es war ein Missverständnis, ich habe überreagiert. Vergiss es einfach."

Der Regen wurde noch stärker und Helens Oberteil saugte sich rasch voll, sodass es nur noch an ihr klebte. Doch sie weigerte sich in ihrer Wut über sich selbst umzukehren und wischte sich nur den Regen aus dem Gesicht.

„Ich habe dir angemerkt, dass es dich getroffen hat", sagte Julien durch den prasselnden Regen. Es hatte sich nun ein heftiges brausendes Gewitter um sie breit gemacht, dass fast seine Worte verschluckt hätte. Er packte sie am Arm: „Bleib bitte stehen und schau mir ins Gesicht."

Beide waren völlig durchnässt und atmeten schwer, weil sie so durch die Weinberge gehetzt waren. Helen konnte sich nicht von ihm abwenden, da er ihren Arm noch immer umklammert hielt. Da zuckte ein Blitz vom Himmel herab und ein lautes Donnergrollen folgte auf dem Fuße. Irgendein Tier, das genauso bescheuert war wie sie, bei Gewitter durch die Weinberge zu marschieren, sprang neben Helen auf den Weg und sie erschrak sich beinahe zu Tode. Fast wäre sie gestürzt, wenn Julien sie nicht festgehalten und an sich gezogen hätte. Es durchzuckte sie mit feuriger Erregung seinen warmen, ja fast heißen Körper an sich zu spüren, während der Regen sie verzweifelt etwas abkühlen wollte. Und da spürte sie ihn an ihrem Bein, durch seine nasse Jeans hindurch. Er ließ so schnell wieder von ihr ab, als ob er einen elektrischen Schlag bekommen hätte, sodass sie sich nicht sicher war, ob sie sich doch getäuscht hatte.

„Lass und verdammt nochmal von hier verschwinden", bellte er und drehte sich um in Richtung ihres Hauses. Der schwarze Himmel grollte indes weiter und schickte Blitze gen Erden. Sie rannten durch den Regen zurück zu Helens Haus. Dort angekommen verschwand er sofort auf sein Zimmer und sie nahm sich eine Dusche. Sie versuchte, während das inzwischen kalte Wasser auf sie niederregnete zu begreifen, was da eben passiert war. Und was sollte das eigentlich heißen er kam nicht damit klar, dass sie eine Frau war?

Die Tage vor dem großen Zusammentreffen mit seiner Familie gingen sie sich größtenteils aus dem Weg, weil keiner wusste wie er sich dem anderen gegenüber verhalten sollte, so als ob sie beide sich zu viel ihres gegenseitigen Innenlebens präsentiert hätten. Helen machte es fast verrückt, nicht zu wissen, woran sie war. Noch dazu war sie vor dem Treffen mit seiner Familie total aufgekratzt, ohne zu wissen warum. Stundenlang so kam es ihr vor stand sie vor dem Badezimmerspiegel, um ihr Äußeres möglichst ansehnlich zu gestalten, zupfte hier und da an ihrem neu erworbenen Kleid herum, das viel zu teuer gewesen war und gab es irgendwann auf. Sie ging immerhin nicht zu einer Modenschau, sondern zu einem einfachen Familienessen. Juliens anerkennender Blick, als sie die Treppe herunterkam, ließ es ihr ganz warm ums Herz werden, also hatte sich der ganze Aufwand wohl aber gelohnt.

„Hübsch siehst du aus", fügte er seinem warmen Blick noch hinzu, was sie erröten ließ, sodass sie sich schnell abwandte.

Nachdem sie ins Auto eingestiegen waren, bemerkte sie auch an ihm eine beinahe greifbare Anspannung. Er hatte ihr von Schwierigkeiten mit seinen Verwandten, nicht aber von den Details berichtet. Da sie sich diesbezüglich schon einmal einen Korb geholt hatte, wollte sie das Thema nicht erneut ansprechen, hätte ihm aber gerne geholfen, dem Abend mit Freude entgegen zu sehen. Denn das tat sie. Wirklich. Auch wenn sie unweigerlich an ihre eigene Familie denken musste und es sie traurig machte, sie so lange nicht gesehen zu haben, so mochte sie Pascal und war neugierig darauf, den Ort kennen zu lernen, an dem Julien so viel Zeit in seiner Kindheit in den Ferien verbracht hatte.

„Ihr seid jeden Sommer zu deiner Tante und deinem Onkel gefahren, richtig?“, fragte sie, weil das gegenseitige Anschweigen auch ihre Nervosität steigerte.

„Ja richtig, Pascal und ich sind beinahe gleich alt und konnten immer zusammen spielen, als wir kleiner waren. Ich war immer gerne bei ihnen. Meine Tante kocht fabelhaft und wir waren oft am Strand. Ich habe viele schöne Erinnerungen an diesen Ort.“ Juliens Gesicht nahm einen melancholischen Ausdruck an.

„Das muss schön gewesen sein.“

Er deutete mit der Hand auf die Umgebung.

„Dieses gesamte Gebiet hier auf das du schaust gehört meinem Onkel. Er ist Winzer.“

Weinreben über Weinreben erstreckten sich vor Helens Auge und auf einer Anhöhe entdeckte sie ein kleines Haus.

„Dort oben hat er seine Vinothek, einen kleinen Raum für Veranstaltungen wie Weinproben, und den Verkauf.“

Nach einer kurzen Fahrt entlang der Weinberge seines Onkels, bog Julien in eine Seitenstraße ein und sie kamen an einem alten Haus etwas abgelegen der Stadt an. Julien öffnete das schwarze schmiedeeiserne Tor der Einfahrt, sodass sie auf das von Hecken und Weinreben umsäumte Grundstück fahren konnten. Neben dem Kiesweg standen vereinzelte Obstbäume. Der Garten wirkte insgesamt gepflegt, auch wenn es schien als sei er mit etwas lässiger Hand geführt, da er hier und dort auch verwildert war. Das steinerne Haus selbst war teilweise durch Weinefeu bedeckt, hatte bunt gestrichene Fensterläden und passte in diese südländische Idylle perfekt hinein. Es sah sehr einladend aus.

Julien seufzte auf. „Wie lange bin ich schon nicht mehr hier gewesen? Da werden einige Erinnerungen wach."

Sie wischte ihre vor Aufregung schweißigen Hände am Autositz ab und versuchte sich ihre Nervosität nicht anmerken zu lassen. Scheinbar erfolglos, denn Julien fragte: „Alles ok?"

„Ja", entgegnete sie und atmete einmal tief aus, „es ist nur alles so wundervoll hier."

Als sie ausstiegen, roch es nach Rosen und einer lauen Sommernacht. Julien kam gar nicht so weit zu klingeln, da stand schon seine Tante in der Tür und nahm ihn in den Arm. Sie hatte dunkelbraunes Haar, einen südländischen Teint und wunderschöne ozeanblaue Augen. Die Ähnlichkeit zu seiner Mutter war nicht zu übersehen. Sie trug ein Kleid mit einem Blumenmuster und eine bestickte

Schürze. Aus dem Hintergrund hörte man ein Kratzen an der Tür und einen Hund bellen.

„Ah mon coeur, il y a longtemps! Lass mich dich anschauen", fügte sie dann auf Deutsch mit deutlichem französischem Akzent hinzu. „Du bist so groß und ´übsch geworden. Warum ´ast du so lange mit deinem Besuch gewartet?“ Sie gab ihm zwei Küsschen auf die Wange und Julien nutzte die Gelegenheit seine Begleiterin vorzustellen: „Jetzt tue mal nicht so, als ob wir uns Jahre nicht gesehen hätten ... Ma tante Aurélie, c´est Èlene.“

„Es freut mich Sie kennen zu lernen, Pascal ´at schon von Ihnen erzählt“, sagte Aurélie freundlich und küsste Helen auf die Wangen.

„Freut mich ebenso“, erwiderte Helen wahrheitsgemäß.

Aus dem Hintergrund ertönte wieder das laute Bellen und kurz darauf kam Juliens Onkel zur Tür heraus, gefolgt von einem cremefarbenen Labrador, der völlig aufgeregt um sie alle herumsprang und wie wild mit dem Schwanz wedelte. Die starken Arme seines Onkels, die von jahrelanger körperlicher Arbeit zeugten, drückten Julien hart aber nicht ohne Zuneigung kurz an sich. Das kantige männliche Gesicht mit den harten Zügen war wettergegerbt, aber sehr attraktiv und das Lächeln, das er seinem Neffen schenkte, erhellte sein gesamtes Gesicht. Wie seine Frau war er braungebrannt.

„Ich konnte Vulcain nicht mehr ´inter verschlossenen Türen lassen. Als er dich gerochen ´at, ´at er nur noch gejault.“

Der Hund schwänzelte um ihre Beine herum und roch interessiert an ihr. Sie kraulte ihn kurz hinter den Ohren. „Keine Angst, er ist ein ganz lieber“, sagte Juliens Onkel und reichte ihr die Hand: „Mein Name ist Jean Bérard.“

„Das ist Helen“, stellte Julien sie erneut vor. Helen lächelte. Sie fühlte sich in dieser familiären Stimmung so wohl und eingebettet, als würde sie dazugehören. Seine Verwandten schienen Julien gegenüber keine Ressentiments zu haben. Helen konnte seine Bedenken hier her zu kommen daher nicht verstehen. Die Begrüßung war überaus herzlich ausgefallen.

„Kommen Sie doch ´erein Élène, dann können die Männer ein bisschen über ihre Sachen reden.“ Aurélie führte Helen an einer alten Treppe vorbei, auf der gerade Pascal herunter kam und ihr fröhlich zuwinkte. Helen folgte Juliens Tante hinein ins gemütliche Wohn- und Esszimmer, das mit einer bequemen Couch, Sesseln und rustikalen Esszimmermöbeln ausgestattet war, die sich wunderbar in den Charme des Hauses einfügten. Die Terrassentüren waren weit geöffnet, sodass die laue Abendluft die Leinenvorhänge umspielte.

„Bitte setzen Sie sich doch“, sagte Aurélie und wies Helen einen Platz auf der Couch zu. Vulcain, der beiden gefolgt war, wollte ein paar Streicheleinheiten erhaschen und Helen tat ihm den Gefallen. Auch die Männer folgten bald und gesellten sich zu ihr, während Aurélie in der Küche weiter das Essen zubereitete.

„Passen Sie bloß auf, dass Sie den kleinen Flohsack nicht zu sehr verwöhnen, der lässt sie sonst nicht mehr in Ruhe."

Helen lachte mit den anderen und bemerkte dabei aber Juliens traurigen Blick, der durch das Wohnzimmer schweifte und an einigen gerahmten Fotos an der Wand hängen blieb. Von ihrer Position aus, konnte sie die abgebildeten Personen nicht erkennen, nahm sich aber vor, später beim Essen erneut einen Blick darauf zu werfen, um vielleicht Juliens Kummer etwas ergründen zu können, den ihm dieser Besuch ganz offensichtlich zu bereiten schien. Als ihre Blicke sich trafen, warf sie ihm ein aufmunterndes Lächeln zu, das er nur mit einem Anheben seines Mundwinkels quittierte und dann den Blickkontakt abbrach.

Helen hörte plötzlich Juliens Tante aus der Küche fluchen, sodass sie sich verpflichtet fühlte einmal nachzuschauen.

„Machen sie sisch doch nischt die Mühe", meinte Jean. "Es ´ört sich immer an als würde gleich etwas explodieren, aber nach´er schmeckt es köstlisch."

Helen lächelte zwar, ließ sich aber nicht beirren und folgte Aurélies *Merde* - Flüchen bis zur Küche.

„Kann ich Ihnen zur Hand gehen?”, fragte Helen in der Küchentür stehend.

„Wenn Sie wollen, können sie den Tisch im Wo´nsimmer decken. Isch ´abe die Teller auf ein Tablett neben die Spüle gestellt.“

Helen nahm sich das Tablett und ging zurück ins Wohnzimmer, wo unter den Herren inzwischen ein offener Disput über Fußball ausgebrochen war, bei dem Helen nicht wirklich viel beitragen konnte. Zwar hatte sie früher auch immer die Ergebnisse ihrer Stadtmannschaft verfolgt, doch seit sie hier wohnte, war sie völlig abgeschnitten von allen Sportereignissen.

„Die Weltmeisterschaft war ein solches Fiasko für L´équipe Francaise. Es war peinlich”, zeterte Jean laut und warf Helen einen bedeutungsvollen Blick zu. Da kam es ihr wieder, dass dieses Jahr die Weltmeisterschaft stattgefunden hatte. Wie schnell man doch solche Sachen vergessen konnte, sie musste wirklich hinterm Mond leben, dachte sie. Sie deckte den Tisch und lauschte dann interessiert Jeans Ausführungen über die Weinernte und dass er noch eine Aushilfe für seinen Weinverkauf benötigte. Da kam Helen ein Gedanke.

„Ich könnte aushelfen. Ich bin gerade auf der Suche nach einer Beschäftigung."

Viel zu lange hatte sie sich treiben lassen. Ihre Finanzen waren desaströs. Noch dazu wo sie mit Julien vereinbart hatte, sich an den Renovierungskosten zu beteiligen. Dies war eine Gelegenheit, die sie am Schopfe packen musste.

„Wirklich?", fragte Jean nach.

„Von Wein verstehe ich zwar nicht viel aber … Wann kann ich anfangen?"

Ihre kurze Besprechung wann Helen wo und wie bei Jean vorbei kommen sollte, um eingearbeitet zu werden wurde von Aurélie und dem Teller mit einem Amuse – Bouche unterbrochen.

Die hungrige Meute erhob sich und ließ sich am Tisch nieder, wobei Helen neben Julien Platz nahm. Sie musste wirklich den Ankündigungen und Lobpreisungen auf Aurélies fabelhafte Küche zustimmen. Dabei war das *Amuse - Bouche* nur ein winziger Vorgeschmack auf das gewesen, was danach kam. Getrüffelte Entenleberterrine auf Cassissauce mit Orangenfilets und Frisee-Salat, gerösteten Austernpilzen und karamellisierten Trauben. Als Wein zur Vorspeise gab es einen köstlichen Tropfen von Jeans eigenem Weingut, der Helen, wie sie schnell merkte, durch seine Süße unglaublich zu Kopfe steigen würde. Vor allem befürchtete sie, dass ihre ungeübte Leber an diesem Abend etwas überstrapaziert werden würde, da es zu jedem Gang einen anderen Wein gab. Als nächsten Gang servierte Juliens Tante Hummermedaillons in Butterschaumsoße, mit kleinen Röstis, gefolgt von Marseiller Fischsuppe, die Aurélie, da sie aus Marseille kam, perfektioniert zu haben schien. Zwischen den Gängen bettelte Helen immer um die Rezepte, da alles so hervorragend köstlich schmeckte. Die Stimmung am Tisch war ausgelassen und fröhlich und sie amüsierte sich so gut wie schon lange nicht mehr. Julien warf ihr immer wieder Seitenblicke zu und schien erfreut, dass es ihr so gut gefiel. Ihre eigene Stimmung stand jedoch der seinen noch immer völlig entgegen, auch wenn er inzwischen nicht mehr ganz so angespannt wirkte. Sein Lächeln schien nie seine Augen zu erreichen. Immer wieder warf sie ihm besorgte Blicke zu, die er gekonnt ignorierte und sich aber zum Ende des Dinners doch, anscheinend um ihretwillen, bemühte etwas fröhlicher zu sein.

„Und ich weiß noch, wie du dann nackt unter dem Tisch gesessen hast, mit der vollen Windel in der Hand." Aurélie lachte. „Natürlich haben sich alle Gäste nach draußen verzogen, der Gestank war fürchterlich."

Der ganze Tisch lachte. Julien musste die Geschichte, wie er sich als Zweijähriger einer vollen Windel in Gesellschaft entledigt hatte, wohl jedes Mal über sich ergehen lassen, dennoch grinste er ergeben und rollte bei Helens Blick mit den Augen. Nach den Kalbsfilet-Medaillons im Schinkenmantel auf Kirsch- und Roquefort-Soßen, Pommes Duchesse und dem Vanille-Nougat-Joghurtmousse war Helen dem Platzen nahe, auch wenn sie sich viel Zeit beim Essen ließen. Die *Petit Fours* allerdings konnte sie nur noch schwer hineinzwängen und ihr Kopf war inzwischen heiß vom vielen Wein und dem vielen Lachen. Am Ende drückte Julien seine Tante noch einmal fest und verkündete: „Wenn ich immer so viel essen würde, wie du uns heute Abend verköstigt hast, meine Herrn ... Ich würde gerne hundert Kilo wiegen!“

Das von einem Mann mit einem stählernen Körper, dachte Helen und lachte beschwipst, woraufhin Julien sie belustigt anschaute.

„Ich glaube Helen hat für heute wirklich genug Wein gehabt.“ Er stellte zur Unterstreichung seiner Worte die Weinflasche in reichliche Entfernung von ihr, sodass der ganze Tisch brüllte vor Lachen.

„Scheinbar wohnt sie noch nischte so lange ′ier, dass sie an unseren Weinkonsum gewöhnt iste“, fügte Aurélie schulterzuckend hinzu.

Nun stand Jean vom Tisch auf und holte aus einer Ecke hinter einem Schrank aus Kirschbaumholz eine Gitarre. Dann begann er eine rassige Melodie darauf zu spielen. In Helens Kopf drehte sich alles und das Kerzenflackern machte dies auch nicht besser. Dennoch ließ sie es sich nicht nehmen im Takt der Melodie mitzuschwingen. Als Jean dann noch begann auf Französisch zu singen, war es vollends um sie geschehen. Sie liebte dieses Haus und diese Familie, es war so wundervoll mit ihnen an diesem Abend zusammen zu sein. Gleichzeitig drängten sich immer wieder Bilder ihrer eigenen Familie vor ihr geistiges Auge, doch sie wollte sich nicht mit Gedanken an sie quälen. Jean reichte Julien die Gitarre und der begann ein romantisches Stück darauf zu spielen. Dabei sah er mit seinen blauen Augen zu tief in die ihren, dass sie geradewegs darin hätte versinken könnte. Gleichzeitig loderte wieder diese verdammte Hitze in ihr auf. Sie musste sich dringend abkühlen. Da Aurélie gerade aufstand, um die Teller in die Küche zu bringen, wollte sie natürlich auch ihre Hilfsbereitschaft aufgrund eines kleinen Schwipses nicht vergessen. Sie erhob sich aber etwas zu zügig, sodass Julien sie, nachdem er die Gitarre an Jean weitergegeben hatte, auffangen musste.

„Holla, *Chérie* immer langsam." Dort, wo seine Hände sie berührt hatten, brannte ihre Haut. Der Tisch lachte schon wieder auf und Helen war so betrunken, dass sie zwar noch röter wurde, aber einfach mitlachte. Sie nahm sich ein paar Teller unter den „Schaffst du das auch?" - Anspielungen von Pascal. Doch Helen reckte nur stolz die Nase in die Höhe, nahm die Teller und machte sich auf den Weg in die Küche.

„Ich helfe Ihnen spülen“, sagte sie zu Aurélie. „Bei den Dingen, die die Herren besprechen kann ich sowieso nicht mitreden. Immer diese Weibergeschichten“, meinte sie ironisch, sodass die ganze Familie wieder das Lachen anstimmte.

„Wem sagen Sie das, ich musste jahrelang mit deux hommes alleine unter einem Dach wohnen“, lächelte Aurélie und tätschelte Helens Arm. Daraufhin spülten die beiden schweigend und lauschten den dröhnenden Lachern aus dem Esszimmer.

Helen wurde es allmählich immer schwindeliger, doch sie hatte sich heute Abend schon genug Blöße gegeben. Aurélie nun bitten zu müssen sich einen Moment hinsetzen zu können würde sie nicht überstehen. Also konzentrierte sie sich auf einen festen Punkt, der dennoch schwankte, und trocknete weiter fleißig ab.

„Wie lange kennen Sie Julien schon?“, fragte Aurelie dann.

„Eine Ewigkeit, wir haben früher nebeneinander gewohnt, waren auf der gleichen Schule und dann haben wir uns zufällig nach all den Jahren hier wiedergefunden.“

Hatte sie wiedergefunden gesagt?

„Ach diese Élène sind Sie! Sie scheinen ihm gut zu tun nach allem ...“, sie brach ab.

Helen merkte, dass sie seine Tante bezüglich der Beziehung zu Julien nicht korrigiert hatte und fügte daher hinzu: „Ich weiß noch nicht, wie sich das mit ihm weiterentwickelt ...“ Und was hatte seine Tante mit dem Rest des Satzes sagen wollen? Was hieß nach allem?

Aurélie grinste nur spitzbübisch: „Ich bin seine Tante, glauben Sie mir isch ´abe einen Blick dafür. Nur eine Freundin hat er einmal ´ier ´er gebracht, seine große Liebe, aber das ist schon lange, lange ´er, damals war er sehn.“

Helen musste glucksen. Ja, das passte zu Julien.

„Für Julien war es so schön mal wieder herzukommen”, sagte Helen. Dennoch musste sie noch immer darüber nachgrübeln, warum er über den Abend etwas aufgesetzt gewirkt hatte. Erst gegen Ende ihres Menus hatte er sich merklich entspannt.

„Es war früher schon immer wunderbar gewesen, wenn er im Sommer ´ier bei uns war.”

„Er sieht Ihnen ähnlich.”

„Hm ...”, war alles, was Aurélie dazu einfiel. „Ische glaube ... Nun, es iste nischte meine Aufgabe Ihnen ... Wir waren immer wie eine Familie für ihn ... Er ´at sich nie nach jemand anderem gesehnt ... Obwohl ische misch immer gefragt ´abe, ob er sie insge´eim nischte doch vermisste?”

Was musste seine Tante nur für kryptische Andeutungen machen mit denen Helen nichts anfangen konnte? Sie schien aber ihre Ausführungen nicht fortführen zu wollen und Helen wollte nicht den Anschein erwecken, als würde sie Aurélie über Julien aushorchen. Noch dazu wo sie in ihrem umnebelten Kopf fast keinen vernünftigen Gedanken mehr zustande brachte. Bevor sie nun doch womöglich mit dem Kopf in das Spülwasser kippte, bat sie Aurélie darum einmal kurz an die frische Luft gehen zu dürfen.

Im Garten sah sie eine Hollywoodschaukel und ließ sich darauf nieder, vermied es aber groß hin und her zu schwanken, da sich so schon genug in ihrem Kopf drehte. Die Grillen sangen ihr Lied um sie herum, der Himmel war sternenklar, nur gedämpft hörte sie die Unterhaltungen im Inneren des Hauses. Auf einmal vermisste sie ihre eigene Familie sehr. Den ganzen Abend über hatte es ihr nichts ausgemacht und sie hatte alle Gedanken an ihre Familie abgeschirmt, doch nun sehnte sie sich nach ihnen. Die Blicke, die Tante und Onkel ihrem Sohn und ihrem Neffen schenkten, gingen ihr mitten ins Herz. Es herrschte so viel Liebe in diesem kleinen Raum. In ihrer Familie hatte es auch immer viel Liebe gegeben. Auch ihr eigenes Kind wäre in diese liebevolle Umgebung aufgenommen worden, auch ohne Vater. Da war sich Helen nun sicher und bedauerte es, ihren Eltern nichts von dem Enkelkind erzählt zu haben. Vielleicht hätte sie gemeinsam mit ihnen alles leichter ertragen und wäre nicht davongerannt. Doch so hatte sie ihre Familie aufgegeben und kam nicht gut mit den Konsequenzen klar. Sie hörte wie sich jemand ihrem Rückzugsort näherte und sah kurz darauf Julien mit ihrem Glas Wein auf sie zugehen. Dankbar nahm sie es entgegen. Sie hielt zwar nicht viel von Frustexszessen, aber an diesem Abend war ihr das Vergessen, welches der Alkohol ihr bringen konnte, gerade recht.

„Hat es dir heute Abend gefallen?", fragte er und setzte sich neben sie.

Das Schwanken, das er damit verursachte, tat ihr nicht gerade gut, aber sie schloss einfach für einen kurzen Moment die Augen. Was sollte sie ihm antworten? Es war einer der schönsten Abende ihres Lebens und sie fühlte sich furchtbar? Also trank sie einen großen Schluck. Der Alkohol hatte ihre Hemmungen gelockert und so schlang sie einen Arm und Juliens Hals und drückte sich fest an ihn. Eine einsame Träne rollte ihr über die Wange, doch sein beruhigendes Streicheln an ihrem Rücken und seine Körperwärme taten gut. Ihr Herz klopfte bis zum Hals und sie sehnte sich so nach weiteren Berührungen, sodass sie noch etwas dichter an ihn heranrückte. Er wandte ihr seinen Kopf zu und senkte ihn über ihre Lippen, als ihr plötzlich das Weinglas aus der Hand glitt und den Moment zerstörte. Wie zwei ertappte Teenager wichen sie auseinander, als noch dazu seine Verwandten nach draußen kamen, um zu sehen, was den Lärm verursacht hatte.

„Entschuldigung, das Glas geht auf meine Kappe“, sagte Helen peinlich berührt.

Aurélie holte ein Kehrblech und winkte ab. „Wäre nischt das erste, das hier im Hause kaputt geht“, meinte sie leichthin.

Als der entstandene Schaden beseitigt war, reichte Pascal Julien seine Autoschlüssel und sie verabschiedeten sich alle voneinander.

„Kommt uns bald wieder besuchen!“

„Wenn wir das nächste Mal an Hungersnot leiden“, entgegnete Julien lächelnd und schloss dann die Haustür, vor den wundervollsten Menschen, denen Helen je begegnet war.

„Alles klar Helen?“, fragte Julien, da sie bedrohlich schwankend an seinem Arm hing. Noch immer hatte er Herzrasen von dem Moment auf der Hollywoodschaukel, der ihm den Atem geraubt hatte.

„Alles roger“, meinte sie nur leise und schwankte noch mehr.

Er stützte sie weiter ab und sie bewegten sich langsam auf Pascals Motorrad zu. Er ließ Helen kurz an der Hausmauer lehnen und holte zwei

Helme aus dem Aufbewahrungsfach der Maschine.
„Was machst du da?“, fragte sie und hielt sich an der Mauer fest.
„Ich hole die Helme heraus, weil wir mit dem Motorrad fahren.“
„Das gehört Pascal.“
„Wir haben für diese Woche getauscht. Er bekommt das Auto, das er mir sowieso für meine Zeit hier geliehen hat, und ich sein Motorrad.“
Sie schnaubte. „Wann habt ihr das denn beschlossen?“
„Als du in der Küche ausgeholfen hast.“
Sie seufzte.
„Was?“, fragte er lächelnd.
„Ich setze mich nicht auf diese Höllenmaschine!“, rief sie da aus und kam schwankend auf ihn zu.
„Komm schon, das wird lustig!“
„Juju“, sagte sie mit drohendem Finger, der leider nicht ganz auf ihn deutete, „ich werde nicht mit diesem Ding fahren! Schau mich doch an! Ich bin sturzbetrunken!“
Wenn er sie so betrachtete, musste er ihr eindeutig Recht geben.
„Nun, dann werden wir wohl laufen müssen“, entgegnete er grinsend und wollte sich schon auf den Weg machen, um den Autoschlüssel von Pascal zu holen. Doch als er sich umdrehte sah er,

wie sie sich auf den Weg zum Tor gemacht hatte, mit schwankenden, aber harten Schritten. Sie war wirklich absolut blau! Er rannte ihr hinterher.

„Helen, das war doch nur ein Witz. Komm, ich hole das Auto.“

„Es war doch deine Idee“, entgegnete sie. „Und jetzt willst du wieder kneifen! Die frische Luft wird mir guttun!“

Er hätte am liebsten laut losgelacht. „Na ja, so ein kleiner Verdauungsspaziergang von einer Stunde hat sicherlich noch keinem geschadet“, meinte er ironisch.

„Genau“, sagte sie, blieb stehen und schwankte bedrohlich. Vorsorglich machte auch er Halt.

„Eine Bedingung“, säuselte sie mit ihrer betrunkenen Stimme. Warum hatte er nur keine Videokamera, wenn er eine brauchte?

„Und die wäre?“

„Ich darf mich an dir festhalten.“

Gesagt, getan.

Sie klammerte sich an ihm fest und sie setzten ihren Lauf fort. Ihre Hände waren schwitzig heiß, ihr süßer Duft hing ihm in der Nase und ihr Körper war dem seinen viel zu nahe und betörte seine Sinne. Schon als sie die Treppe in ihrem Haus heruntergekommen war, war sie so strahlend schön gewesen. Natürlich konnte er nicht umhin, den Zipfel des Spitzen-BHs aus der Boutique unter ihrem Kleid hervorlugen zu sehen. Den ganzen Abend hatte dieser Zipfel seinen Blick in den Bann genommen. Bei seinen Verwandten hatte der Kerzenschein ihr Gesicht so wundervoll beschienen und als sie sich auf der Hollywoodschaukel an ihn gelehnt hatte, hätte er nichts sehnlicher getan als sie geküsst und sich damit gut von seiner tristen Stimmung abgelenkt.

„Eins muss man dir lassen Helen ...“

„Hm?“, fragte sie leicht abwesend.

„Du bist echt süß, wenn du betrunken bist.“

„Pah“, erwiderte sie darauf nur. „Was soll ich mir den jetzt davon kaufen?“

„Warum kann man dir nicht ein einziges Mal ein Kompliment machen, ohne dass du sarkastisch darauf reagierst?“

Sie ging nicht darauf ein, sondern entgegnete: „Klar könnte ich meinen Frust natürlich in Sex mit dir ersaufen.“

Er warf ihr einen schockierten Blick von der Seite zu. Interessant, in welchen Bahnen sich ihre Gedanken bewegten ... Aber natürlich würde er diese Situation nicht ausnutzen können, wo sie nicht mehr Herrin der Lage war. Aber ein bisschen Knutschen, das hatte doch wirklich noch keinem geschadet, wo sie ohnehin auf der Schaukel beinahe über einander hergefallen waren. Daher erwiderte er, nicht ohne diesen Hintergedanken: „Na ja, wäre doch zumindest eine Variante, über die man nachdenken könnte.“ Er konnte sich ein schakalhaftes Grinsen bei ihrem Gesichtsausdruck nicht verkneifen.

Sie seufzte: „Wenn du wüsstest, was ich mit mir herumschleppe.“

Woher dieser plötzliche Themenwechsel jetzt wieder kam, war ihm schleierhaft. Sie wollte ernsthaft JETZT einen kleinen Seelenstriptease abhalten?

Er wusste nicht, ob er sie schütteln, küssen oder flachlegen sollte!

„Ich bin einfach abgehauen“, sprudelte es weiter aus ihr heraus.

„Hm, du vermisst deine Familie“, sagte er schlicht und konnte nun doch ein wenig ihre Gedankengänge nachvollziehen. Ihm selbst war es nicht anders gegangen, als er in dieser familiären Runde gesessen hatte und mit jeder Faser seines Herzens an seine Mutter gedacht hatte. Den ganzen Abend hatte er Helen um ihre gute Stimmung beneidet, war manchmal sogar etwas sauer geworden, weil er im Gegensatz zu ihr so niedergeschlagen war. Aber er konnte wohl kaum Rücksichtnahme von ihr erwarten, wenn er es bis jetzt vermieden hatte, ihr vom Tod seiner Mutter zu erzählen. Und anscheinend war der Abend nicht so spurlos an ihr vorübergegangen, wie er angenommen hatte.

„Aber du bist freiwillig gegangen“, wies er sie auf das Offensichtliche hin.

Sie seufzte. „Ich weiß.“

„Aber?“

„Was heißt hier aber?“, fragte sie und bekam einen Schluckauf.

„Es war deine Entscheidung zu gehen. Die kannst du genauso leicht widerrufen.“

Er würde seine Mutter nicht mehr wiederbekommen, egal, wie sehr er sich nach ihr sehnte.

„Du hast es ja echt drauf einen aufzumuntern“, hickste sie.

„Ich habe meine echte Familie nie gekannt“, entgegnete er ohne nachzudenken, was er da gerade ausgeplappert hatte. Er hatte noch nie mit jemandem darüber geredet. Da blieb sie stehen und schaute ihn komisch an. „Das war es, was Aurélie vorhin meinte“, sagte sie mehr zu sich als zu ihm. Es fehlte nur noch, dass sie sich mit einer Hand vor die Stirn stieß. Voll Mitleid sah sie ihn an. Das hatte er ganz bestimmt nicht gewollt! Hätte er doch bloß den Mund gehalten, wie er es sonst immer tat, wenn es um das Thema Familie ging.

„Hey, bitte nicht diesen Blick. Das ist genau der Grund, warum ich es nie jemandem erzählt habe, dass ich Waise bin. Hör mal .... Ich habe nie nach meinen richtigen Eltern gesucht. Ich bin nicht eines von diesen Waisenkindern, die unbedingt wissen müssen wieso, weshalb, warum. Wenn ich Mama sage, dann habe ich schon immer jene gemeint, die mich adoptiert hat.“ Es schnürte ihm die Brust zu von ihr zu reden. Ja, er hatte sich seit er klein war geliebt und geborgen gefühlt und nichts vermisst. Und selbst der Druck das Studium durchziehen zu müssen war nichts im Vergleich zu dem, was er durch eine richtige Familie gewonnen hatte. Das durfte er nicht vergessen. Er betrachtete wieder Helen. Warum nur legte sie ihren Blick nicht ab? Und eigentlich hatten sie doch über ihre Geheimnisse reden wollen, warum ging es plötzlich um seine?

Mit ernsthafter Miene fragte sie: „Du hältst mir mit fünf Jahren deinen Schniedel unter die Nase und hast es nie für nötig befunden, mir zu sagen, dass du Waise bist?“

Völlig aus seiner Stimmung gerissen konnte er nicht anders, als in schallendes Gelächter auszubrechen. Helen war wirklich eine Hausnummer!

„Weißt du was, ich werde dir auch nichts mehr erzählen“, sagte sie plötzlich wieder wütend und stapfte an ihm vorbei. Nein, jetzt begann sie auch noch zu rennen! Okay, wenn er sie fing, würde er sie erwürgen, dieses Teufelsweib! Sie lachte und hickste und atmete schwer als sie rannte, außerdem war sie so betrunken, dass es ein Leichtes war, sie wieder einzufangen. Er hielt sie an der Taille fest und sie fuchtelte wild um sich. Man hätte ihm vorher sagen sollen, dass sie überschnappte, wenn sie Alkohol bekam.

„Mir ist kalt“, sagte sie unvermittelt.

Als er mit seinem Finger über ihre Haut strich war sie alles andere als kalt.

„Blödsinn, du bist heiß“, schon wieder hätte er erst denken, dann reden sollen.

„Du scheinbar auch“, hickste sie bescheuert und schickte sich an ihn zu umarmen. „Oh Scheiße ist das gut“, flüsterte sie und sprach ihm damit aus der Seele, als sie sich wieder eng an ihn drückte. Dennoch entgegnete er, sich erneut mahnend diese Situation nicht auszunutzen: „Vielleicht sollten wir damit aufhören?“

Abrupt zog sie sich mit verhangenem Blick zurück. „Du hast Recht.“

Sie stapfte weiter.

„Ich habe den Männern sowieso abgeschworen nach der Sache mit Marco.“

Ihre Ankündigung von eben, ihm nichts mehr zu verraten, hatte sie also schon wieder vergessen. Da es ihm lieber war, über ihre Seelenqualen, als über seine zu sprechen, nahm er das ihm angebotene Thema bereitwillig auf.

„Ich könnte jetzt kein Arschloch sein und dir nicht sagen, ich hab´s dir ja gesagt. Es macht mich traurig zu sehen, dass er dir so wehgetan hat.“

„Und nicht nur auf eine Weise“, flüsterte sie so, dass er sie kaum verstand.

Da blieb er wie angewurzelt stehen. „Was soll das heißen, Helen“, fragte er fast schon bedrohlich.

„Nicht das, was du jetzt schon wieder denkst um Himmels Willen! Er hat mich nicht vergewaltigt oder so!“

Der kurze Schockmoment, der ihn erfasst hatte, ließ sich nur schwer abschütteln, also atmete er langsam aus.

„Himmel Julien, ich war doch freiwillig mit ihm zusammen!“

„Das sind Opfer häuslicher Gewalt häufig. Du hast es eben komisch ausgedrückt.“

„Sorry, mein Fehler. Du kannst dir aber doch denken, dass dieser Vollidiot mit ein Grund war, warum ich abgehauen bin.“

„Was wieder für diese Vergewaltigungstheorie sprechen würde!“

„Ein für alle Mal Julien, er hat mir körperlich nichts angetan! Wirklich! Nicht mal der Sex war gut!“

Heute hatte sie aber auch ein lockeres Mundwerk! Julien schlackerte mit den Ohren. Er hätte ihr schon viel früher etwas Alkohol eintrichtern sollen, wenn es dem bedurft hätte, dass sie sich etwas öffnete.

„Verstehe“, meinte er nur, obwohl er inzwischen gar nichts mehr verstand.

„Ich meine, er konnte ja eigentlich nichts dafür, dass ich verkorkst bin, aber etwas mehr Mühe geben können, hätte er sich schon!“

„Wieso bist du verkorkst?“, hakte Julien gespannt nach, was sie als nächstes offenbaren würde.

„Hätte ich nicht so viel gesoffen, würde ich einfach die Klappe halten“, schalt sie sich selbst und schüttelte den Kopf.

„Wieso bist du verkorkst?“, wiederholte er nur.

Sie zögerte kurz. „Na ja, sagen wir mal so. Ich habe ein kleines Orgasmusproblem.“

Er traute wohl seinen Ohren nicht!

„Das sich in welcher Weise darstellt?“

„Mein Gott Julien, soll das jetzt so ne Art Anamnese werden oder was?“

„Du hast mit dem Thema angefangen!“

„Na schön also ... Ich komme einfach nicht.“

„Wie?“

„Na ja, zum Höhepunkt halt. Beim Verkehr.“

„Verstehe, also dir reicht einfach die reine Penetration nicht aus.“

„Himmel, musst du das wie in einem medizinischen Fachartikel ausdrücken? Ja, also ich komme nie ... Ich kann das einfach nicht erzählen.“

„Masturbierst du?“

„Was?!“

„Machst du es dir selbst?“

„Na, du glaubst doch nicht, dass ich mit dir darüber rede!“

„Chérie, bei allem, was du mir gerade offenbart hast, wäre das doch jetzt keine große Sache mehr“, meinte er schelmisch. „Außerdem versuche ich nur herauszufinden, ob du ein generelles Problem hast oder ob es Kopfsache ist. Also, nehmen wir an du hättest die Frage mit ja beantwortet, kommst du dann?“

Sie schlug sich die Hände vor das Gesicht. „Ich kann nicht glauben, dass wir uns darüber unterhalten!“

„Und?“

„Herrgott ja!“

„Und wie lange brauchst du so? Brauchst du bestimmte ... Hilfsmittel?“

„Julien!“

„Ok, überspringen wir das also.“

Er grübelte kurz, wie er die nächsten Worte formulieren sollte.

„Also Helen, zwar in Ermangelung einiger wichtiger Details, die meine Einschätzung verwässern könnten ...“ Er machte eine bedeutsame Pause, in der Hoffnung, ihr doch noch das ein oder andere Geheimnis zu entlocken. Allerdings vergeblich, da sie nur stur die Unterlippe vorschob. Er seufzte. „Also, ich komme zu dem Schluss, dass du nicht verkorkst, sondern eine ganz normale Frau bist, bei der man sich eben nur mehr Mühe geben muss.“

„Das hast du nett gesagt“, schniefte sie.

Das machte sie ungemein reizend und änderte leider überhaupt nichts an dem Ständer, der ihn ob dieses Gesprächsthemas plagte.

„Und ich hasse Oralverkehr, so jetzt ist es raus!“, platzte es noch aus ihr hervor, dass er schon wieder lachen musste.

„Oh Mann, Helen!“

„Also weißt du dieses Geschlabbere da untern, brr“, sie schüttelte sich. „Und ich muss die ganze Zeit denken wie schmeckt das, wie riecht das .... Es gibt nichts weniger Erregendes für mich. Hm, außer vielleicht SM. Du stehst doch nicht auf SM, oder?“

„Ach, so ein bisschen Prügel zwischendurch ...“, überlegte er gespielt und holte sich einen Schlag auf den Arm ab.

„Und Oralverkehr?“

„Helen, wenn es der Frau Spaß macht, macht es mir auch viel Spaß. Ich glaube du machst dir einfach zu vielen Gedanken.“

„Ich sagte doch verkorkst. Klar, du hast schon mit tausenden Frauen geschlafen, bei denen es wahrscheinlich Orgasmen gehagelt hat. Ich hasse es so verklemmt so sein!“, hickste sie wieder und sah ihn anschließend teuflisch an: „Aber ich schwöre dir, wenn du irgendwem diese ... Dinge erzählst, dann ...“ Sie schwankte wieder leicht. „Schneide ich dir die Hoden ab!“

Erneut schwankte sie, dieses Mal ziemlich heftig, sodass er sie auffangen musste, damit sie nicht hinfiel. Und was machte sie? Ließ sich in seine Arme gleiten und war einfach eingeschlafen!

Na super, dachte er sich, unterdrückte das Pochen zwischen seinen Beinen, hievte sie hoch in seine Arme und trug sie den Rest des Weges nach Hause. Was für ein Abend!

5

Irgendeiner musste doch den verdammten Presslufthammer einmal ausschalten! Helen legte sich das Kissen über die Ohren, doch der Presslufthammer war noch so laut wie zuvor. Sie öffnete langsam ihre müden Augen. Ihr Zimmer war in helles Licht gehüllt. Sie schwitzte und sie hatte höllischen Durst. Helen drehte sich auf ihren Rücken. In ihrem Kopf dröhnte es, als hätte einer mit dem Hammer darauf geschlagen. Sie musste die Decke bei Seite legen, so sehr war ihr der Schweiß ausgebrochen. Als sie langsam an sich herunterblickte, drang es nur mühsam in ihr Bewusstsein, dass sie nur ihre Unterwäsche vom gestrigen Abend trug. Sie erinnerte sich an nichts mehr. Wie war sie nur ins Bett gekommen? Wer hatte sie ausgezogen? Allmählich setzte sie sich auf und schwang ihre Füße aus dem Bett. Doch dann wurde ihr wieder so schwindelig und schwarz vor Augen, dass sie den Kopf in die Hände legen und die Augen schließen musste. Was hatte sie nur angestellt? Als sie sich endlich bereit fühlte aufzustehen hörte sie aus der Küche das Radio. Also war Julien schon wach. Sie warf sich einen Bademantel über und wankte langsam die Treppe herunter. Das Radio war, je näher sie der Küche kam, viel zu laut eingestellt. Sie nahm sich eine Flasche Wasser, setzte sich auf die Couch, als Julien von der Terrasse herein kam und sie aufmerksam musterte. Dass dabei einer seiner Mundwinkel nach oben zuckte und er ein Lächeln unterdrücken musste, konnte sie in ihrer aktuellen Verfassung nicht ertragen.

„Okay“, sagte sie mit trockenem Mund, „was habe ich gemacht? Wie bin ich in mein Bett gekommen? Was ist eigentlich passiert? Und warum hatte ich nur noch meine Unterwäsche an?” Sie setzte die Flasche Wasser an und leerte sie mit mehreren Schlucken.

„Ich habe dich ins Bett gebracht, aber du wirst dich wohl selbst ausgezogen haben”, antwortete er und verkniff sich dabei anscheinend noch immer ein Lachen.

„Ich habe dir peinliche Dinge erzählt, die man nicht mal einem Pastor beichten würde, oder?“, fragte sie und hielt sich die Hände vor das Gesicht.

Er reichte ihr kommentarlos eine Kopfschmerztablette, die sie dankbar annahm und sich für eine halbe Stunde, bis allmählich die Wirkung einsetzte, auf der Couch zusammenrollte, ohne zu sprechen. Mit Schwinden des Kopfschmerzes kamen allerdings einige Erinnerungen an den letzten Abend zurück, die sie lieber im Nirvana ihrer Gehirnwindungen zurückgelassen hätte. Zum Glück blieb es bei Bruchstücken. Sie hoffte, dass sie das Gespräch über Orgasmen nur in ihrer Phantasie geführt hatte, denn sonst könnte sie Julien nicht mehr unter die Augen treten.

Zwei Dinge drängten sich nun aber umso schärfer in ihr Bewusstsein: Julien war Waise. In all den Jahren, die sie sich nun kannten, hatte er es ihr nie gesagt! Und ihre gestrige Reaktion darauf, war rückblickend recht rüpelhaft ausgefallen, dachte sie beschämt. Er tat ihr unendlich leid. Auch wenn sie selbst genug Kummer wegen ihrer Familie hatte, so könnte sie es sich doch nicht vorstellen ihre leiblichen Eltern nicht zu kennen. Sie liebte sie, auch wenn sie ihre Familie verlassen hatte. Sie würden immer den größten Platz in ihrem Herzen einnehmen. Und hätte sie sie einfach früher ins Vertrauen gezogen, wäre es gewiss nicht so weit gekommen, dass sie auf einem einsamen Weinberg hockte. Sie könnte es sich gar nicht vorstellen nicht zu wissen, wer ihre Mutter und ihr Vater waren. Doch Julien schien das nicht zu stören. Wie hatte er gesagt: *Wenn ich Mama sage, dann habe ich schon immer diese Mama gemeint, die mich adoptiert hat.* Helen fand das irgendwie rührend und es zeigte ihrer Meinung nach seine Stärke. Wie viele Kinder waren immer auf der Suche nach ihren Eltern? Und wenn sie es dann herausfanden wer sie waren und warum sie das Kind nicht wollten, wurden sie meistens in eine tiefe Krise gestürzt. Oftmals waren es Drogenjunkies oder Minderjährige. Oder aber die

Kinder wurden in einen Konflikt gebracht, wenn sie ihre neuen Eltern dann kannten. Wen sollten sie nun lieben und als die wahren Eltern ansehen? Die Menschen, die sich immer um sie gekümmert hatten, oder die, die sie in die Welt setzten? All das musste Julien hinter sich gelassen haben und sie bewunderte ihn dafür. Aber wie konnte sie so lange neben ihm gewohnt haben, mit ihm gespielt haben, eine Freundin gewesen sein, ohne es zu wissen? Wie oft hatte sie bei ihm übernachtet, ganze Tage lang im Haus seiner Eltern verbracht ... Und dennoch hatte er es ihr nie gesagt und sie hatte es nie bemerkt. Wusste er es selbst damals noch nicht, als sie beste Freunde waren oder war sie ihm einfach nicht wichtig genug gewesen, als dass er es ihr hätte anvertrauen wollen? Auch ihre Eltern schienen keine Ahnung gehabt zu haben oder sie hätten es Helen gegenüber bestimmt einmal erwähnt? Zu viele Grübeleien für ein verkatertes Hirn ...

Sie fuhr sich müde mit ihrer Hand über das Gesicht. Julien war gerade mit dem Abwasch beschäftigt und hatte sie in Ruhe gelassen.

Es gab noch etwas, dass sie am gestrigen Abend in seiner Stimmung verspürt hatte und noch dazu hatte seine Tante kryptische Andeutungen gemacht, dass es etwas gab, worüber er mit ihr noch nicht gesprochen hatte. Bis gestern hatte sie es dabei belassen wollen, aber der tiefe Kummer, den sie an ihm wahrgenommen hatte, schien ihr doch mehr Beachtung wert zu sein. Zumal sie ihn all die Wochen, die er jetzt bei ihr war, nicht mal im Ansatz erahnt hatte. Und was das über sie selbst und ihre Aufmerksamkeit aussagte, wo er sich so viel Mühe gegeben hatte ihr Trost und Ablenkung zu spenden, darüber wollte sie gar nicht nachdenken, sonst würde sie sich bis ins Bodenlose schämen.

Er belegte sich gerade ein Brot und setzte sich neben sie auf die Couch. „Bist du ansprechbar?"

Sie nickte und kam gleich auf den Punkt: „Warum war deine Stimmung gestern so angespannt?"

„Weil ich meiner Tante und meinem Onkel bisher noch keinen Besuch abgestattet hatte, seitdem ich in Südfrankreich war."

„Und warum nicht?"

Julien atmete einmal tief durch.

„Weil ich es nicht ertragen konnte im Haus meiner Tante zu sein, die ... meiner verstorbenen Mutter so sehr ähnelt, dass es mir das Herz aus der Brust reißt."

Helen brauchte mehrere Minuten, um die Worte, die sie soeben gehört hatte, in eine Sprache zu übersetzen, die in ihren Verstand übergehen konnte. Juliens Mutter war gestorben? Der Schock erfasste sie mit solch einer Wucht, dass ihr erneut übel wurde. Lange Zeit saßen sie nebeneinander und sagten nichts. Julien schaute sie nicht an, bis er das leise Wörtchen „Wie?“, aus ihrem Mund hörte.

„Pankreascarzinom“, sagte er nur und damit schien die gesamte Tragweite klar zu sein. Man musste kein Arzt sein, um zu begreifen, wie viel Kummer in diesem einzigen Wort steckte.

„Warum hast du es mir nicht gesagt?“, fragte Helen sichtlich erfasst und noch immer schockiert.

„Helen, du warst doch so sehr mit deinen eigenen Problemen beschäftigt, da wollte ich dir nicht noch mehr Kummer bereiten.“

Sie schämte sich noch immer ihn kein einziges Mal richtig nach seinen Eltern gefragt zu haben, seitdem er hier war. Sie hatte sich in dem Glauben gesuhlt, der einzige Mensch auf der Welt zu sein, dem etwas Schlimmes widerfahren konnte. Nie hatte sie sich erkundigt, was in seiner Welt passiert war und völlig übergangen, dass auch er wahnsinnig leiden musste. Nun kam sie sich schäbig und unaufmerksam vor, all der Dinge nicht wert, die er für sie getan hatte. Eine neue Trauer übernahm die Gewalt über sie, wo doch die alte Trauer noch so sehr unter der Oberfläche schwelte. Helen konnte nicht anders, als sich kurz von ihm zurückzuziehen, um all das zu verdauen. Mit solch profanen Dinge wie Duschen und Zähne putzen lenkte sie sich von diesem neuerlichen Schock ab und konnte es doch nicht fassen, dass die Welt sich nun ohne Juliens Mutter weiterdrehte.

Julien hatte gewusst, dass es für Helen ein Schlag sein würde, von seiner Mutter zu erfahren. Er hatte sie aber nicht mehr anlügen wollen, wo sie sich nun erneut nach der Ursache seiner Stimmung erkundigt hatte. Als sie mit noch feuchtem Haar zu ihm ins Wohnzimmer zurückkehrte, war sie noch immer sehr blass. Sie setzte sich neben ihn, schluchzte kurz auf und fiel ihm dann um den Hals.

„Oh Gott, Julien, es tut mir so leid."

Sie weinte hemmungslos und klammerte sich an ihm fest, als wäre er der letzte Halt auf dieser Erde. Das Mitgefühl in ihren Augen wurde nur teilweise durch die Tränen verschleiert. Völlig überrumpelt von diesem heftigen Ausbruch sah Julien sich mit dem Gedanken konfrontiert, dass Helen wahrscheinlich die einzige Person auf der Welt war, die im Moment ansatzweise verstehen konnte, was wirklich in ihm vorging. Zum einen war sie ebenfalls medizinisch gebildet, kannte also Therapie, Verlauf und Nebenwirkungen, die mit der Diagnose Bauchspeicheldrüsenkrebs einhergingen und auch die Belastung die sich für Patient und Angehörige ergab, zumindest theoretisch. Zum anderen waren sie als Kinder beieinander ein- und ausgegangen und hatten jeweils viel Zeit auch in der anderen Familie verbracht. Er hatte viele Menschen um seine Mutter trauern sehen, aber für Helen war sie weit mehr als nur eine Bekannte oder gute Freundin. Auch für sie war sie eine Art Mutter gewesen, die sie getadelt hatte, wenn sie Blödsinn mit ihm angestellt, sie für gute Note gelobt und Feste mit ihr gefeiert hatte. Er wusste nicht wieso und wie, aber dieses Gefühl der Verbundenheit mit Helen in ihrer tiefen Trauer war wie ein Katalysator für sein eigenes Leid und während er sie so im Arm hielt, um sie zu trösten, flossen auch seine Tränen das erste Mal seit dem Verlust. Er empfand dies als ausgesprochene Erleichterung und durch ihre gemeinsame Trauer spendeten sie sich auch gemeinsam Trost. Das befreite ihn und so hielt er sie stumm weinend im Arm. Da saßen sie, inmitten einer Bruchbude in Südfrankreich und heulten wie die Schlosshunde. Es wäre komisch gewesen, wäre der Grund nicht so ein trauriger.

Als sie sich beide wieder etwas gefangen hatten, begannen sie in Erinnerungen an seine Mutter und gemeinsame Abenteuer und Erlebnisse zu schwelgen, bis spät in die Abendstunden hinein.

„Und weißt du noch, als wir in der Garage Feuer gemacht haben?" fragte Helen und grinste dabei. „Natürlich hätten wir uns eine Rauchvergiftung holen können, wir zwei Hohlköpfe! Aber ich war trotzdem sauer, dafür zwei Wochen Hausarrest aufgebrummt zu bekommen und deine Mutter hat es bei einem einfachen Tadel belassen."

„Sie war wirklich nicht besonders streng", gab Julien zu und sie schwiegen einen kurzen Moment.

„Helen, du kannst dir gar nicht vorstellen, welches Geschenk du mir heute gemacht hast."

„Wieso?", fragte sie erstaunt.

„Du hast mir meine Mutter wiedergegeben. Immer wenn ich in letzter Zeit an sie gedacht habe, hatte ich nur ihr sterbendes Gesicht und ihre leblose Hand, die in meiner lag, in meinem Kopf. Doch du hast mir wiedergegeben, was für ein Mensch sie wirklich war. Nicht der, der so sinnlos dahingegangen ist, sondern ein Mensch mit Lebensfreude, so viel Energie und positiver Einstellung. Das alles hatte ich vergessen."

Sie schaute ihm tief in die Augen und sah fast so aus, als ob sie sich für sein offenes Bekenntnis schämte, wo es doch so ein tief empfundenes Kompliment sein sollte. Sie blickte rasch zur Seite und sah hilfesuchend zu einem Glas Wasser, an das sie sich klammerte, um ihn nicht länger ansehen zu müssen. Er nahm es ihr aus der Hand, strich ihr eine Strähne ihres rotblonden Haares hinter das Ohr und ließ seine Hand an ihrer Wange verweilen, bis sie zu ihm aufblickte. Unwillkürlich fuhr sie sich mit der Zunge über die Lippen und schaute auf seinen Mund, als ob sie ahnen konnte, was er in diesem Moment so dringend von ihr brauchte, wo sie ihm an diesem Tag schon so viel gegeben hatte. Es kam ihm wie das Normalste auf der Welt vor, seinen Kopf zu senken und ihr einen Kuss zu geben, der jeden Kuss, den er je geküsst hatte, in den Schatten stellte. Zunächst war er sanft, ein Kuss voller Verständnis, ehrlicher Zuneigung, Dankbarkeit und Trost. Doch je länger ihre Lippen aufeinander verweilten umso leidenschaftlicher begegneten sich ihre Münder in einem verzweifelten Versuch sich noch näher zu sein und noch mehr zu geben. In seinem Inneren explodierte ein Feuerwerk an Gefühlen, als er ihren Mund eroberte und spürte, wie sie ihn einließ. Helen lehnte ihren Körper an ihn, schlang ihre Arme um seinen Hals, um ihn näher zu sich zu ziehen und schon war es um ihn und seine Selbstbeherrschung geschehen. Was folgte war nicht nur ein heißer Tanz ihrer Münder, mitsamt Lippen, Zunge und Zähnen, auch ihre Hände konnten nicht ruhen und erkundeten den anderen, wie sie ihn noch nie erkundet hatten. Eine sanfte Berührung über ihre Schulter, ein sanftes Ziehen an seinem T-Shirt, damit sie seinen Bauch streicheln konnte. Sein Herz zog sich zusammen und klopfte wie wild, als er ihre zarten Hände auf seiner Haut fühlte. Wie gerne er auch noch mehr von ihr gewollt hätte, riss er sich aber nun zusammen. Es war einfach nur die Zeit, einander im Arm zu halten und sich gegenseitig „zu lieben“ ohne den sexuellen Hintergedanken dabei, auch wenn es ihm schwer fiel sich zurückzuhalten. Dafür war aber dieser gesamte Tag einfach zu aufwühlend gewesen. Wenn er nun noch mit ihr schliefe, seiner langjährigen Freundin, nach allem was inzwischen geschehen war, er wusste nicht, ob er das heute schaffen würde, ohne völlig aus der Bahn geworfen zu werden. Er war emotional so erschüttert, dass er es einfach nur genoss, wie sie hier zusammen auf der Couch lagen, sich ausgiebig küssten und berührten. Sie gab sich vertrauensvoll in seine Arme und wäre bestimmt auch den nächsten Schritt mit ihm gegangen, aber so beließen sie es dabei, sich zu fühlen und zu schmecken und genossen die gegenseitige Nähe. Der Gedanke an diesem Abend alleine in seinem Bett schlafen zu müssen, wäre ihm unerträglich gewesen. Und so war er froh, dass sie irgendwann einfach in seinen Armen lag und er spürte wie ihr Atem flacher und regelmäßiger wurde. Erst dann schloss er die Augen und glitt über in einen tiefen traumlosen Schlaf. Die ganze Nacht lagen sie so beieinander.

Helen erwachte am Morgen so ausgeschlafen wie schon lange nicht mehr. Sie wusste nicht, wann sie sich das letzte Mal so geborgen gefühlt hatte, wie nun in Juliens Armen. Sie genoss die Wärme seines Körpers und dachte an ihre Gespräche vom

Vortag. Noch immer hatte sie Gewissensbisse, weil sie so mit sich selbst beschäftigt gewesen war, dass sie Juliens Kummer übersehen hatte. Am Tag zuvor hatten sie zusammen gelacht, geweint und sie hatte ihm hoffentlich ein wenig sein Leid lindern können, indem sie es mit ihm geteilt hatte. Dass sie sich anschließend in den Armen lagen und so leidenschaftlich geküsst hatten, hatte sie glatt umgehauen. Es hatte Helen unvorbereitet getroffen und doch war es wie selbstverständlich geschehen und hatte sich verdammt gut angefühlt. Sie bedauerte es nicht. Mehr noch war sie zu ihrer eigenen Überraschung an diesem Morgen so unbefriedigt und bereit diesen einen nächsten Schritt doch wieder zu wagen, dass es sie etwas erschreckte. Konnte sie das von sich preisgeben und das mit Julien? Sich ihm hingeben, wo sie noch gedacht hatte nie wieder fähig zu sein jemandem so zu vertrauen? Allein der Gedanke daran brachte ihr Herz zum Klopfen und eine lange nicht gefühlte Schwere senkte sich in ihren Unterleib. Aus Angst vor ihrer eigenen Courage befreite sie sich widerwillig aus Juliens Umarmung, um einen klaren Kopf zu bekommen. Sie ging kurz ins Badezimmer, um sich frisch zu machen und hörte in der Zeit wie Julien in der Küche herumwerkelte. Sie fühlte sich verklemmt, wie sie sich davongestohlen hatte und wusste nicht, wie sie ihm an diesem Morgen begegnen sollte, wo gestern

Abend doch alles so leicht gewesen war. Warum nur musste sie immer alles so kompliziert machen? Er war immer noch Julien. Der gleiche Julien, mit dem sie vor zwei Tagen am Frühstückstisch gesessen hatte. Nur hatte sie da noch nicht von seinen heißen Lippen gekostet, seine kundigen Hände auf ihrem Körper gespürt, dass ihr eine Gänsehaut nach der anderen über den Körper gerauscht war. Helen schalt sich einen Feigling, straffte kurz die Schultern und kehrte zurück zu ihm in die Küche. Den Blick, den er ihr zuwarf, bevor er ihr einen „Guten Morgen“ wünschte, war wie eine Liebkosung, ließ ihren Puls beschleunigen und sich errötend abwenden. Sie tat so, als hätte sie es nicht bemerkt, dass er ihr bereits eine Tasse Kaffee hingestellt hatte und holte sich eine neue. Leicht die Stirn runzelnd und mit nach oben verzogenem Mundwinkel, nahm er ihr die leere Tasse ab. Er schien sich über sie zu wundern und sie irgendwie amüsant zu finden in ihrer Befangenheit. Bei der Berührung seiner Finger hätte sie beinahe die Tasse fallen lassen und nahm dann zittrig die volle Tasse entgegen.

„Alles klar bei dir?“, fragte er leichthin.

„Aber klar“, antwortete sie zwei Oktaven höher als gewöhnlich.

Sie musste einfach hier raus. Beim Blick in sein Gesicht an die Erektion zu denken, die sich gestern in ihr Bein gedrückt hatte, als sie sich liebkost hatten, war einfach zu viel für sie. Sie flüchtete auf die Terrasse und hoffte, er würde ihr nicht folgen. Er telefonierte im Wohnzimmer gerade mit jemandem und deckte anschließend innen den Frühstückstisch. In ihrer momentanen Lage würde sie keinen verdammten Bissen herunter bekommen. Wie alt war sie eigentlich? Vierzehn? Sie war verdammt nochmal eine erwachsene Frau, die mit einem Typen rumgemacht hatte, den sie offensichtlich leiden konnte und auf den sie mehr als scharf war. Seinen Blicken nach zu schließen, beruhte das auf Gegenseitigkeit! Und er war kein Fremder aus einer Bar, sondern jemand, den sie schon ihr halbes Leben kannte und der wahrscheinlich mehr von ihr wusste als irgendjemand sonst. Wieso nur musste sie sich so anstellen? Helen zwang sich ruhiger zu werden und sich zu ihm an den Tisch zu setzen. Essen konnte sie trotzdem nichts und so trank sie schweigend ihren Kaffee, während er eine Portion Müsli aß und sie immer wieder musterte. Ihre Anspannung ließ nicht nach, je länger ihr Schweigen dauerte. Helen schreckte hoch, als sie von fern ein Motorradgeräusch sich nähern hörte.

„Pascal bringt seine Maschine vorbei. Ich weiß nicht, ob du dich daran erinnerst, aber ich wollte sie mir mal ausleihen."

„Ja stimmt", entgegnete sie lahm, noch immer zwei Oktaven höher.

Pascal erlöste sie von der Peinlichkeit dieser Konversation, als er durch die Terrassentür kam und sie begrüßte.

„Willst du einen Kaffee?“, fragte Julien.

„Nein, ich will gleich weiter, würdest du mich schnell nach Hause bringen?“

„Klar“, nickte Julien knapp und so verschwanden beide durch die Tür und ließen Helen mit ihren verworrenen Gedanken alleine. Ob es ihr lieber wäre, dass Julien möglichst lange fortblieb oder so schnell wie möglich wiederkam konnte sie im Moment nicht beantworten. Auf jeden Fall wuselte sie wie ein aufgescheuchtes Huhn durch das Haus und wusste nicht wohin mit ihrer nervösen Energie. Als sie das Motorrad wieder hörte, beschleunigte sich wiederum rasant ihr Herzschlag. Noch in Pascals Ledermontur kam er ins Haus und fragte sie, als er sie endlich fand: „Lust auf eine Spritztour?“

Dabei hielt er ihr auffordernd die Hand hin, grinste und sah in den Lederklamotten teuflisch sexy aus! Dieser Mann war einfach zu viel für ihr Seelenheil! „Ich werde gut auf dich aufpassen“, versprach er, als er ihre zweifelnde Miene sah. Diese Worte klangen wie eine zärtliche Berührung. Also gab sie sich einen Ruck und nickte.

„Was soll ich anziehen?“, fragte sie zögerlich.

„Etwas, das dich schützt, Chérie.“

Ein Diaphragma oder was?

„Zieh dir eine alte Jeans und eine Jacke über, einen zweiten Helm habe ich auch“, fügte er an.

Obwohl sie eine Heidenangst vor dem Motorrad hatte, kam sie seiner Bitte nach, zog sich um und ging zu ihm vor das Haus, wo er bereits auf sie wartete. Sein Anblick in der Ledermontur mit Helm auf dem Kopf war ungeheuer sexy und bescherte ihr weiche Knie. Sie hätte nie gedacht, dass es sie anmachen würde einen Mann in Motorradkluft zu sehen. Er warf ihr den Helm zu, den sie sich überzog, um sich anschließend recht ungalant hinter ihm auf das Motorrad zu schwingen.

„Wo soll ich mich festhalten?“, fragte sie panisch.

„Na, an mir natürlich“, antwortete er und sie meinte seinem Tonfall zu entnehmen, dass ihn diese Frage köstlich amüsierte.

Julien warf die Maschine an, ihr entfuhr ein Schrei, schon klammerte sie sich an ihn und schloss die Augen, als er losfuhr. Nachdem die ersten Schrecksekunden vorüber waren, traute sie sich ihre Augen wieder aufzuschlagen. Die Landschaft strich an ihnen vorbei. Der Fahrtwind brauste um sie herum und plötzlich erfasste Helen ein grandioses Gefühl der Freiheit. Die Geschwindigkeit, spätestens als sie auf der Schnellstraße angekommen waren, berauschte sie mitsamt des Adrenalins, das ihr Körper ausschüttete. Am liebsten hätte sie einmal kurz gejubelt, so triumphierend fühlte sie sich in diesem Moment, in dem sie ihre Angst vergessen hatte und die Fahrt genoss. Sie spürte regelrecht, wie sich neu gewonnene Lebensfreude in ihr breit machte.

Die Straßen waren voll, denn zur Urlaubssaison kamen viele Touristen in den Roussillon, aber Julien schlängelte sich gekonnt überall durch oder fuhr die weniger befahrenen Strecken. Helen klammerte sich weiter an ihn, spürte seine Muskeln unter ihren Händen, womit diese Fahrt sich nun auch noch in ein erotisches Erlebnis wandelte. Die Kombination aus Adrenalin und einer wachsenden Erregung, geschürt dadurch ihm so nahe zu sein und gemischt mit der Vibration des Motors ließ sie beinahe aufstöhnen. Sie roch sein Aftershave und seinen ihm eigenen Geruch. Beides stieg ihr zu Kopf. Sie begann leicht über seinen Bauch zu streicheln, spürte seinen Rücken eng an ihre Brüste gedrückt, sodass sich ihre Knospen aufrichteten. So fuhren sie noch eine Weile. Eine Fantasie von einem nackten Julien zwischen ihren Schenkeln löste die nächste ab, wenn sie nicht kurz zur Besinnung kam und die atemberaubende Landschaft um sie herum genoss. Die Sonne stand schon hoch am Himmel, als Julien sie in Richtung Weinberge lenkte. Mit wackeligen Beinen kletterte sie vom Motorrad und zog den Helm ab. Vor lauter Erregung musste sie einen hochroten Kopf haben. Ihr Herz raste und das Pochen zwischen ihren Beinen schrie nach Befriedigung.

„Ich brauche jetzt erstmal eine Dusche", möglichst eine kalte, dachte sie noch und wollte sich von Julien abwenden.

„Nicht so schnell", sagte dieser und packte sie fest am Handgelenk. Er drehte sie zu sich um, zog sie schnell an sich und stoppte, als ihre Münder nur Millimeter voneinander entfernt waren, als ob er ihr diese letzte Möglichkeit dazu geben wollte „Halt" zu sagen. Aber ihr Herz schrie JA und so presste sie ihren lodernden Körper an ihn und umfing seinen Mund mit ihren Lippen. Das war so gut! Leidenschaftlich erforschten sich ihre Zungen, seine eine Hand umfing ihren Nacken, seine andere ihr Gesäß, um sie noch näher an sich und seine beachtliche Erektion zu ziehen, wobei Helen begann zu keuchen.

„Ich hätte keine Sekunde länger vor dir auf dem Motorrad sitzen können", murmelte er zwischen zwei ausgiebigen Küssen, die ihre Lust nur noch weiter entflammten. Die Gewissheit, dass sie ihn genauso verrückt machte wie er sie schenkte ihr eine nie gekannte Kühnheit und so nahm sie ihn bei der Hand und zog ihn hinter sich her in das Haus, geradewegs ins Schlafzimmer. Sie hatte sich nie als die sexuelle Aggressorin gesehen, bei all den Hemmungen, die sie immer zurück hielten, sie schüchtern und unsicher machten. Jetzt wünschte sie sich einfach sich sämtliche Klamotten vom Leib zu reißen und sich ihm hinzugeben. Helen wollte, nein brauchte es so sehr. Noch niemals hatten alleine die Küsse eines Mannes sie in eine solche Erregung versetzt. Dennoch konnte sie mal wieder nicht aus ihrer Haut. Sie wollte, dass er sie attraktiv fand und das wurde mal wieder zu ihrem Verhängnis. Sie fühlte sich mit ihrem eigenen Körper nicht wohl und fing wieder an zu denken, wo es doch nur Gefühl geben sollte. Federleicht berührten sie seine Finger, am Kopf, an den Schultern, an den Händen. Neckten sie, wollten diese unsinnigen Gedanken vertreiben.

Sie fühlte ihre wachsende Erregung. Natürlich war sie schon erregt gewesen, wenn sie mit einem Mann intim geworden war. Aber es war eben nie über diesen einen speziellen Punkt hinausgegangen. Sie war nicht mal in greifbarer Nähe eines Orgasmus gekommen. Auch jetzt spürte sie wieder dieses Pochen zwischen ihren Schenkeln, die Feuchtigkeit, ihre Bereitschaft ihn aufzunehmen und doch verlor sie schon bevor sie richtig begannen die Hoffnung, dass es darüber hinausgehen konnte, obwohl Julien sie so gekonnt verführte. Ob ihm ihre Intimrasur gefallen würde? Würde er ihre Brüste zu klein finden? Könnte sie in sexueller Hinsicht mit all seinen Betthäschen mithalten? Hatte sie sich die Beine rasiert, überlegte sie panisch.

„Das Rattern deiner Gedanken ist beinahe hörbar", holte Julien sie ins Hier und Jetzt zurück und sie bemerkte, dass sie neben ihm auf dem Bett lag, ihrer Socken und Hose entledigt. „Soll ich dir vielleicht den Fernseher einschalten, damit du dich besser amüsierst?", fragte er und grinste schief, während er sich in all seiner männlichen Pracht - wann hatte sie ihm denn nur das T-Shirt ausgezogen? - auf einen Ellenbogen stützte, was seinen erstaunlichen Bizeps nur noch anbetungswürdiger machte.

Fahrig strich Helen sich die Haare aus dem erhitzten Gesicht, wollte ihn nicht so anstarren, war zeitgleich aufgrund ihres dürftig bekleideten Status verlegen und irgendwie überfordert.

Er ergriff ihre Hand und legte sie auf seinen bekleideten Schritt.

„DAS stellst du mit mir an. Wieder und wieder. Über Wochen. Ich habe mich gefühlt wie ein verdammter Teenager. Immer bedacht darauf zu achten, dass du mich nicht in dieser … misslichen Situation erwischst. Meinst du, das würde mir passieren, wenn ich dich nicht attraktiv finden würde? Du bist so verdammt sexy. Hier." Er glitt langsam und oh so verführerisch mit seinem Mund unter ihr Ohrläppchen. „Hier." Er glitt in das Tal zwischen ihren Brüsten. „Hier." Er umkreiste mit seinem Finger ihren Bauchnabel, dann hinab zu ihrem Venushügel und dann weiter über ihre Beine.

„Ich weiß, ich bin zu alt, um so gehemmt zu sein und alles. Ich bin nicht frigide oder so!“ Beschämt wandte sie den Kopf ab.

„Helen, du bist so wie du bist. Nämlich vollkommen in Ordnung! Und es ist mein Job, dich in ein stöhnendes, hemmungsloses Wesen zu verwandeln.“

Sie lachte beinahe panisch auf bei der Vorstellung von sich in solch einer Lage. Wie gerne würde sie so sein. Sie sehnte sich danach so zu sein.

„Also schalte mal dein kluges Köpfchen aus und lass mich das machen, was ich glaube ich ganz gut kann“, meinte er selbstsicher und dieser leicht anmaßende Unterton gaben ihr das Gefühl, dass er keine Spielchen mit ihr spielte, sondern ernsthaft an ihrer Befriedigung interessiert war.

„Ich werde dieses Bett nicht verlassen, ehe du nicht mindestens drei Mal meinen Namen geschrien hast.“

„Ich schreie nicht“, erwiderte sie spröde.

„Das werden wir ja noch sehen“, nahm er die Herausforderung an.

Er hob ihr Kinn und zwang sie damit seinem Blick zu begegnen. In seinen Augen stand nichts als Begehren, keine Zweifel, keine Abneigung, sondern die reine Lust.

„Ich finde dich wunderschön, genauso wie du jetzt bist. Mit vor Erregung geröteten Wangen, leicht verwuschelten Haaren und aufgerichteten Brustspitzen“, und strich über letztere mit seinem Daumen, das ihr ein Seufzen aus der Kehle entrang.

Sie wollte es so sehr und sie konnte es auch! Sie würde sich einfach gehen lassen müssen. Zärtlich strich er ihr die Haare aus dem Gesicht und küsste sie unendlich langsam, sanft und berauschend. Sie schaltete stur ihre Gedanken ab und fokussierte sich nur auf diese Küsse, die er ihr schenkte. Als seine Hände ihre empfindsame Wirbelsäule hinauf strichen und dabei ihr Top mitnahmen, bekam sie eine Gänsehaut.

„Du trägst ja wirklich keinen BH“, entfuhr es ihm ehrfurchtsvoll.

„Ach weißt du, den Aufwand sind ...“

Er verschloss ihren Mund mit seinen Lippen und biss leicht in die Unterlippe. „Wenn du wüsstest seit wie vielen Wochen ich schon über deine Brüste fantasiere …“, flüsterte er und versetzte sie in Staunen. Fantasieren hatte er gesagt? Dieser Gedanke berauschte sie und machte sie unglaublich an. Er rückte nicht von ihr ab, um sie offen zu betrachten und berührte auch ihre Brüste nicht, was Helen schmerzlich auffiel, wohl um ihr genügend Zeit zu geben. Umso plötzlicher sehnte sie sich nach genau ebenjener Berührung. Dennoch war sie ihm dankbar sich nicht so entblößt vorzukommen und diese Rücksichtnahme stachelte ihre Erregung nur weiter an. Sie zog ihn näher zu sich, entledigte sich auf diesem Weg weiterer überflüssiger Kleidung und berührte ihrerseits jeden Zentimeter nackter Haut, derer sie habhaft werden konnte. Dies wiederum gestattete ihm nun einen guten Ausblick auf ihre eigene Nacktheit. Sie ermahnte sich aber einfach nicht darüber nachzudenken. Die große Beule in seiner Shorts nahm ihren Blick gefangen und sie lechzte beinahe danach ihn endlich ganz zu sehen. Und so berührte sie ihn sachte, was ihm wiederum ein Stöhnen entlockte und befreite ihn von dem Gefängnis seiner Shorts. Er war größer als sie erwartet hatte und sie schluckte kurz, wollte ihn aber unbedingt mit ihren Händen erkunden. Und so umfuhr sie seine zarte Männlichkeit mit ihren Fingern, spürte ihn noch unter ihrer Berührung wachsen und berauschte sich an dieser Macht, die sie über ihn zu haben schien. Sein Atem ging rasch und abgehackt und als sie sich über ihn beugte und ihn in den Mund nahm, hielt er die Luft an.

„Helen, Stopp!“

Sie hielt inne, aber nicht ohne kurz mit ihrer Zunge über seine Spitze zu fahren.

„Das wird ein recht kurzes Vergnügen, wenn du nicht SOFORT“, noch ein Lecken, „damit aufhörst!“

Bedauernd zog sie sich von seiner beeindruckenden Länge zurück und beobachtete erstaunt das Pochen seines schweren Schaftes zwischen seinen Beinen.

„Ich dachte du magst keinen Oralverkehr“, sagte er keuchend und zog sie zu sich hinauf.

„Ich habe gesagt, ich mag es nicht, wenn es jemand bei mir tut. Nicht, dass ich es nicht für jemanden tue.“

Bisher war es für sie aber ehrlicherweise nie so verlockend gewesen, wie es sich bei Julien angefühlt hatte, ihn mit dem Mund zu verwöhnen. Umso bedauerlicher, dass er sie es nicht hatte fortführen lassen, dachte sie verblüfft und zugleich erstaunt über diese neue Seite an sich. Bei ihm hätte sie es wirklich genossen ihn dabei zu beobachten, wie er es genoss.

„Scheiße Helen, du bringst mich um.“

Sie warf einen Blick in sein ungläubiges Gesicht und konnte nicht anders. Sie lachte. So herzlich und so aus voller Seele, so befreiend, dass er mitlachte, obwohl er so gespannt vor Erregung war, dass es wehtun musste.

„Diese Folter wirst du mir büßen!“

Oh ja und wie sie das musste! Er berührte sie überall, mit den Händen, mit seiner Zunge, seinen Lippen. Orte, von denen sie nicht geahnt hatte, dass es erogene Zonen waren, aus dem Grunde weil er jene, die ganz sicher welche waren, mit

Nichtbeachtung strafte, was sie schier wahnsinnig machte. Ganz als ob er wüsste, dass für sie manchmal alleine die Berührung ihrer empfindlichen Klitoris einen zu starken Reiz darstellte! Doch nun brannten diese Stellen lichterloh, ihre Brüste, ihre Scham waren heiß vor Verlangen endlich berührt zu werden! Er machte dem Wort Folter wirklich alle Ehre! Sie bettelte nach mehr und endlich, endlich senkte er den Kopf von ihren Lippen, ihrem Hals, ihrem Puls an ihrem Handgelenk, ihrem Bauchnabel und wo er sonst noch so zugange war und nahm eine Knospe in den Mund, um daran zu saugen. Ihr war als würden tausende kleine Lichtblitze vor ihren Augen tanzen. All das, was er mit seiner Zunge in ihrem Mund veranstaltet hatte, tat er nun gekonnt an ihren Brüsten und sie schmolz unter seinen Berührungen und Liebkosungen dahin. Sie brannte, sie brannte für ihn und brauchte seine Berührungen, vor allem an dieser einen Stelle, die pochte und feucht und bereit für ihn war und in die jedes Mal ein Blitz zuckte, wenn er einen Zungenschlag an ihre Knospe legte. Langsam wanderte seine Hand tiefer und fand den Ort, der nach Aufmerksamkeit schrie. Mit seiner Hand kreiste er federleicht um ihre feuchte Mitte, glitt immer mal wieder leicht mit einem Finger hinein, flog flüchtig über ihre Perle, aber nie zu fest. Er blieb bei sanften Berührungen, so dass sie bald darauf anfing vor Erregung zu zittern. Schwer und nah bei ihr lag sein harter Schaft, den sie vor lauter sinnlichen Empfindungen nur noch nebenbei mit Liebkosungen ihrerseits beglücken konnte. Federleicht blieb der Druck seines Fingers auf ihrer empfindlichsten Stelle, sodass sie gerade eben seine Hand spüren konnte. Immer wieder ein kleines Kreisen, kurzer Druck und ein langsames Gleiten über ihre Scham. Er wiederholte diese Tortur unendlich geduldig, um irgendwann den Druck zu steigern und dann tiefer in ihr feuchtes Fleisch zu gleiten. Welch köstliche Empfindungen er ihr damit bescherte. So köstlich, dass sie ihm mit ihren Hüften entgegenkam, ihn antrieb. Er verstand zu gut, beschleunigte sein Tempo. Sie fühlte sich fiebrig heiß, spürte die Anspannung, die sich in ihr aufbaute. Sie stöhnte, brauchte mehr. Als er mit zwei Fingern in sie drang, um dort geschickt und unfassbar aufreizend ein Nervengeflecht zu stimulieren, dessen Existenz sie immer angezweifelt hatte, begannen ihre Schenkel zu beben. Sie wand sich, begierig mehr zu bekommen. Immer mehr, um dieser Anspannung irgendwie Herr zu werden. Er blieb geduldig, behielt seine Bewegungen bei. Vor zurück, ein und aus. Sie stöhnte, sie schwitzte, der Druck war unbändig.

Und was tat er jetzt?

Er zog sich zurück!

Sie keuchte auf. Zitternd vor Erregung ließ er sie so zurück? Sie konnte es keine Sekunde ertragen, nicht mehr von ihm berührt zu werden.

Nicht mehr Herrin ihrer Sinne, warf sie ihn auf den Rücken, holte ein Kondom aus ihrer Schublade, zog es ihm über und ließ sich rittlings auf ihm nieder, ließ sich keine Zeit sich an seine Größe zu gewöhnen, so bereit war sie, ergriff ihn und führte ihn in sich. Als sie ihn vollends in sich aufgenommen hatte, beantworteten sie beide es mit einem Stöhnen. Sie musste von ihm erfüllt werden, wieder und wieder. Berauschte sich an dem Gefühl seines harten Schaftes so tief und prall in ihrer Mitte. Sie stöhnte seinen Namen, während er sie ausfüllte und sie sich völlig losgelöst auf ihm bewegte. Ihr Zentrum war noch immer empfindlich, zum Zerreißen gespannt von seinen vorherigen Liebkosungen. Als Julien sich etwas aufsetzte, um den Druck auf ihren Schoß zu erhöhen, da spürte sie es schon wieder. Die unglaubliche Möglichkeit, dass sie dem Höhepunkt nahekam. Er überließ ihr das Tempo, während er seinen Zauber an ihren Brüsten mit Händen und Zunge entfaltete. Jedes Lecken seiner Zunge über ihre Brustspitzen schoss ihr wieder direkt in den Schoß. Sie war trunken vor lauter Sinneseindrücken. Mit jedem Senken ihrer Hüften gegen seine wurde die Hitze größer, immer schneller ritt sie ihn völlig losgelöst, bat ihn nicht aufzuhören. Als er seinen Mund um ihre Brustspitze schloss, kurz daran saugte und etwas zubiss explodierte sie mit einem Schrei. Er stoppte nicht die Bewegung seines Beckens, um alles von ihr zu nehmen was er bekommen konnte. Als die Wellen in ihr abebbten und sie eine bleierne Schwere in ihren Gliedern spürte, fühlte sie ihn noch immer hart in sich. Mit einer flinken Bewegung griff er um ihre Taille und ohne aus ihr herauszugleiten drehte er sie auf den Rücken, sodass er auf ihr zum Liegen kam. Sein erster Stoß, als er den Rhythmus wieder aufnahm kam sanft. Ihr Fleisch war noch immer hoch empfindlich, sodass ihr ein Seufzen entfuhr. Sie brauchte ihn fester und härter und so schlang sie ihre Beine um ihn, trieb ihn an, was er sich nicht zwei Mal sagen ließ. Doch noch immer schien er sich zurückzuhalten. Glaubte er, sie könnte noch einmal die Klippe überschreiten und wartete auf sie? Unmöglich! Er griff zwischen ihre Körper und begann wieder sie zu streicheln. Ihrer beider Atem ging keuchend, ihre Bewegungen waren rasend. Sein Körper erbebte unter der Zurückhaltung, die er ihm auferlegte. Als sie spürte, dass er die Kontrolle verlor, bog sie sich seinem letzten Stoß entgegen, mit dem er auch sie in eine unfassbare erneute Ekstase versetzte. Sie erschauderten, erstickten ihre Schreie in einem fiebrigen Kuss der Erlösung, die sie sich gegenseitig geschenkt hatten.

Julien konnte nicht anders, als am nächsten Morgen mit einem selbstgefälligen Grinsen zu erwachen, als er die nackte Frau in seinen Armen spürte. Dieses Grinsen müsste er natürlich in dem Moment abstellen, in dem Helen ihre Augen aufschlug und ihm ins Gesicht sah, sonst würde sie ihm wahrscheinlich eins auf die Nase geben. Aber hey! Jetzt würde er es sich erlauben in den Erinnerungen an die letzte Nacht zu schwelgen. Sie hatten einander halb schlaftrunken noch mehrfach geliebt, teils langsam eng umschlungen, teils heftig, schnell und unersättlich. Als er Helen dazu gebracht hatte ihre Hemmungen abzulegen, schien sich etwas in ihr gelöst zu haben. Sie hatte sich hingegeben. Und eine Helen, die sich hingab, das war schon was, denn sie gab alles und hielt sich nicht zurück. Er war ein glücklicher Liebhaber gewesen und hatte es unglaublich genossen. Es war eine völlig neue Erfahrung für ihn, das Bett mit jemandem zu teilen, den er schon so lange kannte. Dies brachte einerseits eine Vertrautheit mit sich, die es mit keinem One-Night-Stand geben konnte. Andererseits war es völlig berauschend, diesen Körper auf völlig neue Art zu erkunden. Er hatte gar nicht genug davon bekommen können. Unwillkürlich schoss ihm das Lied „Tausend Mal berührt“ durch den Kopf. Und wie es bei ihnen beiden „Zoom!“ gemacht hatte! Helen hatte ihn auf die beste aller Arten überrascht.

Mit der besten Nacht seines Lebens. Langsam regte sie sich in seinen Armen und sah herrlich zerzaust und zufrieden aus, als sie ihm einen müden Augenaufschlag schenkte. Die Bettdecke war heruntergerutscht und gab ihm die volle Aussicht auf ihre Brüste, ohne dass er das Gefühl hatte, dass es sie länger störte.

„Guten Morgen", nuschelte sie verschlafen. „Beobachtest du mich im Schlaf?", fragte sie lächelnd.

Er strich ihr eine Strähne aus dem Gesicht. „Vielleicht", grinste er, um ihr anschließend einen Kuss auf die Nasenspitze zu geben.

„Ich weiß nicht, ob ich aufstehen kann, meine Beine fühlen sich an wie Gummi", lächelte sie.

„Dann werden wir wohl den Tag im Bett verbringen, wie?", meinte er und zog provokativ eine Augenbraue nach oben.

„Das könnte dir so passen", sagte sie und gab ihm einen leichten Klaps auf den Oberarm. „Bist du noch immer nicht erschöpft?"

Er brachte seinen ebenfalls erwachten Unterkörper näher an ihren heran. „Offensichtlich nicht", stellte sie ungläubig fest. „Gib mir fünf Minuten unter der Dusche, um wach zu werden, ja?", bettelte sie.

Kurz überlegte sie, dann - völlig ohne Schüchternheit - schälte sie sich in ihrer Nacktheit aus dem Bett und schlenderte mit ihrem vom Sonnenlicht beschienenen Körper an ihm vorbei. Natürlich konnte er da nicht anders, als sie zu begehren, wenn er nur daran dachte, wie dieser Körper zart, hingebungsvoll und weich an genau den richtigen Stellen war. Also beschloss er, ihr Intermezzo unter der Dusche deutlich länger als fünf Minuten dauern zu lassen, hüpfte beschwingt aus dem Bett und gesellte sich zu ihr.

Nach einem schnellen Frühstück brachen sie zu einer Motorradtour auf, besuchten das malerische Städtchen *Collioure*, durch das sie Händchen haltend schlenderten und ein frühes Mittagessen am dortigen Yachthafen genossen. Ihrer beider Stimmung war gelöst, als gönnten sie sich einen gemeinsamen Urlaub von ihren traurigen Gedanken und genossen unbeschwert die Gesellschaft des anderen, während sie immer wieder Zärtlichkeiten austauschten. Nach einer weiteren ausgiebigen Motorradfahrt machten sie pünktlich zum Sonnenuntergang Halt an einem verlassenen Strand und beobachteten Arm in Arm schweigend das schwindende Sonnenlicht. Jeder hing dabei seinen Gedanken nach, doch es war beiden nicht unangenehm auch einmal nebeneinander zu schweigen. Nachdem die Sonne über den Horizont gerutscht war, warf Julien einen Blick zum Himmel, an dem sich die ersten Sterne zeigten.

„Das ist ein schöner Anblick, nicht?“

Helen nickte nur. Ihr Haar wurde durch die laue Meeresbrise hin- und her geweht. Was sich zwischen ihnen entwickelte, bedeutete Helen sehr viel. Sie entdeckte Seiten an ihm, die sie an ihren besten Freund aus Kindheitstagen erinnerte und so viele neue Facetten, dass sie gar nicht anders konnte als ihm gegenüber Zuneigung zu empfinden. Vielleicht, war sie auch ein bisschen verliebt? Sie konnte sich nicht daran erinnern, wann sich ihre Seele jemals so frei gefühlt hatte, wie in den letzten Tagen mit ihm. All die schwere Last, die sie über Monate fast erdrückt hatte, schien deutlich an Gewicht verloren zu haben. Und auch er hatte seine tiefe Trauer mit ihr geteilt, was ihr das Gefühl gegeben hatte, sich auch bei ihm revanchieren zu können.

Und erst die gemeinsame Nacht mit ihm! Was sie nie für möglich gehalten hätte, schien mit ihm so unglaublich einfach zu sein. Mit nicht wenig Genugtuung dachte sie daran, wie er sie am Morgen schon wieder unter der Dusche besucht hatte, als könne auch er von ihr nicht genug bekommen. Gedankenverloren ließ sie Sand durch ihre Finger rinnen und starrte auf das weite Meer hinaus. So lange hatte es gedauert, bis sie die Welt endlich wieder mit neuen Augen sehen konnte.

„Hier könnte ich stundenlang sitzen“, sagte Helen leise und schmiegte sich an ihn.

„Ich auch.“

Und genau das taten sie, bis der Himmel über ihnen dunkelblau war und die Sterne sie Glühwürmchen gleich überspannten.

„Siehst du wie das Meer glitzert?"

Helen kam gerade eine verrückte Idee.

„Was heckst du nun schon wieder aus?", fragte Julien und musste grinsen.

„Ich? Nichts." Doch ihr Lachen verriet sie.

„Mir machst du nichts vor."

„Ach nein?", fragte sie und zog eine Augenbraue nach oben.

„Sag es, oder ich stecke Sand in dein Höschen."

Immer noch dieses Grinsen.

„Hast du schon mal nackt gebadet?" meinte sie da nur abenteuerlustig.

Er prustete vor Lachen. „Hast du schon wieder gesoffen oder was?"

Sie verdrehte nur die Augen.

„Als Kinder haben wir öfter mal nackt gebadet", gestand er.

„Ich habe das noch nie gemacht", meinte sie bedauernd und warf wieder einen Blick aufs Meer. „Komm, lass es uns ausprobieren", dabei zog sie ihn an seiner Hand in den Stand.

„Du willst dich jetzt ernsthaft splitterfasernackt ausziehen?"

„Es ist doch keiner da", entgegnete sie und deutete auf ihre verlassene Umgebung.

„Doch, ich."

„Erstens ist es dunkel und zweitens gibt es glaube ich nichts an mir, das du noch nicht gesehen hast. Aber wenn du zu feige bist ...“, ließ sie den Satz offen.

Wie wunderbar sie sich gewandelt hatte. Noch vor einem Tag war sie ihm gegenüber schüchtern und scheu gewesen. Er sah es kühn in ihren Augen aufblitzen, schon drehte sie sich herum, rannte mit fliegenden Füßen über den Sand, bis sie mit den Fußspitzen im Meer kurz innehielt und sich nach ihm umdrehte. Wie das Mondlicht so ihre Gestalt eingefangen hatte, musste er kurz schlucken, um sich wieder etwas zu fassen. Ihre Haut wirkte fast blass und ihr offenes Haar flatterte in der Brise. Sie sah so wundervoll aus, dass es ihm beinahe wehtat. Wie konnte er noch immer nicht genug von ihr bekommen haben? Ihm schien es fast so, als würde er nach jedem Mal, wo er sie betrachtete nur noch süchtiger nach ihr werden. Er pochte innerlich wieder vor Verlangen nach dieser Frau, an der er sich noch lange nicht satt gesehen hatte. Lange waren sie sich fremd gewesen, doch nun hatte er seine Helen wieder. Er erhob sich und ging neben sie, bis er ebenfalls mit den Füßen im Wasser stand. Er spürte die Wärme, die ihr Körper aussandte in der freudigen Erwartung gleich ins Wasser zu springen.

„Also wollen wir´s wirklich machen?“, fragte sie und war bereits dabei sich zu entkleiden. Als sie nur noch in Unterwäsche neben ihm stand fügte sie hinzu: „Kneifst du jetzt doch?“, und ließ kurz ihre Finger in seinen Bund gleiten und gegen seinen Bauch schnappen.

„Aua.“

„Weichei.“

Ihr Höschen landete auf dem Boden, aber er zwang sich, sie nicht schon wieder zu mustern, da er sonst für nichts mehr garantieren konnte. Helen rannte mit einem freudigen „Jippie“ ins Wasser, während sie ihr Bustier über den Kopf zog und noch schnell außer Reichweite der Wellen warf. Ihr nackter Körper im Mondschein forderte all seine Beherrschung, er hatte dringend eine Abkühlung im Wasser nötig. Er entledigte sich seiner Kleidung so schnell wie möglich, während Helen mit dem Rücken zu ihm auf das Meer hinaus schwamm und fröhlich aufjauchzte.

„Mein Gott, was für ein Gefühl!“, rief sie. „Wo bleibst du? Das ist herrlich!“

Schnell hatte er sie eingeholt. Das Wasser, das sie beide umgab, war so dunkel wie der Himmel über ihnen und glitzerte durch die Sterne und den Mondschein. Helens Kopf in all diesem Leuchten hatte etwas Magisches und eine merkwürdige Zärtlichkeit erfasste ihn, sodass er sie an sich zog und sie küsste. Schnell glitt ihr feuchter Körper näher in seine Arme und machte ihn schier wahnsinnig, so erregend war das Gefühl nackt im Wasser zu schweben, mit dieser Frau, die sich an ihm rieb.

Plötzlich schreckte sie hoch. „Ah, da war was, an meinem Bein! Meinst du hier gibt es Quallen?“

„Möglich.“

Entsetzt zuckte sie erneut zusammen und klammerte sich mit ihren Beinen panisch um seine Körpermitte, sodass er etwas ins seichtere Wasser schwimmen musste, um nicht unterzugehen. Dass ihr Unterleib seinem aufgerichteten besten Stück bei jedem Schwimmzug näher kam, machte es auch nicht unbedingt besser und er stöhnte auf. Sie hatte seine neuerliche Erregung anscheinend auch gespürt, nutzte aber die Gelegenheit sich in der Schwerelosigkeit des Wassers noch enger an ihn zu drängen.

„Helen wirklich, du bringst mich um. Sollte das nur ein Scherz sein mit den Quallen, um mich in die Position zu bekommen mich so dermaßen zu quälen?“

„Nein, ich hab wirklich was Glibberiges an meinem Fuß gefühlt“, flüsterte sie, barg ihr Gesicht aber in der Kuhle seines Halses, um ihn dort ausgiebig zu küssen. Ihre aufgerichteten Knospen drückten sich in seine Brust und das stetige Reiben ihrer Mitte, wo sie doch noch immer ihre Beine um ihn geschlungen hatte, brachten ihn beinahe um den Verstand. Sie im Arm haltend watete er langsam aus dem Wasser, küsste sie und sich selbst um den Verstand und bettete Helen anschließend auf ihrer beider Klamotten. Als er mit einem Finger in sie glitt spürte er sie bereit, warm und feucht für ihn. Er fragte sich, ob sie ihm nun nicht doch eine weitere Intimität gestatten würde und glitt mit dem Kopf zwischen ihre Beine. Wo sie sich eben noch lustvoll unter ihm gewunden hatte, schreckte sie jetzt ruckartig nach oben, schloss ihre Schenkel, wich etwas vor ihm zurück und musterte ihn kritisch.

„Was tust du da?“

Julien richtete sich etwas auf, ohne aber mit seinen sanften Berührungen um ihr feuchtes Zentrum aufzuhören und er spürte wie die Erregung mit ihrer Scham kämpfte.

„Lass mich dich mit dem Mund verwöhnen Helen. Ich schwöre dir, wenn es dir nicht gefällt, höre ich sofort auf und tue es nie wieder.“

Er hauchte sanfte Küsse auf ihre Schenkel und spürte wie sie unter ihm bebte.

„Ich tue es, weil ich es möchte, weil es mich anmacht dich überall zu schmecken und dich zu lieben. Wir kommen gerade aus dem Meer und sind überall salzig, du musst dir also keine Sorgen machen. Mal abgesehen davon, dass es mir ohnehin egal ist.“

Er berührte ihren Venushügel zart mit seinen Lippen und noch leichter mit seiner Zunge.

„Lässt du mich?“, flüsterte er und glitt mit seinem feuchten Finger über ihre warme Perle.

Sie antwortete ihm mit einem Stöhnen und ließ sich wieder auf den Rücken gleiten. Er nahm das als ein „Ja“, ersetze seinen Finger durch seine Zunge und fuhr mit langsamen Kreisen über ihre empfindlichste Stelle, während er weiterhin mit seinen Fingern in sie hinein und hinaus glitt. Julien wusste mit welchem Druck und in welcher Geschwindigkeit er ihre Erregung steuern konnte und reagierte auf die Signale ihres Körpers, die ihm zeigten, dass er sie richtig las. Als er an den Punkt kam, wo sie ihm ihr Becken entgegen wölbte und ihn zur Beschleunigung antrieb, war er froh, sie dazu gebracht zu haben sich ihm auf diese Weise hinzugeben. Dies zu wissen machte ihn so heiß, dass er es kaum auf diese Weise zu Ende bringen konnte, so dringend wollte er in ihr sein. Aber sie verdiente es diesen Höhepunkt mit seiner Zunge zu erleben und als er ihre wachsende Anspannung spürte, das Beben ihrer Schenkel, saugte er ein letztes Mal an ihrer Perle und glitt mit zwei Fingern in sie, während sie die Erlösung fand. Julien beglückwünschte sich im Geiste an ein Kondom gedacht zu haben, dass er sich noch während die letzten Wellen sie erschütterten schnell überstreifte, bevor er sich stöhnend in ihr versenkte. Die Intensität ihres gegenseitigen Begehrens hätte ihn beinahe ängstigen können, doch das war ihm herzlich egal, als sie ihre Beine eng um ihn schlang und ihm mit jedem Stoß seufzend entgegenkam. Ihre Einheit war vollkommen, als sie sich so im Schutz der Nacht unter dem Rauschen des Meeres gegenseitig liebten.

6

Bunte Girlanden schmückten den Garten vor dem Haus der Bérards. Helen und Julien waren schon früher gekommen, um bei den Vorbereitungen für Pascals Geburtstagsfeier noch ein wenig zu helfen. Er beobachtete Helen, wie sie im Garten und der Küche herumwuselte, Teller verteilte und am Nachtisch naschte.

„Lass das bloß nicht Aurélie sehen", meinte er und sah sie gespielt tadelnd an.

Ertappt wandte sie sich zu ihm und ging auf ihn zu.

„Und du, hast du nichts Besseres zu tun, als mich zu beschatten?"

„Ich habe Aurélie schon gesagt, sie soll den Wein vor dir verstecken und die Desserts ohne Alkohol zubereiten", neckte er sie wieder und ritt auf seinem Lieblingsthema herum. Seitdem Helen ihn mit einem ziemlichen Schwips gebeten hatte, sie von einer Weinprobe bei seinem Onkel abzuholen, musste er sie dauernd damit aufziehen. Wobei … Gebeten hatte sie ihn nicht gerade, zumindest nicht am Anfang. „Schwing deinen verdammten Hintern hier her und hol mich ab", war ihr exakter Wortlaut gewesen, nachdem er sie ausgelacht hatte, weil sie mal wieder betrunken war.

„Ich kann es immer noch nicht fassen, dass du wirklich den ganzen Wein getrunken hast, den dir Onkel Jean eingeschenkt hat."

Sie seufzte theatralisch. „ Wie oft soll ich es dir denn noch sagen? Es ging darum den Charakter des Weines kennen zu lernen, den ich an den Mann bringen soll", sagte sie und imitierte dabei Jeans Inbrunst, wenn er über seinen Wein sprach. „Er hat so von der harten Arbeit in den Weinbergen berichtet und außerdem hat er mir nicht erklärt, wofür diese verdammte Schüssel war, die auf dem Rollwagen stand! Was hätte ich denn tun sollen?"

„Das was jeder getan hätte: Ausspucken!"

„Ich konnte doch Jeans hart erarbeiteten Wein nicht ausspucken!" wiederholte sie, was sie schon die letzten Tage spielerisch diskutiert hatten. Dabei bohrte sie nicht besonders fest einen Finger in seine Brust und grinste ihn säuerlich an. Die kleinen Grübchen in ihren Wangen verrieten ihm, dass sie nicht wirklich sauer war. Natürlich könnte er, gemein wie er war, auf all die süßen Geheimnisse zu sprechen kommen, die sie ihm auch bei diesem Schwips anvertraut hatte. Er entschied sich aber einfach, das ein oder andere davon bei seinem nächsten Liebesspiel mit ihr zu verarbeiten. Julien strich ihr eine Strähne ihres zarten Haares hinter das Ohr und hätte sie geküsst, wenn er sich unbeobachtet gefühlt hätte und nicht Gefahr liefe, dass Aurélie sofort auf den Gedanken kam Hochzeitseinladungen drucken zu lassen. Also beließ er es dabei und sah Helen nach, wie sie sich umdrehte und in das Haus ging. Diesem Besuch bei seiner Familie hatte er wesentlich gelassener entgegenblicken können, als dem vorangegangenen. Vielleicht aufgrund der vielen Gespräche, die er mit Helen geführt hatte, vielleicht auch aufgrund ihrer tröstenden Nähe, die er immer dann suchte, wenn ihn doch die Trauer wieder einzufangen begann. Aber er hatte sich wirklich auf diesen Abend gefreut und selbst wenn die vielen Gäste, die sich angekündigt hatten, auch auf seine Mutter zu sprechen kommen würden, fühlte er sich doch gewappnet dafür. Als der Garten sich füllte, sputete er sich, aus der Küche das restliche Baguette auf den Buffet – Tisch zu stellen. Kurz darauf saßen alle Gäste an ihren Tischen und kosteten von Aurélies Köstlichkeiten. Helen saß neben ihm und er konnte einfach nicht umhin sie andauernd zu betrachten. Sie sah an diesem Abend einfach wundervoll aus. Sie trug ein hübsches rotes Kleid und hatte ihre Haare locker hochgesteckt. Seitdem er sie hier in Frankreich das erste Mal gesehen hatte, hatte sie sich gewandelt wie ein Schmetterling, der aus seinem Kokon gekrochen kam. Ihre Augen strahlten vor Lebensfreude, ihr Haar glänzte in der untergehenden Sonne, die dunklen Augenringe waren verschwunden und sie lächelte den ganzen Abend schon, was wiederum ihm ein Lächeln entlockte. Auch jetzt wieder, als Onkel Jean einen Witz erzählte. Es erwärmte ihm das Herz. Als das Essen vorüber war, packte die ganze Familie mit an und räumte den Tisch ab. Jean schloss seine Musikanlage an und französische Klänge umgaben die Feiernden.

Eine entfernte Verwandte seiner Tante kam gerade auf ihn zu und wünschte ihm ihr Beileid, da sie ihn bisher nicht persönlich hatte treffen können. Helen stand währenddessen an seiner Seite und fuhr ihm tröstlich mit der Hand über den Rücken. Unbewusst hatte er sich an sie geschmiegt und war froh, sie bei sich zu haben. Als seine Verwandte verschwunden war, musterte sie kurz sein Gesicht, wie um sicherzugehen, dass es ihm nicht zu viel wurde, da dies nicht das erste Gespräch über seine Mutter war, von dem sie Zeuge wurde. Da er ihr Lächeln wiederhaben wollte, kniff er ihr kurz in die Wange und sagte: „Mach nicht so ein trauriges Gesicht. Ich komme schon klar."

„Ok. Wir können jederzeit aufbrechen, wenn du das Gefühl hast, es wird dir zu viel."

Ihre Fürsorglichkeit ließ Schmetterlinge in seinem Bauch tanzen.

„Keine Sorge", entgegnete er nur und schenkte ihr ein ehrliches Lächeln.

Pascal tippte ihm auf die Schulter. „Kann ich wenigstens einmal fünf Minuten mit der Frau haben, die du schon den ganzen Abend belagerst? Ich habe noch gar nicht mein Geburtstagsgeschenk von ihr bekommen. Ich hätte gerne einen Tanz mit der schönsten Frau des Abends."

Widerwillig ließ er Pascal Helen für einen Tanz entführen, die bei dem Kompliment seines Cousins errötet war und verlegen ihre Hand in seine gelegt hatte, die er ihr dargeboten hatte. Er würde zusehen, dass es nur bei einem Tanz bliebe. Woher kam dieser verdammte Besitzanspruch? Sie gehörte ihm nicht. Aber die letzten Wochen hatte er sie so oft um sich gehabt, dass er sich nicht vorstellen konnte, nur eine Minute ohne sie zu sein. Was das über sein aktuelles Gefühlsleben ihr gegenüber aussagte, wusste er haargenau. Auch sie schien seine Nähe zu genießen, aber war es etwas auf Dauer? Sie hatten nie über ihre aktuelle Beziehung oder was auch immer das war, was sie gerade miteinander taten, gesprochen. Sie wussten beide, dass seine Anwesenheit hier in Südfrankreich nur auf Zeit sein würde, aber was kam dann? Bei dem Gedanken sie hier zurückzulassen bereitete sich ein Knoten in seiner Brust aus.

Julien blickte Helen nach, wie sie an Pascals Hand in die Mitte des Gartens lief und sich mit ihm im Takt wiegte, lachte und ihre Haare bei jeder Drehung über ihre Schultern glitten.

„Sie ist reizend", sagte Aurélies Freundin, die an einem Tisch ganz in seiner Nähe saß.

„Wir haben sie alle ins Herz geschlossen", entgegnete Jean, der zwei Plätze weiter saß. „Sie ist so ein herzensguter Mensch." Dabei warf er seinem Neffen immer wieder bedeutungsschwere Seitenblicke zu. Julien konnte seinem Onkel nur zustimmen. Helen war einer der liebsten und herzlichsten Menschen, die er kannte. Als der Tanz vorüber war, wurde Pascal von irgendeinem Cousin dritten Grades abgelöst, der Helen zu einer wilden Melodie gekonnt durch die Gegend wirbelte.

„Scheint mir Élène amüsiert sich köstlich", meinte seine Tante, als sie sich hinter ihn stellte und ihm eine Hand auf die Schulter legte. Er versuchte nicht eifersüchtig zu sein, auch nicht auf den dritten und vierten und fünften Tanzpartner. Aber als letzterer seine Hand gefährlich weit ihren Rücken hinabgleiten ließ, malte er mit den Zähnen. Es wurde an der Zeit, dass er hier sein Revier markierte. Er erschrak über diesen dämlichen Gedanken. Was war nur in ihn gefahren? Auf halbem Weg zu den Tanzenden schwenkte er ab und versuchte sich wieder zu beruhigen und nicht wie ein Höhlenmensch aufzuführen. Im Vorbeigehen bemerkte er ein kleines Mädchen am Kindertisch, das fasziniert und ein wenig wehmütig die Tanzenden beobachtete. Er kniete sich vor die Kleine und fragte: „Willst du nicht mittanzen?“

„Ich habe mir vorhin das Knie aufgeschlagen“, meinte sie nur und deutete auf besagte Schramme. „Ich kann es so schlecht beugen.“

„Soll ich mal sehen, ob ich nicht ein Spezialpflaster für dich auftreiben kann, das die Wunde ganz schnell wieder heilen lässt und ich dir dann beim Tanzen helfe?“

„Das wäre toll“, antwortete das Mädchen mit strahlenden Augen.

Also begab er sich auf die Suche nach einem Pflaster, fand zwar leider keines der bunten Kinderpflaster, die er in der Praxis zur Verfügung gehabt hätte, malte aber ein kleines Herzchen auf jenes, das er fand und hoffte sie würde sich damit zufrieden geben. Das tat sie auch und sah ihm anschließend mit Heldenverehrung in die Augen, als er sie auf seine Füße stellte und sie sich zu den anderen Tanzenden gesellten. Als das Lied zu Ende war, bedankte sich die Kleine höflich, um dann zu den anderen Kindern zu gehen und mit denen wild im Kreis zu hopsen und durch den Garten zu rennen. Was so ein Pflaster alles bewirken konnte, dachte er nur lächelnd. Da spürte er, dass Helen sich von hinten näherte und sich bei ihm einhakte: „Na, muss ich eifersüchtig werden?“, lachte sie, dass es ihm wieder ganz warm wurde.

„Wohl eher ich“, entgegnete er und nickte mit dem Kopf in Richtung Tanzfläche. „Ist auch an der Zeit, dass du mir mal ein Tänzchen mit dir gönnst“, neckte er sie, nahm sie bei der Hand und führte sie inmitten der Tanzenden. Sie drängte sich dicht an ihn, passend zu dem langsamen Musikstück, das gerade gespielt wurde und er spürte ihre Haare an seiner Wange und roch deren blumigen Duft. Er schlang seine Arme enger um ihren Rücken, um sie dichter an sich zu ziehen und spürte ihre Hand an seiner Brust. Helen in seinen Armen fühlte sich genau richtig an. So hätte er ewig tanzen können. Sie waren einander so nahe, dass er sie leicht führen konnte. Hitze stieg in ihm auf. Zu seiner Erregung so nahe bei ihr zu sein, gesellte sich das Gefühl, dass er genauso immer bei ihr sein musste. Das war sein Platz, hier gehörte er hin. Aber wenn er es ihr sagte, was bedeutete das dann für sie? Was würde sich ändern? Würde sie mit ihm mitkommen, wenn er sie darum bat? Würde sie überhaupt von hier weggehen wollen? Er beschloss etwaige Geständnisse auf einen anderen Moment zu vertagen. Im Moment zählte nur, dass sie bei ihm war und sie einander guttaten. Was nützte es voreilige Pläne zu schmieden und sie damit womöglich zu verschrecken, nach ihrer letzten desaströsen Beziehung, wo er dazu immer noch der Meinung war, dass sie ihm irgendetwas verheimlichte. Und bei allem, was sie bereits miteinander geteilt hatten wunderte ihn das. Vertraute sie ihm doch nicht gänzlich? Er wollte nicht länger darüber nachgrübeln. Alles was er wollte, war im Hier und Jetzt. Der Rest würde sich schon fügen.

Als auch der letzte Gast endlich aufgebrochen war, gesellte sich Julien zu Helen auf die Hollywoodschaukel und reichte ihr ein Glas Wein.

„Ich habe ein Auge auf dich gehabt“, grinste er. „Du hast dich heute Abend mit dem Alkohol zurückgehalten.“

„Du bist so gut zu mir“, erwiderte sie lächelnd und nippte an dem dargebotenen Glas Wein. „Es war ein schöner Abend.“

„Ja, das war es.“

Sie fuhr mit ihrem Daumen über den Rand des Glases und schien in Gedanken versunken zu sein. Erneut ertappte er sich dabei wie er sie musterte und einfach nur hingerissen von ihr war.

„Darf ich dich etwas fragen?“

„Natürlich“, entgegnete er.

„Es beschäftigt mich schon eine ganze Weile. Ich wusste nur nicht, wie ich es ansprechen sollte. Also …“

Er wappnete sich, auf was auch immer da kommen würde. Hatte sie auch über ihn und ihre Beziehung nachgedacht?

„Wann hast du erfahren, dass du adoptiert wurdest?“

Überrascht über diese Frage und vielleicht auch ein klein wenig enttäuscht über das Thema, überlegte er kurz, bevor er antwortete, weil dies nicht wirklich ein Punkt war, mit dem er gerechnet hatte. Er sprach nicht oft über seine Adoption, hatte es nur wenigen Menschen überhaupt erzählt. Aber er hatte Helen darüber die Wahrheit gesagt, da war es nur Natürlich, dass sie weitere Antworten wollte.

„Meine Eltern haben daraus nie ein richtiges Geheimnis gemacht. Ich war vielleicht zwölf oder dreizehn Jahre alt, als sie es mir dann in allen Einzelheiten erzählten. Ich hatte mir bis dahin natürlich auch selbst schon ein bisschen was zusammengereimt. Es hatte keine Bilder meiner Mutter im schwangeren Zustand gegeben oder mich frisch geboren im Krankenhaus. Ich wusste, dass ich als etwa zwei Wochen altes Baby zu ihnen gekommen war."

Gedankenverloren schaukelte sie vor und zurück.

„Warum hast du es mir nie erzählt? Hast du mir nicht vertraut?"

Er dachte lange darüber nach bevor er antwortete.

„Ich habe nie viel darüber gesprochen, mit niemandem. Als Heranwachsender hat man schon genug mit sich selbst zu tun, ohne damit klarkommen zu müssen, adoptiert zu sein. Wobei ich mich bei meinen Eltern immer wohl gefühlt habe und nie an ihrer Liebe gezweifelt habe. Ihr wart so eine perfekte Familie. Ich wollte wohl einfach nicht darüber reden. Aber nicht, weil ich dir nicht vertraut habe. Es hätte dem nur einfach eine Bedeutung beigemessen, die ich nie so empfunden habe. Kannst du das irgendwie verstehen?"

Sie nickte. „Haben es meine Eltern gewusst?"

„Ja, aber meine Eltern haben es ihnen auch nur im Vertrauen erzählt. Auch sie sind damit nicht hausieren gegangen."

„Ok", erwiderte sie schlicht und doch schien sie sich zu wundern, dass ihre Eltern es ihr verheimlicht hatten.

„Oft habe ich mich gefragt, ob dieser Gedanke Mediziner zu werden einer Art Verpflichtung entsprungen ist, weil sie mich aufgenommen haben. Aber wenn ich wirklich darüber nachgedacht habe, kam ich immer zu dem Schluss, dass ich diese Verpflichtung auch empfunden hätte, wenn er mein leiblicher Vater gewesen wäre."

„Das kann ich nachvollziehen. Du solltest dich mal mit Melanie über dieses Thema unterhalten. Sie hat sich Semester um Semester durch das Medizinstudium gequält, weil ihre Mutter Ärztin ist und sie glaubte es ihr gleich tun zu müssen. Jeden Monat ist sie hypochondrischer geworden, sodass ich mir zum Schluss richtige Sorgen gemacht habe. Für sie war es die richtige Entscheidung aufzuhören. Aber bei dir? Wie denkst du jetzt darüber? Ist es dir immer noch eine Last?“

Er seufzte.

„Ich weiß es nicht genau. Wenn ich daran denke Kinderarzt zu werden eigentlich nicht. Es macht mir Freude mit Kindern zu arbeiten und es wäre etwas Eigenes, das ich mir aufbaue, ohne die Praxis meines Vaters im Genick sitzen zu haben. Aber es wird immer mit meinen Eltern verbunden bleiben, dass ich diesen Weg gegangen bin.“

Sie nahm seine Hand und kuschelte sich in seine Arme.

Und du? Wollte er sie fragen und nachhaken, wie sie sich ihre weitere Zukunft vorstellte und wie sein Platz darin wohl aussähe. Doch da öffnete sich die Tür und Onkel und Tante kamen heraus. Helen blieb an ihn gelehnt und fiel in das Geschnatter seiner Verwandten ein, wie nett doch der Abend verlaufen sei und wie herrlich wieder einmal Aurelies Küchenkreationen gewesen waren. Julien hing weiter seinen Gedanken nach, noch immer eine warme Helen an seiner Seite und sagte sich, dass es noch genug Gelegenheiten gäbe, dieses Thema zur Sprache zu bringen.

Jeans Weinverkauf war in einem kleinen Chateau, das auf einem großzügigen Gelände lag, umzäunt von einem schmiedeeisernen Geländer und einer hochgewachsenen Hecke. Es gab einen großen

Innenhof, in dem Kübel mit Oleander die einzelnen Parkplätze voneinander trennten.

Die Wolke des Glücks auf der Helen die letzten Tage geschwebt war erlebte einen kleinen Dämpfer, als sie die Vinothek betrat und von einer ziemlich schwangeren Mitarbeiterin empfangen wurde. Zwar traf es Helen nicht mehr wie einen Boxhieb, wie noch vor Monaten, wenn sie einer Schwangeren begegnete. Und doch glitt ihr Blick immer wieder zu der beachtlichen Rundung, die Adeline, wie sich die junge Frau vorstellte, stolz vorgereckt präsentierte.

„Ich bin so froh, dass Jean noch bevor ich platze einen Ersatz für mich gefunden hat, damit ich Sie noch einarbeiten kann", plapperte Adeline munter darauf los.

Helen war natürlich nicht auf die Idee gekommen Jean vorher zu fragen, warum er überhaupt eine Aushilfe brauchte. Sonst hätte sie dem nie zugestimmt. Sie versuchte den neuerlichen Kummer und die stechende Eifersucht so gut es ihr möglich war zu verbergen. Adeline war freundlich. Sie konnte nichts dafür, dass Helen ihr Baby verloren hatte und noch immer trauerte. Seit Tagen hatte sie nicht mehr daran gedacht, so vollkommen waren die Stunden mit Julien sowohl innerhalb als auch außerhalb des Bettes gewesen. Diese Begegnung ließ sie nun erkennen, dass es nur eine kurze Flucht gewesen war. Sie war noch immer die Frau, die einen Verlust erlitten hatte, den sie ganz offensichtlich noch verarbeiten musste. Doch sie bemerkte, dass der Kummer nicht mehr so tief saß, wie noch vor einiger Zeit. Vor Monaten war sie beim Anblick jeder Schwangeren sofort geflüchtet. Ja, hatte jede Frau gehasst, die sie mit einem Kinderwagen oder Säugling auf dem Arm gesehen hatte. Ihr Herz schien zu diesem Zeitpunkt Eiter statt Blut gepumpt zu haben, wenn sie sich von winzigen Babys in ihren Buggys oder von Kleinkindern vor einem Eisladen kummervoll und voller Neid auf die Eltern, die diese Kinder begleitet hatten, abgewandt hatte. Aber hier war sie nun. Sie hatte Jean ihre Hilfe angeboten und sie brauchte definitiv das Geld. Adeline würde sie nur einarbeiten und wäre dann nicht mehr ihre tägliche Begleiterin. Helen konnte das überstehen. Außerdem war es schwierig sich nicht für diese andere Frau zu erwärmen, als diese sie in ihre Arbeit einführte und dabei so munter aus ihrem Leben erzählte, das so bald ein neues Mitglied beherbergen würde. Wie sie gerade das Kinderzimmer fertig eingerichtet hatte, wie ihr Mann und sie sich über Babynamen stritten, wie viel Angst sie vor der Geburt hatte, aber wie sehr sie sich zeitgleich darauf freute endlich das Kind in den Armen halten zu dürfen. Und war das nicht einfach wundervoll? Helen schob jedweden trüben Gedanken von sich, rief sich die letzten Tage mit

Julien in Erinnerung und sagte sich, dass schon alles gut werden würde.

Der Verkaufsraum war relativ klein. Es gab eine Theke, hinter der Kanister mit den beliebtesten Weinen zum Abfüllen aufgebaut waren. Ansonsten gab es Paletten und Regale mit Pappkisten voller Wein oder kleineren Geschenken, wie zum Beispiel besonderen Korken aus Glas. Hinter einer Glasvitrine waren die besonders kostbaren Weine ausgestellt. Adeline zeigte ihr auch den Nebenraum, den größere Gesellschaften für Feiern anmieten konnten. In den oberen Etagen, waren die Orte der Verwaltung und des Online Versandes untergebracht, den Jean seit dem letzten Jahr anbot.

Die Arbeit würde ihr nicht schwerfallen, dachte sie. Zwar verfügte sie nur über rudimentäre Kenntnisse was Wein betraf. Aber Adeline und Jean konnten ihr hoffentlich alles in kürzester Zeit vermitteln. Nach Jeans Weinprobe war sie zumindest geschmacklich mit seinen Weinen vertraut. Der Rest würde sich schon ergeben. Trotzdem war sie froh, als sie sich am Abend von Adeline verabschieden konnte, auch wenn sie einer neuerlichen Begegnung mit ihr nicht mehr panisch entgegen sah. Sie blieb noch eine Weile in ihrem Auto sitzen und verweilte in Gedanken bei ihrer damaligen Vorfreude auf das Leben, das in ihr herangewachsen war. Sie konnte Adeline so gut verstehen. Auch wenn ihr Kind tot gewesen war, als sie es in Händen gehalten hatte, es war ihr Kind gewesen und sie hatte es geliebt. Auf einmal verspürte Helen das Bedürfnis den Friedhof zu besuchen, auf dem sie ihre Tochter beerdigt hatte. Vielleicht, um sich nochmals zu verabschieden, vielleicht, um einfach nochmal an sie zu denken, eine Blume niederzulegen nach all der Zeit, die aus ihrer blutenden Wunde womöglich bereits eine Narbe hatte werden lassen.

Helen war noch immer mit ihren Gedanken und Gefühlen bezüglich Ella befasst, als sie nach Hause kam und einen aschfahlen Julien am Küchentisch sitzen saß.

„Julien, ist etwas passiert?“, fragte sie und ging rasch auf ihn zu.

„Mein Vater hat angerufen“, sagte er mit tonloser Stimme, sein Blick wandere unruhig im Zimmer auf und ab. Er schwieg. Helen wartete. Alle möglichen Horrorszenarien geisterten durch ihren Kopf: Jemand war gestorben, sein Vater war krank oder hatte einen Unfall gehabt, oder …

„Nächsten Dienstag ist mein Prüfungstermin.“ Er schluckte. „Ich bin einer der ersten der dran ist. Ich hatte gehofft, noch etwas mehr Zeit zu haben.“

Beinahe hätte sie erstickt aufgelacht vor Erleichterung. Sein Prüfungstermin!

„Ok …“, entgegnete sie nur, weil sie ihn mit ihrer Reaktion nicht auf dem falschen Fuß erwischen wollte. Er war offensichtlich schockiert. Sie packte ihre eigenen Sorgen und Gedanken bei Seite, um sich auf ihn konzentrieren zu können. Er erhob sich plötzlich und marschierte unruhig im Wohnzimmer auf und ab.

Sie redete ihm gut zu: „Du hast viel gelernt und bist gut vorbereitet. Du wirst diese Prüfung mit Bravour meistern."

Er hielt kurz in seinem Marsch inne, warf ihr einen schnellen Blick zu und setzte sich dann erneut in Bewegung. „Und auf welcher Erfahrung basiert diese Aussage, Helen? Das ist nicht irgendeine Prüfung. Das ist das Examen! Ich hab die letzten Wochen viel zu wenig dafür getan", entgegnete er und sie meinte einen Vorwurf an sie daraus herauszuhören.

„Julien, wie viele Abende hast du dir um die Ohren gehauen und die Bücher gewälzt …"

Sie beobachtete, wie die Panik in seinen Augen Gestalt annahm und er immer unruhiger wurde.

„Die letzten zwei Wochen ... eher weniger … Da war ich zu beschäftigt mit dir an den Strand zu gehen, rumzumachen und tiefschürfende Gespräche zu führen. Was habe ich mir nur dabei gedacht? Ich habe wirklich nichts dazu gelernt", unterbrach er sie harsch und seine Worte waren wie ein Schlag vor die Brust.

„Jetzt tu mal nicht so, als hätte ich dich dazu nötigen müssen mit mir ins Bett zu gehen! Meiner

Erinnerung nach warst du dazu ganz und gar nicht abgeneigt!“, verteidigte sie sich.

Er raufte sich die Haare. „Gott Helen, es tut mir leid. Ich drehe hier total durch. Es ist einfach nur … Ich schulde es meiner Mutter, dass ich das jetzt nicht in den Sand setze. Und das macht mich fertig.“

Sie versuchte noch immer nicht verletzt und wütend zu sein, aufgrund der Tatsache, dass er ihre letzten gemeinsamen Wochen als Zeitverschwendung abtat, mahnte sich aber, dass er aktuell einfach überreagierte, weil er Panik hatte.

So entgegnete sie ruhiger, als sie eigentlich war: „Und du wirst es nicht in den Sand setzen, hörst du.“

Sie ging auf ihn zu und wollte ihm beruhigend die Arme um den Nacken legen, doch er wandte sich von ihr ab. Das schmerzte.

„Ich muss hier raus“, sagte er nur und verließ das Haus.

Lange nicht mehr hatte Helen sich so einsam gefühlt wie in diesem Moment. Kurz überlegte sie mit Melanie zu telefonieren, brachte es aber nicht über sich, über all das zu reden, was sie aktuell beschäftigte. Also flüchtete sie sich in ihr behagliches Zimmer, nur um beim Blick auf ihr Bett und den so gemütlichen Raum mit seiner neuen Wandfarbe auch nur an Julien denken zu können. Beim Blick auf ihre Kommode hatte sie plötzlich den

Wunsch endlich die vielen Briefe zu lesen, die sie über all die Zeit von ihrer Familie erhalten hatte und vielleicht dadurch etwas Trost zu erhalten. Versteckt in einem Schuhkarton unter ihren Socken lagen die Zeilen, die ihr Melanie und ihre Eltern hatten zukommen lassen. Aus jedem dieser Briefe sprach die Sorge um ihr Wohlbefinden, die Bitte sich zu melden, die Fragen, was nur geschehen war. Auch wenn ihre Mutter versuchte Alltägliches in die Briefe zu packen, so war doch jede Zeile, die sie ihr schrieb, geprägt von dem Kummer, ihrer Tochter nicht helfen zu können. In einem der Briefe schrieb ihre Mutter sogar davon, sie in Südfrankreich besuchen zu wollen, wisse aber natürlich nicht, ob sie willkommen seien. Auch wenn Helen wusste, dass ihre Eltern niemals diesen Weg auf sich genommen hätten – sie waren beide auch nicht mehr die jüngsten, waren noch nie Globetrotter oder groß reisefreudig gewesen, per Auto wäre die Strecke für die beiden viel zu weit und in ein Flugzeug würde ihr Vater nur steigen, wenn er vorher mit Valium abgeschossen wäre, noch dazu konnten sie Helens Großmutter nicht alleine lassen - aber alleine die Überlegung ihrer Eltern, es auf sich zu nehmen ging ihr sehr ans Herz. Als Helen den Brief fand, in dem ihre Mutter ihr vom Tod ihrer guten Freundin - Juliens Mutter - schrieb, da fragte sie sich, ob es etwas geändert hätte, wenn sie es bereits zu diesem Zeitpunkt gewusst hätte. Sie vermutete, sie hätte das Bedürfnis gehabt bei der Trauerfeier dabei zu sein, konnte es aber nicht mit letzter Gewissheit sagen. Dann überkam sie der Gedanke, was gewesen wäre, hätten sie in einem dieser Briefe schlechte Nachrichten aus ihrer eigenen Familie erreichen wollen. Der Tod von Juliens Mutter hatte Helen vor Augen geführt, wie schnell ein vertrauter Mensch aus seinem Leben gerissen werden konnte. Was, wenn ihren Eltern oder ihrer Großmutter in der Zeit ihrer Abwesenheit etwas passiert wäre? Das hätte sie sich nie verziehen. Aber allen ging es gut, versuchte sie sich bei diesen Gedanken zu beruhigen. In den Worten ihre Familie und ihrer besten Freundin war das vorherrschende Thema sie. Keiner verurteilte sie. Das, was sie eigentlich schon immer gewusst hatte, nämlich, dass sie alle für sie da waren, wurde ihr mit einem Mal klar vor Augen geführt. Sie hatte Unterstützung und sie wurde geliebt. Immer. Und war das nicht ein Gedanke, der ihr Kraft geben konnte?

Helen ließ Juliens letzte Tage bei sich, und seine Abreise noch einmal Revue passieren. Mit der Arbeit in Jeans Laden hatte sie sich beschäftigt gehalten und sich abgelenkt. Sie hatte sich sogar überreden lassen hin und wieder mit Adeline einen Kaffee zu trinken oder im Ort spazieren zu gehen, da Adleline, wie sie sagte, ohne die Arbeit die Decke auf den Kopf zu fallen drohte. Inzwischen gelang es Helen sogar nicht permanent auf Adelines enormen Bauch zu starren und sich in ihrer Gegenwart zu entspannen. Auch mit Melanie telefonierte sie gelegentlich, ohne sie aber an ihren Grübeleien und Gedanken bezüglich Julien teilhaben zu lassen. Seit der Bekanntgabe seines Prüfungstermins hatte Julien seine lockere unbeschwerte Art nicht wiedergefunden, war launisch und angespannt, sodass sie ihm am liebsten aus dem Weg gegangen war. Auch, weil sie verhindern wollte, sich nochmal mit ihm zu streiten und dabei ihren eigenen Stellenwert in seinem Leben vor Augen geführt zu bekommen. Sie konnte natürlich seine Anspannung nachvollziehen. Er wollte einen erfolgreichen Abschluss für das Andenken seiner Mutter. Diese Prüfung war nicht nur eine Prüfung, sondern irgendwie ein Denkmal für diese Frau, die Liebe, die er für seine Mutter empfand und etwas, das er ihr irgendwie zurückgeben wollte. Was ihn natürlich erheblich unter Druck setzte. Helen vermied es in Kenntnis dessen ihm eine Szene zu machen. Und so grübelte sie in ihrem Zimmer über ihre Beziehung, besser gesagt die nicht vorhandene. Was war es denn nun, was sie hier in Südfrankreich getan hatten? Es war mehr als welterschütternder Sex! Sie konnte einfach nicht glauben, dass er ihre Beziehung auf rein körperlicher Ebene gesehen hatte. Sie hatten unglaublich viel geredet, auch über persönliche Dinge, die man nicht einfach einer kurzen Affäre unter die Nase binden würde. Helen war auch bis vor ihrem Streit der Meinung, dass sie ihre Freundschaft wiedergefunden hatten. Es war eine Vertrautheit zwischen ihnen beiden eingekehrt, die in manch einer Beziehung seines gleichen suchen würde, alleine weil sie einander schon so lange kannten. Julien *hatte* sich geändert. Der Tod seiner Mutter hatte ihn ernsthafter, fokussierter gemacht. Helen war sich sicher, wenn er erst einmal sein Examen in der Tasche hatte und in sich gehen würde, würde er feststellen, dass der Beruf des Kinderarztes zu ihm passte und ihn dies mit seinen Selbstvorwürfen versöhnen würde, seine Eltern enttäuscht zu haben oder ihnen etwas schuldig zu sein.

Und was hatte er nur in ihr bewirkt? Er hatte ihr die Lebensfreude wiedergegeben und das Vertrauen in die eigenen Fähigkeiten. Er hatte ihr Selbstbewusstsein gestärkt, auch im Hinblick auf ihren Körper. Die vielen Stunden, die sie einander in den Armen gelegen hatten und sich geliebt hatten, waren für Helen wie ein Geschenk gewesen. Etwas, das sie nie glaubte in dieser Intensität und mit dieser Befriedigung erleben zu dürfen. Er war rücksichtsvoll und aufmerksam gewesen. Hatte ihre Bedürfnisse und ihre Befriedigung an erste

Stelle gesetzt. Sie hatten eine Form der Intimität geteilt, die tiefer gegangen war, als jeder Sex, den sie in ihrem Leben davor gehabt hatte. Irgendwie kam sie sich bei diesem Gedanken seltsam entblößt vor. Sie brauchte sich nicht länger etwas vorzumachen. Ja, sie war in Julien verliebt. Natürlich war sie es. Julien war es schon immer gewesen. Sie hätte es ihm sagen können, war aber nach ihrem Streit froh gewesen nicht mit irgendwelchen Geständnissen vorgeprescht zu sein, wo er doch offensichtlich ihrer Beziehung nicht so viel Bedeutung beigemessen hatte.

Selbst bei ihrem Abschied am Flughafen hatte er kein Wort darüber verloren, ob er sie wiedersehen wollte. Die leise Hoffnung, dass er diese letzte Gelegenheit nutzen würde, war leider enttäuscht worden und aufgrund der Tatsache, dass er eigentlich mit den Gedanken ganz woanders zu sein schien, hatte sie auch nicht den Mut gehabt, ihn danach zu fragen.

Alles was er ihr gesagt hatte, bevor er sich verabschiedete war: „Du bist eine kluge, erfolgreiche, hübsche, junge Frau. Deine Eltern sind stolz auf dich, auch wenn in deinem Lebenslauf mal nicht alles Schnur gerade läuft, was auch immer passiert ist. Du weißt, dass du zurückgehen kannst, oder?"

Dann hatte er ihr eine Hand an die Wange gelegt, kurz darüber gestreichelt und war aus ihrem Leben verschwunden.

Es mochte richtig sein, was er gesagt hatte. Aber ihr war nur durch den Kopf gegangen, was er nicht gesagt hatte: Dass sie um seinetwillen nach Deutschland kommen sollte, damit sie zusammen sein konnten.

Nichtsdestotrotz hatte ihre gemeinsame Zeit und die Nähe ihr sehr viel bedeutet und wiedergegeben, was sie verloren geglaubt hatte. Dass etwas so Erschütterndes für sie, ihn emotional unbeteiligt lassen sollte, war fast nicht vorstellbar, aber eben nicht auszuschließen. Daher verursachte seine Abreise ein Gefühl der Einsamkeit und des Verlustes in ihr. Sicher hatte sie nicht auf große Liebesgeständnisse oder sogar ein Happy End für sie beide gehofft. Aber zumindest den Wunsch sie wiederzusehen, wo sie ihn seit dem Moment vermisste, seitdem er durch die Abflughalle entschwunden war, hätte sie ihm gerne wenigstens angesehen. Und so blieb die bange Frage, ob sie am Ende vielleicht doch nicht liebenswert war?

Stopp! Sie schalt sich selbst für diese tristen Überlegungen. Sie war liebenswert! Und wenn er das nicht begriff nach allem, was sie miteinander geteilt hatten, dann war es sein Verlust und nicht ihrer. Sie hatte genug davon sich minderwertig zu fühlen. Sie hatte ihm alles angeboten was sie besaß. Das war ein Geschenk an ihn. Auch wenn ihr Leben gerade verworrene Wege ging, so war sie doch eine verdammt tolle Frau! Sie musste anfangen stolz auf sich und ihre Leistungen zu sein. Endlich hatte sie eine Reife erlangt, um dies von sich behaupten zu können. Diese verdammten Unsicherheiten und Komplexe mussten ein Ende haben. Es konnte einem immer wieder passieren, dass man scheiterte, dass es Fehlschläge und Enttäuschungen gab. Doch sie wusste, sie hätte die Kraft um wieder aufzustehen. Sie würde ihre gemeinsame Zeit mit Julien nicht bereuen. Und wenn dies ihr einziger Moment des Glückes mit ihm hatte sein sollen, dann würde sie diese Erinnerung wie einen Schatz hüten.

Helen versuchte sich zu sagen, dass es nichts mit Juliens Worten und alles mit ihrer neuen Selbsterkenntnis zu tun hatte, dass sie nun, zwei Wochen nach seiner Abreise im Flieger nach Deutschland saß. Und natürlich mit dem Anruf ihres Verlegers, der auf einem persönlichen Treffen bestand. Die letzten Tage hatte sie immer wieder daran gedacht, wie sehr es sie dazu drängte, zu Ellas Grabstein zu gehen und ihre Familie wiederzusehen. Sie war vielleicht keine neue Helen, aber sie fühlte sich gestärkt, geerdet und fähig, dies zu meistern. Sie fühlte sich merkwürdig leicht, als ob ein monatelanger Ballast von ihren Schultern genommen worden wäre. Als sie auf die größer werdenden Lichter unter sich starrte, drängte sich allerdings die Aufregung bald ihre Familie wiederzusehen in den Vordergrund, verursachte ihr

Herzrasen und feuchte Handflächen. Sie wusste noch nicht, wie sie ihnen begegnen würde, nahm sich aber vor, den Rest des Fluges gründlich darüber nachzudenken. Ebenso versuchte sie sich für den Besuch bei den Sternenkindern zu wappnen. Seit der Beerdigung hatte sie es nicht mehr über sich gebracht diesem Ort einen Besuch abzustatten. Sie fühlte sich nun aber gefestigt genug, diesen Gang zu wagen. Denn auch wenn die Erinnerung an ihre Tochter mit Trauer verbunden war, so war es doch eine Erinnerung, die sie am Leben erhalten wollte. Es war ihr Kind gewesen. Egal ob es nur wenige Minuten, Wochen oder Tage gelebt hatte. Sie war real, ein Mensch und verdiente es auch, als ein solcher sowohl betrauert als auch erinnert zu werden.

Julien hatte Helen vom Flughafen abgeholt, da Melanie aufgrund eines versäumten Abgabetermins, wie sie sagte, die nächsten 24 Stunden an einer verdammten Hausarbeit würde sitzen müssen, um zumindest die Fristverlängerung nicht auch noch zu überschreiten. Dieses Wiedersehen mit Helen hatte ihn sowohl mit Vorfreude als auch mit Scham erfüllt. Vorfreude, weil selbst die kurze Trennung von ihr ihm deutlich gemacht hatte, wie sehr er sie in seinem Leben brauchte, und Scham, weil er sich die letzten Tage ihr gegenüber nicht wirklich fair verhalten hatte in seinem Prüfungswahn. Er hatte es ihr hoch angerechnet, dass sie seine Launen so stoisch hingenommen hatte, noch dazu, wo er ihr einige nicht so nette Dinge an den Kopf geworfen hatte. Die letzten beiden Wochen in Südfrankreich hatte er wie in einer Parallelwelt gelebt. Es war die schönste Zeit gewesen, die er bisher mit einem Menschen verbracht hatte. Die Bekanntgabe seines Prüfungstermines hatte dem ein jähes Ende bereitet. Gerne hätte er zugegeben, dass es alleine die Angst vor einem Scheitern war, das ihn so aus der Bahn geworfen hatte. Aber wem sollte er etwas vormachen? Es hatte mit der Verarbeitung des Todes seiner Mutter zu tun. Rückblickend musste er außerdem zugeben, dass ihn dieser Termin in die Realität zurückgeholt hatte und er sich damit konfrontiert sah, welchen Platz Helen darin einnehmen würde. Natürlich hatte er sehr erwachsen reagiert. Er fluchte im Geiste. Zurück in Deutschland hatte ihn sein schlechtes Gewissen diesbezüglich erheblich geplagt.

Ihr Anblick, als er sie am Flughafen abholte, hatte ihn beinahe umgehauen. Das war seine Helen, wie er sie kannte. Ihr rotblondes Haar umspielte in zarten Locken ihr leicht gebräuntes sommersprossiges Gesicht. Dank der vielen Mahlzeiten, die sie gemeinsam zubereitet hatten, sah sie nicht mehr so mager aus. Ihre Augen strahlten, hatten dann aber einen leicht fragenden Ausdruck angenommen, als nicht Melanie, sondern er sie in einen doch recht befangenen Empfang nahm. Er hatte ihr die Hintergründe für Melanies Abwesenheit erklärt, damit schien sie besänftigt. Dennoch schien auch sie verunsichert zu sein, wie sie ihm begegnen sollte. Natürlich hatte sie von Melanie erfahren, dass er sein Examen mit Auszeichnung bestanden hatte und gratulierte ihm gebührend und auch mit einem gewissen Stolz dazu. Nicht minder stolz hatte er ihre Gratulation entgegengenommen, wenn ihm auch dieser „Ich hab´s dir doch gesagt" – Ausdruck, den sie dabei auflegte, nicht entging. Er versuchte sich zu entschuldigen für sein Auftreten, stellte sich dabei aber so ungeschickt an und fand einfach nicht die richtigen Worte, dass sie einfach nur abgewunken hatte und sagte, er solle sich nicht mehr damit beschäftigen.

Zudem hatte sie ihn überrascht, als sie ihn aufgefordert hatte sie zu ihrer Familie zu begleiten. Julien hatte sich als Eindringling gefühlt dieser Familienzusammenführung beizuwohnen. Aber Helen hatte darauf bestanden, mit der Aussage, dass auch er endlich die ganze Geschichte hören solle. Er war begrüßt worden wie ein Familienmitglied. Zuletzt hatte er ihre Eltern bei der Beerdigung seiner Mutter gesehen. Helens Mutter nahm ihn in eine herzliche Umarmung und ihr Vater klopfte ihm tröstend auf die Schulter. Sie alle waren sehr gefasst. Auch Helens Großmutter war anwesend.

Eine Frau, die er aufgrund ihrer unverblümten Art sowohl verehrte als auch fürchtete. Nicht zu Unrecht, dachte er, als sie Helen mit den Worten: „Ich dachte schon, deine Heimkehr würde ich nicht mehr erleben“, begrüßte.

„Ich habe dich auch vermisst“, erwiderte Helen und nahm ihre Großmutter in eine besonders feste Umarmung.

Nachdem sie im Wohnzimmer Platz genommen hatten, einem Ort, an dem er schon Geburtstage gefeiert, Silvesterabende verbracht oder große Sportveranstaltungen im Fernsehen verfolgt hatte, der ihm fast so vertraut war wie sein eigenes Elternhaus, begann Helen ohne Umschweife mit ihrer Erzählung. Ihrer Trennung von Marco und der dramatische Verlust ihres Kindes. Was sie schilderte, hinterließ ihn von Minute zu Minute betroffener und erschütterter. Sie berichtete alles nüchtern, sehr gefasst und ohne Tränen. Er war gelinde gesagt schockiert, welche Bürde sie alleine ertragen hatte. Viele lose Puzzleteile fügten sich nun zu einem Ganzen. Er verstand, warum sie geflohen war. Wenn einem etwas so Schreckliches passierte, war es nur nachvollziehbar so heftig zu reagieren. Himmel, er selbst war geflohen, als die Trauer über seine Mutter ihn übermannt hatte! Ihre Eltern hatten sie fast ohne Unterbrechung ihre Geschichte erzählen lassen. Doch als Helen von ihrem Krankenhausaufenthalt berichtete, hatte ihre

Mutter den Tränen nahe eingeworfen, wieso sie sich nicht einfach anvertraut hätte.

„Wir sind immer für dich da Helen, das weißt du, egal was dir widerfährt."

„Das weiß ich, wusste ich auch damals. Es war nur … Darüber zu sprechen hätte es viel realer gemacht. Ich war einfach in einem Zustand, an dem ich Vergessen gesucht habe. Ich musste einfach gehen."

Ihr Vater hatte dann die Frage gestellt, die Julien das Herz aus der Brust gerissen hätte, wenn ihre Antwort anders ausgefallen wäre. Ja, sie könne noch Kinder bekommen.

„Rein physisch", fügte Helen an. „Ich weiß nicht, ob ich psychisch eine erneute Schwangerschaft überstehen würde, nach dem was geschehen ist." Schief lächelnd hatte sie dann noch hinzugefügt: „Auch ein entsprechender Kindsvater fehlt mir noch." Was Julien zu dem Gedanken verleitete im Geiste laut: Hier! Genau hier sitzt er! zu rufen.

Dann berichtete Helen von ihrer Zeit in Frankreich, Melanies Besuch, dem unerwarteten Zusammentreffen mit Julien, wobei sie ihre romantische Beziehung unerwähnt ließ. Ihre Großmutter hatte all den Erläuterungen schweigend gelauscht. Julien hatte sich zwischenzeitlich gefragt, ob sie überhaupt alles gehört hatte, da sie so ungerührt da saß. Als Helen geendet hatte und sich eine emotionsgeladene Stille über sie alle senkte, ergriff die alte Frau das Wort: „Also Kindchen, ich habe auch ein Baby verloren. Damals habe ich zu deinem Opa gesagt, am besten ist es, wohl gleich wieder aufs Pferd, oder besser gesagt den Mann zu steigen und sich so schnell wie möglich einen neuen Braten in die Röhre schieben zu lassen. Und so war es."

Helen starrte ihre Oma einen Moment fassungslos an, dann lachte sie erstickt auf, ging zu ihr und gab ihr einen Kuss auf das faltige Gesicht, über das eine einzelne Träne rann. Innerhalb eines Wimpernschlages hatte die alte Frau es geschafft ihrer aller traurigen Stimmung die Härte zu nehmen und er hatte das Gefühl sie alle atmeten etwas auf.

Nichtsdestotrotz hatten alle genug Stoff zum Nachdenken für eine schlaflose Nacht. Helen schien erschöpft von ihrer Reise und all den Offenbarungen, was er ihr nicht verübeln konnte. Die Familie hatte sich umarmt mit gegenseitigen Beteuerungen der Liebe und Unterstützung. Helens Mutter hatte ihn herzlich in den Arm genommen: „Danke, dass du uns unsere Tochter wieder her gebracht hast."

Er wusste darauf nichts zu erwidern. Also nickte er nur, in dem Wissen, dass Helen den härtesten Weg vor all den Monaten alleine gegangen war.

Und so saß er nun mit Helen im Auto, unfähig den Zündschlüssel umzudrehen, um den Motor zu starten. Er konnte all das Gesagte nicht einfach unkommentiert lassen und rang mit sich, die richtigen Worte zu finden. Helen brach zuerst das Schweigen: „Danke, dass du mitgekommen bist."

„Danke, dass du mir das alles anvertraut hast."

Er wollte etwas Tröstliches sagen, wusste aber nicht, wo er anfangen sollte. So gerne hätte er sie auch in den Arm genommen.

„Du bist so stark gewesen, das alles alleine zu meistern. Es tut mir sehr leid, dass dir das alles passiert ist."

Sie zuckte mit den Schultern. „Ich habe mich nicht stark gefühlt. Es war eher, als wäre ich davon gelaufen, weil ich nicht stark genug war. Aber du hast Recht. Das sehe ich jetzt. Das Schwerste ist, mir nicht vorzuwerfen, dass ich irgendwie Schuld war an dem Tod meines Kindes. Millionen Frauen bekommen ohne Probleme ein Kind. Aber bei mir … Natürlich weiß ich, dass Fehlgeburten häufig vorkommen. Aber die meisten geschehen innerhalb der ersten 12 Wochen und über diese vulnerable Phase war ich lange drüber. Ich habe einfach nicht damit gerechnet, dass noch etwas passieren würde und mich so auf das Baby gefreut."

„Du weißt, dass du nicht Schuld bist", sagte er bestimmt. „Das, was dir passiert ist, ist selten. Du hättest es nicht vorhersehen können und du hast erst recht nichts falsch gemacht. Die Art und Weise wie es passiert ist, war furchtbar. Ich wünschte, du hättest es nicht alleine durchstehen müssen."

Sie schluckte. Tröstend drückte er ihren Arm.

„Du und Melanie ihr hattet von Anfang an Recht mit Marco. Ich schäme mich so, dass ich nicht auf euch hören wollte, nur um nicht alleine zu sein", gab Helen zu.

„Denke nicht länger über diesen Idioten nach. Er ist eben sehr gut darin andere zu täuschen, mit seinem Auftreten zu verführen und nur anfänglich seine Schokoladenseiten zu zeigen, die er, wenn es ernst wird nicht mehr aufrechterhalten kann. Auf so einen geübten Blender hereinzufallen, passiert sehr vielen Menschen, das liegt nicht nur an dir."

„Ich hasse es aber, dass es mir passiert ist", warf sie ein. „Ich habe es zugelassen und komme mir so blöd vor. Dass ich erst seine Reaktion auf das Baby erleben musste, um es zu kapieren ..."

„Letztendlich ist nur er allein verantwortlich für sein Verhalten, nicht du. Er hat entschieden ein Arsch zu sein, dafür kannst du nichts. Sieh mal, du bist jetzt wieder hier, hast dich mit deinen Eltern ausgesprochen. Deine Wunden werden heilen, auch wenn es noch eine Zeit brauchen wird. Quäle dich nicht mit dem, was in der Vergangenheit war und schau einfach, was die Zukunft bringt.“

Sie nickte tapfer und schenkte ihm ein kleines dankbares Lächeln. Sie schluckte kurz, bevor sie sich erneut an ihn wandte: „Ich hätte noch eine Bitte an dich, Julien.“

Er wartete. Alles würde er ihr geben, alles.

„Seit der Beerdigung bin ich nicht mehr auf dem Friedhof gewesen. Ich konnte einfach nicht. Aber heute … Ich habe es mir fest vorgenommen heute dorthin zu gehen. Könnten wir einen Abstecher dorthin machen, bevor du mich bei Melanie ablieferst?“

„Natürlich.“ Als ob er ihr diese Bitte jemals abschlagen könnte. „Zu welchem Friedhof muss ich fahren?“, fragte er.

„Zum Hauptfriedhof. Sie haben dort eine eigene Ecke für … die Sternenkinder“, sagte sie leise mit zitternder Stimme.

Auf dem Hauptfriedhof lag auch seine Mutter begraben. Er fügte sich ins Unvermeidliche sich damit den emotionalen Overkill zu geben und fuhr los. Bis sie beim Friedhof angekommen waren hing jeder schweigend seinen Gedanken nach. Der strahlend blaue Himmel schien ihre traurige Stimmung zu verhöhnen, hätte er doch große Regentropfen weinen sollen, bei all dessen, dem er heute Zeuge geworden war. Und doch … Die bepflanzen Grabmäler waren bunt erblüht, Bienen summten in der berankten Friedhofsmauer. Wo eigentlich Tod und Verfall herrschte, war doch auch Leben - beschienen von den warmen Sonnenstrahlen eines spätsommerlichen Nachmittages. Julien schlang einen Arm um Helens Schulter, als sie den Friedhof überquerten und ließ sich von ihr zu den Sternenkindern leiten. Wie nahe beieinander ihrer beider Ort des Kummers doch gewesen war und doch hatte keiner von ihnen vom Schmerz des anderen gewusst. Es war manchmal schon paradox, dachte er. Helen verlangsamte ihre Schritte und sie blieben vor einem kleinen Grab stehen, das ein kunstvoll gravierter Stein mit einem Engel zierte. Bei ihren Erzählungen hatte sie den Namen, den sie ihrer Tochter gegeben hatte nicht erwähnt. Nun las er ihn auf dem Grabstein.

Ella.

Darunter stand ein einziges Datum mit einem Stern und einem Kreuzzeichen gekennzeichnet. Geburt und Tod. Zwischen diesen Ereignissen sollten erfüllte Jahre des Lebens liegen. Und diesem kleinen Wesen waren sie versagt worden.

Irgendwie machte der Name ihre Tochter auf einmal viel realer. Ein Teil von Helen. Ob ihr kleines Mädchen ausgesehen hätte wie sie?

„Sie haben Ella in ein kleines Körbchen gelegt, nachdem sie geboren war, damit … ich mich von ihr verabschieden konnte“, erzählte Helen mit zittriger Stimme. „Sie war so winzig und doch … perfekt. Ein Wunder."

Stumme Schluchzer ließen ihre Schultern zucken.

„Meinst du … meinst du ich wäre eine gute Mutter geworden?"

„Helen, quäle dich nicht mit solchen Gedanken."

Sie nickte nur, als er tröstend ihren Arm drückte. Ihr stummes Leid machte ihn hilflos, stumm, da er glaubte keine Worte zu finden, welche diese große Trauer zu lindern vermochten, die Helen umgab. Alles was er ihr geben konnte war, sie im Arm zu halten.

„Ich hoffe, ihr geht es gut, da wo sie jetzt ist", sagte sie dann nur und senkte den Kopf. Unwillkürlich glitt eine Vorstellung durch seine Gedanken. Ein kleines Mädchen mit Helens Augen, einem kecken Rotschopf, das auf dem Schoß seiner eigenen Mutter saß und einer Geschichte von ihr lauschte. Seine Mutter würde niemals ein Enkelkind kennen lernen, das er ihr womöglich schenkte. Seine Brust schnürte sich zu bei diesen Gedanken und er versuchte sie abzuschütteln. Ungeschickte Worte des Trostes huschten durch seinen Geist, doch er ließ sie ungesagt. Eine kleine Träne rollte Helens Wange hinab und er wischte sie sanft fort. Als sie zu Melanie fuhren ging ihm das kleine Mädchen namens Ella nicht mehr aus dem Kopf. Ein weiterer Mensch hatte einen Platz in seinem Herzen gewonnen und er bedauerte es ihn niemals kennen zu lernen.

Als Melanie die Tür öffnete empfing sie sie beide stürmisch, nicht ahnend, dass die Stimmung der beiden gerade alles andere als fröhlich war.

„Kommt rein ihr zwei! Oh Mann, ich sag es euch, die letzte Woche ersticke ich in Arbeit. Ich weiß überhaupt nicht, wo mir der Kopf steht. Eine Hausarbeit hier, ein Abgabetermin da …“, plapperte sie munter darauf los.

„Ich wollte eigentlich gleich weiter“, meinte Julien nur, da er das dringende Bedürfnis hatte, über all das Gesagte in Ruhe nachzudenken, und sich im Moment dem schnatternden Energiebündel namens Melanie nicht gewachsen sah.

„Na komm schon, trink kurz was mit uns. Ich muss eh gleich an meiner Hausarbeit weiter schreiben“, meinte Melanie.

„Na gut, aber nur kurz“, antwortete er und ging hinter Helen in die Wohnung, die ehemals auch seine WG gewesen war. Melanie hatte bisher noch keinen Nachmieter haben wollen, wie sie ihm verraten hatte, in der Hoffnung, dass Helen doch irgendwann zur Besinnung kam. Nun, vielleicht war es jetzt ja soweit.

„Und Glückwunsch noch der Herr, zu dieser Glanzleistung“, meinte Melanie und klopfte ihm auf die Schulter.

„Danke“, entgegnete er, in Gedanken allerdings noch immer woanders. Was waren schon Prüfungen, neben Trauer und Verlust, überlegte er.

Sie setzten sich gemeinsam ins Wohnzimmer. Das Gespräch kam nur zögerlich zustande nach dieser ganzen emotionalen Achterbahnfahrt. Melanie schien zu spüren, dass etwas die beiden beschäftigte und warf Blicke vom einen zum anderen.

„Ist alles ok bei euch?“

Das plötzliche Türklingeln riss alle aus ihrer Lethargie und entband Helen und Julien von einer Antwort.

Melanie eilte davon und kam anschließend zögerlich in den Raum.

„Oh Helen“, sie biss sich auf die Unterlippe, „verdammt soll ich sein. Marco ist an der Tür und will dich sprechen.“

Helen schaute erschrocken auf. Ihre Gesichtsfarbe wurde in Sekunden aschfahl.

„Woher weiß er, dass ich hier bin?“

„Er klingelt ständig hier und fragt nach dir. Möglich, dass ich ihm gesagt habe, dass du heute kommst“, erwiderte Melanie und kaute noch immer betreten auf ihrer Unterlippe herum.

Helen straffte die Schultern und schien sich zu wappnen. „Dann bringen wir es hinter uns. Lass ihn rein.“

Groß, blond und breitschultrig kam Marco in das Wohnzimmer geschlendert und musterte Helen skeptisch von oben bis unten. Julien konnte sie nur bewundern. Sie stand hoch erhobenen Hauptes vor ihm und ließ sich keine Gefühlsregung anmerken.

„Junge oder Mädchen?“, fragte Marco dann nur mit verkniffenem Mund.

Das war der Moment, als Julien sich erhob und diesem Vollidioten einen Faustschlag in die Fresse verpasste.

Helen hatte natürlich wesentlich souveräner reagiert, als er, schalt er sich, als er am nächsten Tag seine schmerzende Hand kühlte. Aber ihm waren beim Anblick dieses Typen auf einmal sämtliche Sicherungen durchgebrannt. Helen dagegen hatte ihm nüchtern mitgeteilt, dass es kein Baby gegeben hatte und sie getrennter Wege gehen konnten, was sich dieser Depp natürlich nicht zwei Mal sagen ließ und auch noch erleichtert dabei aussah. Damit hätte er sich neben seiner blutigen Lippe fast noch ein Veilchen eingehandelt, wenn Melanie Julien nicht zurückgehalten hätte. Helen hatte Marco anschließend heraus komplimentiert, war aber nun gezwungen Melanie die Hintergründe zu erläutern. Anstatt dass er ihr dabei zur Seite stand, hatte er sich entschuldigt und die beiden alleine gelassen. Julien war zu aufgebracht und aufgewühlt gewesen, aber wie musste sich nur Helen gefühlt haben?

Er verfluchte sich! Statt diesem Typen eins auf die Nase zu geben, hätte er sich um Helen kümmern sollen. Sowohl bei seinem Abschied aus Südfrankreich als auch der Begegnung mit Marco hatte er nur an sein eigenes Befinden gedacht! Und als er endlich wieder bei Vernunft gewesen war, am kommenden Morgen, und nach ihr sehen wollte, teilte ihm eine grantige Melanie mit, dass Helen schon wieder im Flieger nach Südfrankreich war. Weil er es nicht hatte glauben können, war er auch noch zu ihrer Mutter gefahren, um es sich bestätigen zu lassen und hatte direkt nach dem „Ja, ist sie“ auf dem Absatz kehrt gemacht und war in sein Auto gestiegen.

Er hatte es verbockt!

Äußerlich hatte sie so gefasst gewirkt, aber natürlich musste es ihr zugesetzt haben, dass dieser Hornochse an genau dem Tag, den sie sich für ihre große Rückkehr und Offenbarung ausgesucht hatte, bei Melanie auf der Matte stand! Verdammt nochmal! Julien hätte Helen den Rücken stärken sollen, ihr Mut machen sollen! Was, wenn das tiefe Loch, in das sie schon einmal gefallen war, sie nun wieder umgab? Erst war er sauer auf Helen gewesen. Wieso nur hatte sie schon wieder Hals über Kopf die Segel streichen müssen? Natürlich hatten ihr dieser Besuch und all die Offenbarungen wehgetan. Aber er war an ihrer Seite gewesen, verdammt! Er wäre doch immer an ihrer Seite. Aber wusste sie das auch? Sie war hier nicht die, die es vermasselt hatte. Helen war schon immer die Erwachsene in ihrer beider Beziehung gewesen. Manchmal verstand sie ihn besser als er sich selbst. Deswegen hatte sie ihm keine Szene gemacht, als er bei Bekanntgabe seines Prüfungstermins so ausgeflippt war. Sie hatte ganz genau gewusst, warum er so unter Druck gestanden hatte und ihn sogar beruhigen wollen. Sie hatte es ihm nie zum Vorwurf gemacht. Auch hier in Deutschland nicht. Stattdessen hatte sie ihn mit zu ihren Eltern genommen, mit zu ihrer Tochter. Hatte ihm Einblicke gegeben in ihr Seelenleben. Vielleicht, weil sie ihn liebte? Wieso sonst hätte sie ihm alles erzählt? Ihn bei sich haben wollen? Aber warum sagte sie es ihm nicht? Wegen der Begegnung mit Marco? Weil sie glaubte, er würde ihre Gefühle nicht erwidern? Weil er so lange so blind gewesen war? Oder täuschte er sich in ihren Gefühlen? Jetzt wo seine ihm mit einem Mal so glasklar vor Augen lagen.

Er liebte sie.

Tat es wahrscheinlich schon lange, was er aber erst jetzt kapierte. Er hatte sie schon damals gewollt. Es nur mit seinem 20-Jährigen Ich nicht realisiert, weil er viel zu beschäftigt mit sich selbst gewesen war.

Nun war er zunehmend wütend auf sich, weil er wieder mal die Gelegenheit verpasst hatte, ihr zu gestehen was er für sie empfand. So viel gemeinsame Zeit hatten sie schon verpasst. Es war endlich an der Zeit, dass er sich sein Mädchen holte und ihr klar machte, dass sie die Seine war.

In seiner Raserei fuhr er die ersten sechs Stunden ohne Pause durch, nur um dann festzustellen, dass er dank dieses ganzen emotionalen Auf und Ab der letzten Wochen nicht mehr so belastbar war und eine Pause brauchte. Notgedrungen hatte er an einem Rastplatz Halt gemacht, etwas gegessen, sich eine Mütze voll Schlaf gegönnt, um dann etwas ausgeruhter, aber nicht minder wütend weiter zu fahren. Weitere sieben Stunden später dankte er dem Herrn, endlich das kleine Häuschen in den Weinbergen vor sich zu haben. Es war noch früh am Morgen, aber das Schlafzimmerfenster war geöffnet, also musste sie schon wach sein. Dies war ihr Rückzugsort. Hier fühlte sie sich wohl, geborgen und geschützt. Sollte es ihn wundern, dass sie wieder hier hatte sein wollen, nach allem was ihr am Vortag widerfahren war? Er klopfte, aber sie schien ihn nicht zu hören. Glücklicherweise hatte er es versäumt, seinen Schlüssel abzugeben, bevor er abgereist war und öffnete nun damit die Tür. Er fühlte sich wie ein verdammter Stalker, wie er sie in ihrem eigenen Haus suchte und fragte sich das erste Mal seit seinem überstürzten Aufbruch, ob er das Richtige tat. Aber er musste ihr einfach sagen, was er fühlte, dass er es verbockt hatte und für sie da sein wollte.

Als er Geräusche im Badezimmer hörte, ging er nach oben und öffnete die Tür. Da lag sie! Seelenruhig in der Badewanne, als könne kein Wässerchen sie trüben!

Als sie ihn in der Tür stehen sah, zuckte sie erschrocken zusammen und fasste sich ans Herz.

„Scheiße, Julien! Hast du mich erschreckt, verdammt!“

Offenbar badete sie schon eine Weile, denn der Schaum war nicht mehr der Rede wert und enthüllte mehr von ihr, als er in seinem aktuellen Gemütszustand ertragen konnte. Er erhaschte einen Blick von sich im Spiegel und zuckte zusammen: Blutunterlaufene Augen, Drei-Tage-Bart, dunkle Augenringe, verwuschelte Haare, ein Kaffeefleck auf dem T-Shirt.

„Nicht mein bester Tag“, murmelte er.

Offenbar rang sie noch immer um Fassung.

„Was zum Teufel machst du hier?“

„Was ich hier mache? Ich will verhindern, dass du dich hier wieder sang- und klanglos in Südfrankreich absetzt und dich verkriechst!“

„Ich verkrieche mich nicht“, sagte sie nur nüchtern. „Aber selbst wenn ich es täte, wäre es mein gutes Recht. Ich hatte in letzter Zeit ein paar aufreibende Geständnisse und eine ziemlich harte Zeit hinter mir."

Er seufzte und raufte sich die Haare. „Helen, das weiß ich doch. So wollte ich das auch eigentlich gar nicht ausdrücken …" Er hielt inne.

„Was heißt, du verkriechst dich nicht?"

„Ich regele nur meine Angelegenheiten", entgegnete sie ruhig.

„Was?"

Sie erhob sich aus der Badewanne, um sich dankenswerterweise anschließend ein Handtuch umzulegen. Dabei warf sie ihm Blicke zu, als würde sie eindeutige Zweifel an seinem Geisteszustand hegen. Womöglich war dies berechtigt, überlegte er, in Anbetracht seiner aktuellen Form.

Er machte einen ziemlich übernächtigten Eindruck, wie er da unrasiert und mit zerzaustem Haar, vor ihr stand.

„Was ist mit deinem Termin beim Verlag passiert?", fragte er.

Sie konnte seinem Gedankengang nicht mehr folgen und runzelte die Stirn, entschied aber, ihm zu antworten, da er gerade ziemlich bemitleidenswert aussah.

„Also, ich dachte mir: Ich habe hier ein paar Dinge zu klären: Mein Bankkonto auflösen, den Mietvertrag kündigen, ein paar Sachen zusammen packen. Dann komme ich zurück, werde mich wieder bei Melanie einquartieren und mein Studium wieder aufnehmen. Wenn ich dann ohnehin wieder zurück bin, kann ich auch einen Termin mit meinem Verleger ausmachen. Ich war vor meinem Abflug kurz da. Wir haben den Termin verschoben."

Das nahm ihm offensichtlich allen Wind aus den Segeln, denn er sackte an das Waschbecken gelehnt in sich zusammen.

„Außerdem ist mein Auto noch hier."

„Diese verdammte Schrottlaube", schimpfte er nur.

„Er hat eben Charakter", erwiderte sie achselzuckend.

Julien atmete einmal kurz durch, offenbar um sich zu sammeln.

„Du bist nicht abgehauen, um hier zu bleiben?", fügte er zusammen, anscheinend um sicherzugehen, dass er richtig gehört hatte.

„Nein", antwortete sie schlicht und zuckte wieder mit der Schulter, sodass das Handtuch ein paar Zentimeter nach unten sackte. Julien warf einen kurzen Blick auf die frei gewordene Haut, wandte dann schnell den Blick wieder ab und starrte ihr fassungslos ins Gesicht. Sie musste sich ein Grinsen verkneifen, ob seines verdatterten Gesichtsausdruckes. „Warum hast du nicht einfach meine Mutter gefragt oder Melanie?"

„Habe ich ja, aber sie meinten beide du seiest wieder hier."

Helen zog fragend eine Augenbraue nach oben.

„Ich muss zugeben, dass ich ihnen nicht viel Zeit für Erklärungen gegeben habe", meinte er dann leicht beschämt.

„Und bist dann schnurstracks in dein Auto gestiegen, über 1000 Kilometer hier hergefahren, um mir die Hölle heiß zu machen?", fragte sie ungläubig und konnte ihr Lachen jetzt nicht mehr unterdrücken.

Nachdem er sich wieder einigermaßen gefangen hatte, sah er zu ihr auf, als würde er sie das erste Mal richtig wahrnehmen. Es verschlug ihm anscheinend für einen Moment die Sprache. Der sanfte Ausdruck, der sich dabei auf sein Gesicht legte, und das Lodern in seinen Augen machten etwas mit ihrem Herzen, dass sie sich nicht eingestehen wollte zu hoffen. Langsam kam er auf sie zu, schaute ihr lange und tief in die Augen und rang offenbar um die richtigen Worte:

„Eigentlich ... bin ich hier hergekommen, um dir zu sagen, dass ich dich liebe, Helen, und für dich da sein will", sagte er sanft. „Offensichtlich bin ich es völlig falsch angegangen. Wie alles, was mit dir zusammen hängt."

Sie musste Wasser im Ohr haben oder halluzinieren.

„Was ... ?", hauchte sie.

Er streichelte ihre beiden Arme, auf denen sich eine Gänsehaut breit machte.

„Ich hätte es dir viel früher sagen sollen. Aber mit diesem ganzen Wirrwarr ... Es tut mir schrecklich leid. Ich möchte, dass du bei mir bist Helen. Die Zeit, die wir hier zusammen hatten, war wunderschön und ich möchte einfach, dass jeder Tag so ist, wie diese zwei Wochen, die wir uns neulich gestohlen haben. Du bist meine beste Freundin, meine Geliebte und diejenige, mit der ich den Rest meines Lebens zusammen sein will, weil du klug, lustig und sexy bist und mich manchmal besser verstehst, als ich mich selbst. Und Herrgott nochmal, wenn du es zulässt, will ich auch, dass du die Mutter meiner Kinder bist und mir in den Arsch trittst, wenn ich Zweifel an meiner Berufswahl habe."

Helen blinzelte die Tränen weg, die ihr bei seinem Geständnis in die Augen geschossen waren, um sein Gesicht genau zu mustern. Sie entdeckte dort eine sanfte Liebe, die Wahrheit seiner Worte und fühlte sich so glücklich, dass ihr Gefühl erwidert wurde, dass sie gar nicht anders konnte, als ihren klammen Leib an seinen zu drücken und sich an ihn zu schmiegen.

„Mann Julien, ich liebe dich auch."

Er schob sie etwas von sich fort und musterte sie.

„Wirklich?"

„Wirklich."

Er schien erleichtert aufzuatmen.

Dann besiegelte er sein Liebesgeständnis mit einem Kuss, in den er alles legte, was er ihr mit Worten nicht zu sagen vermochte. Das tilgte auch die letzten Zweifel aus ihren Gedanken und aus ihrem Herzen.

„Ach und Helen", er rückte kurz von ihr ab, „was den Mietvertrag für dieses Haus angeht ... Kündige ihn nicht. Dies hier soll ein Rückzugsort bleiben. Aber einer für uns gemeinsam."

Epilog

Jahr um Jahr spiegelte sich der stete Wandel der Jahreszeiten auch in den Weinbergen wider. In einem wiederkehrenden Rhythmus aus Wachstum, Blüte, Ernte und Ruhen über die kalten Monate des Winters verging die Zeit. Wieder und wieder wuchsen zarte Pflänzchen heran, rankten sich empor, der Sonne entgegen, nur um reife saftige Trauben zu tragen, die nach ihrer Verarbeitung die köstlichsten Sinneseindrücke hinterlassen. In all dieser Kontinuität unterlag ein einsames Steinhaus inmitten der Weinreben einer Verwandlung. Die Fassade war gereinigt worden und erstrahlte in Creme- und Eierschalentönen, abhängig davon wie die Sonne es einfing. Die Fensterläden in einem hellen Lavendel vervollkommneten dieses Bild. Bunte Blumen in kleinen Balkonkästen zierten jedes Fenster.

Das Haus war lebendig.

Ein Heim.

Helen und Julien kehrten von ihrem gemeinsamen Spaziergang zurück und warfen einen Blick auf ihr Ferienhaus, das von den letzten spätsommerlichen Sonnenstrahlen des Tages in ein romantisches Licht getaucht wurde. Dort angekommen legten sie im Wohnzimmer ihre Jacken ab. Helens Blick schweifte durch den Raum. Bis auf den alten Gasherd erinnerte nichts mehr an seine ursprüngliche Einrichtung. Nun war er in mediterranen Farben eingerichtet. Möbel aus Kiefernholz, eine bequeme graue Couch, die der Beanspruchung durch eine Familie gerecht werden würde. Helen nahm Julien an der Hand und gemeinsam gingen sie in das gerade fertiggestellte Kinderzimmer, das Helen liebte und mehrmals am Tag in seinen Details bewunderte. Julien hatte wirklich ganze Arbeit geleistet. Das zarte Hellblau an den Wänden, ein gemütlicher Teppich, ein Schaukelstuhl in der Zimmerecke neben dem Babybettchen. All das sprach von der Liebe der beiden, die diese dem noch ungeborenen Wesen schon jetzt entgegenbrachten.

„Mir fällt gerade ein, dass ich dich in unserer Hochzeitsnacht gar nicht über die Schwelle getragen habe“, sagte Julien, als sie das Kinderzimmer wieder verließen.

„Und das möchtest du JETZT nachholen?“

Er strich sanft über ihren Bauch.

„Ich weiß, dass ich fett bin. Du musst auf meine Gefühle keine Rücksicht nehmen.“

„Du weißt, dass ich deinen Bauch liebe. Viel mehr Sorgen mache ich mir, wenn ich meine schwangere Frau diese winzige Treppe heruntertragen müsste, wenn ihre Fruchtblase geplatzt ist, weil sie, stur wie sie ist, darauf bestanden hat, noch im letzten Drittel der Schwangerschaft das Kinderzimmer in der Ferienwohnung fertig einzurichten.“

„Ach, sind wir jetzt wieder bei dieser Diskussion?“, meinte sie nur lächelnd. „Hey, du hast mich eine Stunde lang von Aurélies Haus bis hierher geschleppt. Da wirst du die paar Stufen schon schaffen.“

„Helen, damals hattest du auch noch nicht den Umfang ...“

„Eines Orka - Wals, sprich es ruhig aus“, meinte sie und er schüttelte nur lächelnd den Kopf über sie.

„Ich liebe jedes Kilo, das hinzukommt, das habe ich dir und Eric doch oft genug klar gemacht.“ Dabei strich er erneut sanft über die prominente Wölbung ihres Bauches.

„Erinnere mich nicht daran, mein Rücken tut vom letzten Mal immer noch weh. Ab der dreißigsten Schwangerschaftswoche sollte man einfach keinen Sex mehr auf dem Küchentisch haben“, erwiderte sie zwinkern und lächelte aufgrund des grimmigen Stolzes in seinem Gesicht, den er immer zur Schau stellte, wenn er ihren Babybauch bewunderte.

„Und selbst, wenn wir hier auf dem Weinberg festsitzen, dann würdest du deinen Sohn eben auf die Welt bringen, Herr Doktor.“

Nicht immer hatte Helen so unbeschwert über ihre Schwangerschaft und die Geburt sprechen können. Doch Julien hatte ihr geduldig, fürsorglich und unglaublich liebevoll über die vielen Wochen zur Seite gestanden. Erst als sie das zweite Trimenon beendet hatte, also den Zeitpunkt, an dem sie Ella verloren hatte, konnte sie sich über diese Schwangerschaft und das absolute Wunschkind freuen und lebte den Nestbautrieb nun nicht nur in ihrem zu Hause, sondern auch ihrer zweiten Heimat Südfrankreich aus.

„Außerdem, Frau Doktor“, nahm Julien das Gespräch wieder auf, als sie sich in der lauen Abendbrise auf der Terrasse niederließen, „Ich bin kein Geburtshelfer, sondern Kinderarzt.“

Und ein verdammt guter wollte sie meinen.

„Warst du nicht diejenige, die bei einem Hausbesuch das Kind auf die Welt gebracht hat, weil die Mutter es nicht mehr ins Krankenhaus geschafft hat?“, fragte er, obwohl er es natürlich genau wusste, dass es so war.

Sie zuckte nur mit der Schulter. Als Hausarzt gab es nun einmal vieles, was einem im Berufsleben so alles begegnete. Das machte es ja erst so spannend!

Mit einem leidenschaftlichen Kuss beendete Helen diese Diskussion. Anschließend saßen sie Arm in Arm auf ihrem wunderschönen Fleckchen Erde und genossen es gemeinsam hier zu sein. Im Hintergrund säuselte leise das Radio. Helen meinte *Je ne regrette rien* zu hören.

„Edith Piaf spricht mir aus der Seele“, flüsterte Julien und bedachte sie mit jenem liebevollen Blick, den er nur für sie bewahrte.

„Ja“, sagte Helen, nickte und schmiegte sich eng an ihn, *„ich bereue auch nichts.“*

Ende

Danksagung

Mein Dank geht an Anna-Maria Ciciliani, Freundin und Autorin, nicht nur für die Gestaltung des Covers und den deutschen Titel. Ohne dich hätte mein „drittes Kind“ niemals „das Licht der Welt“, diese Seiten, erblickt.
Danke an meine Deutschlehrerinnen Barbara Brandt und Dr. Ricarda Müller. Erstere brachte einem jungen Mädchen das Geschichten - Schreiben bei, letztere hat einen Teenager immer zum Schreiben ermutigt.
Zu guter Letzt bin ich meinem Mann zu Dank verpflichtet, weil er meine Launen erträgt und immer für mich da ist. Ich sage es dir nicht oft genug: Du bist das Beste, was mir je passiert ist.